LAST YEAR

未来的最后一年

〔加拿大〕罗伯特·查尔斯·威尔森——著
Robert Charles Wilson
壹零——译

東方出版社

目录

宁静犹如夏日重临，

更待初雪纷纷，

炽烈英勇的日光下，

我们的城严阵以待。

——亨利·蒂姆诺德《查尔斯顿》

第一部
未来之城

1

对杰西·库鲁姆来说，九月的第一天发生了两件大事。第一，丢了欧克利[1]太阳镜。第二，救了尤利西斯·辛普森·格兰特[2]一命。

当然，自己“救了总统一命”其实有待商榷。如果杰西当时没有挺身而出，枪也可能走火，杀手也可能射偏。因此，对于自己这纯粹理论性的英雄事迹，杰西总觉得不大好意思提起。但是丢了欧克利倒是实打实的悲剧。那副欧克利太阳镜是杰西的心头好，让他在烈日骄阳下也能保持视线敏锐清晰——更别提戴上欧克利时的模样了！

格兰特的此次来访，一切细节都经过了精心策划。未来城人的习惯就是越少意外越好。格兰特和夫人的专车首先到达未来镇站。在那

1　欧克利（Oakley），创建于1975年的运动眼镜品牌，深受我们的男主角杰西·库鲁姆所爱。现总部位于美国加州。——本书注释均为译者所注

2　尤利西斯·辛普森·格兰特（Ulysses S. Grant，1822.04.27－1885.07.23），美国军事家、政治家，第18任美国总统。他是美国南北战争期间的著名战斗英雄。作为南北战争联邦军总司令，格兰特富有政治胆识——意识到废除奴隶制和黑人武装的重要性，同时善于整体把握战争局势和战略。但作为战后美国重建时期的重要总统之一，八年任期内政绩平平。其领导下的政府被斥责贪污腐败、收受贿赂，又因经济不景气而备受谴责。他在卸任前与南方达成协议，直接导致了非裔美国人的许多公民和政治权利被逐步削减，南方民主党人得以重新控制南方将近一个世纪。格兰特于1877年3月卸任，后于5月起携妻开始了长达两年的环游世界之旅。

儿，他们熬过了欢迎会、乐队表演，还有伊利诺伊州州长的演讲。然后，总统夫妇登上一辆豪华马车，驶过那五英里戒备森严的平坦柏油路，一路到达未来城的铸铁大门前。那可真是一条完美的路啊！杰西自己也曾多次经过——他可是那条路的建造者之一呢！也正因如此，他对格兰特沿途会看到的景色一清二楚：首先跃入眼帘的是两座钢筋和玻璃构成的庞然大物，那是未来城超现实主义的白色高塔，在绵延的伊利诺伊平原上拔地而起。然后是庞大的水泥墙，墙上漆满了炫目夸张的标语和宣传画。接着是闪闪发光的未来城大门，缓缓打开让马车通行。最后是人群，本地人和旅客们挤满了中庭，来一窥格兰特的到来。

监督和控制人群是杰西的工作，这是老板派下的任务。老板的名字是布京，杰西的欧克利就是这个“布京”六个月前发的。今天，杰西穿着一身洗烫一新的未来城保安制服——白衬衫、蓝领带，蓝色西装外套的口袋上绣着黄色的“未来城员工”字样，头戴一顶绣着相同字样的蓝色带檐软帽。除此之外，一到室外杰西就会戴上他的欧克利。杰西看着映在未来城玻璃窗上的戴着欧克利的自己，仿佛是长着巨大甲虫眼的职业拳手，充满了某种邪恶的权威感。第一次来这里的人看着他，都不由自主地战战兢兢起来！

杰西和另外三名保安被派来监管人群。今天预定的程序是：格兰特的马车进入大门；格兰特和夫人下车；格兰特和夫人在人群注视下穿过中庭，被护送进入二号楼大厅。警戒线早已准备就绪，在总统夫妇和人群间隔开了一段安全距离。而杰西的任务就是巡逻监控，保证没人穿过警戒线。

按理说，这工作应该是小菜一碟。天气不错，阳光灿烂却不是特别热，人群也都还算循规蹈矩。虽然杰西平时没有特别关心政治，倒是也想看上格兰特一眼。他一路盯着格兰特的马车驶进未来城，大门在他们身后慢慢关上。有人上前牵住了马，格兰特和他的夫人茱莉亚从车里走了出来，踏进阳光里。格兰特夫人看到未来城魔法一样的高楼大厦，不禁目瞪口呆。格兰特将军倒是一副从容的样子——这是他总统任期的最后一年了，他看起来远远不像战争时期新闻照片上那么气势汹汹，而是一副严肃内省的神情。他没对未来城的奇景多加在意，视线扫过在场的人群。杰西想象总统的视线扫过自己，停留了片刻——大概是因为我的欧克利吧。

他转念将注意力集中在手头的工作上，沿着警戒区边缘慢慢前行，精神高度集中。中庭这一侧的所有客人都是来未来城参观的“本地游客”。也就是说，他们都付得起未来城高额的参观费。但是，这是否就能保证他们都会理所应当地表现得像绅士和淑女一样呢？真可惜，不是的。还好目前看来人群都还算中规中矩，很少有人推推搡搡。杰西恭敬地“请”一对夫妇看好他们的孩子，然后又不得不呵斥了一个大声嚷嚷“格兰特参与了美国动产信贷公司丑闻”的男人。除此之外，就没什么其他麻烦了。杰西只要睁大眼睛，看着格兰特通过中庭、走向欢迎中心就行了。

要是杰西没戴着他的欧克利，刺眼的阳光也许就会让他错过警戒线边那个将手缓缓伸入大衣里的男人。杰西认得这个动作——很久之前，在一个远离未来城的地方，在某个比现在凶险得多的情形下，杰西学会了这个动作——他想都没想就冲上前去。人群里，也许有人注意到飞奔的杰西，但是完全没有人注意到那个穿着大衣的男人。那男人的动作慎重且充满目的性，注意力完全集中在格兰特身上。男人伸出手——手枪！枪的形状有些不同寻常，杰西却毫不在意。此时的杰西正集中全身气力，冲刺一般地扑向潜在杀手。“这个距离，手枪并非最佳选择。从概率上来说，匆促的一击大概只会错过格兰特。”思绪匆匆掠过杰西的脑海。但是，计算概率不是他的任务，他的任务是充分利用自己的身体和技能做好安保工作。杰西像大山一样扑向了枪手。

一旦交手，杰西秉承未来城警卫的两大原则——“保护”和“保密”。首当其冲的一点就是“保护”。在目前的情况下，保护总统就是杰西的第一要务。杰西紧紧抓住男人持枪之手的手腕，有效地隔离了他的武器，肩膀则乘势重击其胸口。枪手大吃一惊，被撞倒在地，发出一阵低沉的惊呼声。杰西凭着自身的体重，钳制住身下的杀手，然后将注意力集中在枪手的武器上。枪手的手指被迫离开了扳机，手和手臂形成一个不自然的角度，这说明杰西已经成功地折断或者错位了他的手腕。附近的游客们虽然都有些不知所措，却也没人特别地慌张，只是纷纷避让开，在他俩周围形成一个小小的空白带。杰西从那男人手里夺下枪，敏捷地收入西装外套的口袋里——真可惜，他崭新的蓝色外套上泥迹斑斑。杰西将枪手的手臂扭到身后，又将他扭倒在地。

一瞬间，阳光显得更刺眼了。杰西这才发现他的欧克利太阳镜在纠缠中不见了。他注意到一位女性游客向后退了一步，高跟鞋踩在了躺在地上的欧克利，一侧的镜片一下子就碎了，镜架也扭曲了。杰西的心一下沉到了谷底。

但是，未来城警卫守则的第二条是“保密”。杰西保持着沉默。枪手开始高声地咒骂。杰西低声向在场的女士们道歉，急急忙忙地推着被他擒住的枪手，穿过人群，远离格兰特，朝着欢迎中心的员工入口走去。这男人比杰西矮四五英尺，看上去要老几岁。杰西不禁注意到他涂着发油的黑发，从脑门中心开始已经有点稀薄了。除此之外还有他的体味，又酸又臭。

几码开外，员工入口的大门“砰”地一声打开了。两个未来城保安冲了出来——一号楼保安，来自未来的警卫。也就是说，在未来城的员工等级里，他们比出生在本世纪的杰西要高上好几级。警卫们死死地盯着枪手，连看都没看杰西。

像其他一号楼的保安一样，这俩人和杰西差不多一般高，看起来甚至比杰西还要壮实一点。其中一个是白人，另一个则有着棕色的皮肤。他们一把抓住枪手，将他身后的手臂牢牢地绑住。“谢了，老大！”那个白人对杰西说，“交给我们就好了。”

“我可不是‘老大’。”杰西说。

“好吧，对不住，哥们儿……呃，还有他的武器。”

杰西发现自己完全忘了武器这一茬儿，有点惭愧。他从口袋里掏出枪，递了过去。枪的构造看起来非常精细复杂，一看就不是本世纪的产物。

“我抓他的时候摔碎了我的欧克利。”

“真抱歉。也许你可以去供应科看看，让他们再给你一副。”

说着，他们就押着枪手离开了。

杰西叹口气，走回警戒线。格兰特应该已经到达贵宾室了。人群也开始散了，没有任何恐慌的迹象。也许有几个人看见杰西撂倒那个枪手，但是没有人注意到有枪支在场。在稍远处，整件事看起来应该就像是警卫和某个不听话的客人之间的一场冲突。“保护加保密，”杰西想，“他们真该给我一枚奖章。”

他一边这么想着，一边向员工休息区走去。是时候休息一下了。

未来城的主体由两座外观一模一样的高大双子塔组成。如果把酒店的概念延伸到极致，它们大概可以算是酒店吧。两座大楼集住宿、餐饮、娱乐一体，各自都能容纳大量的游客。未来城的精心设计确保了两座楼间完全隔离。住在二号楼的客人们都来自未来城大门外的世界——杰西的世界。寄住在一号楼里的客人们则来自另一个世界——那个被称作“未来”的世界。这些来自未来的客人并不像格兰特总统那样从大门进城，他们从地下而来，通过“镜子”来到未来城。

杰西在二号楼工作。他的宿舍也在二号楼地下，是一个没有窗户的房间。就餐则在同一层的员工休息区。员工休息区很干净，也足够宽敞和私密，但是并不完全安静。大楼的空调和发电机都在地下更深处，发出持续低沉的嗡嗡声，一路传上来，像是一头沉睡巨兽的呼吸。

杰西来到员工区，打算小歇一下。在这儿，未来城员工可以使用代币在不同摊位上购买食物。麦当劳、汉堡王、塔可钟、星巴克……花哨的招牌上写着不同的品牌名称。在这儿工作的都是本地雇员，大多认识杰西。杰西用一枚代币买了杯装在纸杯里的咖啡和一个放在纸碟子上的黏糊糊的麦芬蛋糕。卖他食物的是一个戴着发兜的女人。她的名字叫作多罗茜，是个寡妇，丈夫死在了十四年前的第二次马纳萨斯[1]之战。

“你的夹克好像磨坏了？”多罗茜说。

“你觉得我是不是应该回去换一身衣服啊？但是还有几个钟头我就可以下班了。我在想还是下了班再把夹克拿到家政部去。”

1　马纳萨斯战役为美国南北战争中的重要战役，一共发生了两次马纳萨斯之战。第一次马纳萨斯之战于1861年7月21日发生于弗吉尼亚州的马纳萨斯和牛奔河附近，以南军获胜告终，打破了北军进攻里士满的计划。十三个月后的第二次马纳萨斯战役，北军再次大败。

多罗茜伸出手，越过柜台掸了掸他的袖口："没事儿，只要没有正式检查，我觉得没什么问题。"

"我的欧克利也给弄坏了。我的太阳镜。"

"哎呀，真是的！杰西，要不再来个麦芬怎么样？像你这样的大个儿可得多吃点。"

"不了，我在攒代币呢。"

"那就算店里请你的！尤其是今天你还丢了眼镜啥的！"

杰西端着两个麦芬和一杯热乎乎的咖啡，在一张空着的桌边坐下。他的休息时间还剩下二十分钟。但还没等他咬上一口蛋糕，呼机就响了。杰西从皮带上解下呼机，窄小的屏幕上写着：

杰西 · 库鲁姆立刻到二号楼办公室

老板召唤！杰西匆匆忙忙几口吞下一个麦芬，再用纸巾裹好另外那个塞进外套口袋里。咖啡就不得不放弃了，真可惜。

他刷了一下工卡，电梯应声而到。未来城的电梯总是让新客人叹为观止，但是杰西已经适应了。但说到他的工卡，那才真是神奇呢！工卡有点儿像钥匙——它能打开某些门，却打不开另一些；它让杰西顺利进入那些工作需要他去的地方，对于任何他不该进的地方则禁止通行。每个员工都有一张类似的卡片，但是每一张卡片却根据主人的职责各有不同。杰西怎么都想不通，这银光闪闪的"塑料"薄片儿，以及那些小小的工卡插槽，到底是怎么知道何时何地该为谁放行呢？

电梯门"叮"地一声开了。杰西走进去，摁了标着"21"的按钮。二十一层是二号楼的行政层，杰西也只去过那儿几次。他的老板——

那位保罗·布京先生——每天都会下到员工层为大家布置当天的任务。如果你被叫去二十一楼，不是升职就是开除，要不就是有特别任务。

电梯停下来，门打开后露出一条宽敞且装饰品位绝佳的走廊。杰西一路踢踢踏踏踩着光滑完美的地板走向布京先生的办公室。途径敞开着门的办公室时，秘书和行政会毫不关心地打量他几眼。这些人有男有女。有白人，但大多不是。都不是本地人——未来城的所有经理和行政人员都是从镜子的另一侧远道而来的。

要是在过去的话，杰西大概会说布京的女秘书是一位“东方”人。但是现在他知道，对于任何一位来自二十一世纪的人来说，用“东方”这个词来形容人是极为不妥且带有鄙视意味的。秘书抬起头，将视线从面前闪着光的屏幕上挪开，对着杰西微微一笑 :“库鲁姆先生？”

“是的，女士。”

“你这么快就来了，真是感谢。请直接进去。布京先生在等着你呢。”

布京的办公室正对着一整面巨大的落地玻璃窗。杰西来未来城已经四年了，还是不大适应从二十一楼往外看。这哪儿是窗户啊！这是一面从地板直升到天花板的玻璃墙，高超的工艺让它看起来宛如空无一物。窗户上安着用来遮挡过度阳光的可伸缩垂直百叶窗帘。但此刻时值傍晚，百叶窗都被收上去了。杰西不禁觉得自己正站在一座陡峭的人造山峰之上。远处，一群鸽子飞过一条小溪，几棵孤单的榆树闪耀着湿绿的光，就像散落的绿宝石一样。

“你的夹克坏了。”布京说。

真该死，杰西暗想。“是的，先生。我很抱歉。”

“不用道歉。”布京坐在他的写字台后，若有所思地看了杰西一眼。布京秃头，看起来四十来岁的样子——这当然只是大概，未来人的年龄还真不好猜。他的山羊胡修得无可挑剔，那胡子完美得仿佛随时会跳起来质疑自己存在的意义。布京平时为人算是和善，他和保安们聊起天来平易近人，就像老朋友一样——虽然这不代表反过来你也可以跟他像老朋友那样说话。要不是他挂在翻领上的名牌，杰西甚至不知道布京的名字。

“听说在今天的欢迎仪式上，你成功地处理了一个突发状况？”

“也可以这么说。还好最后都没什么大问题。”

“别谦虚啦，杰西。我看了监控录像！”

和他的秘书一样，布京的桌上也放着一台显示屏。他将屏幕转向杰西。屏幕上的影像来自未来城外墙上的摄像头，所以离事发地点有点儿距离，图像本身也模模糊糊。但是杰西还是一眼就认出了穿着制服、戴着欧克利的自己，巡视着警戒线。接下来发生的事情则和自己记忆里相差无几。杰西耸了耸肩。

“格兰特总统对你今天的表现非常感激。”布京说。

“他注意到了？”

“你处理情况时动作很快，也很小心。但总统有着敏锐的观察力。”

杰西猜测格兰特的战时经历一定让他对枪支格外敏感，即使到现在也没变：“这是我应该做的，不需要感谢的。”

“说得好。而且最重要的是枪手被我们当场捉拿归案。但是杰西，不管怎么样，总统还是希望能够亲自对你表示感谢。”

“嗯？”

“格兰特总统是贵宾，我们希望能够让他得偿所愿。因此，今晚七点整，我们会派人护送你到他的房间去。在此之前，你正好还有些时间，去洗个澡，换身衣服。”

杰西看了看屏幕。三十秒的监控录像正不断地循环播放着。他看到自己和杀手扭打成一团，这时他的欧克利已经不见了。“这真有必要吗，先生？您是否可以代我向他的心意表示感激？”

“当然有必要！你可以自己告诉他你很感激嘛。对了，我希望你记住几件事。第一，我们还没来得及为格兰特作未来城的简介，因此他一定有很多问题，也可能会借此机会问你。请谨记与此相关的规定。你知道我在说什么吗？”

“如果有访客问起与我在未来城工作经历相关的问题，请他们直接询问指定的接待人员。”杰西几乎是一字不差地按照本地雇员手册上的标准答案回答道。

“很好。但是记住，这次情况特殊，你必须委婉作答。我们认为，你最好让格兰特总统认为你是一位忠诚勤恳的二号楼雇员，对二号楼以外以及对未来都没有太多的了解。这其实也大概属实。你觉得我说得对吗？”

“你觉得我说得对吗？”——布京常用语。杰西觉得他这一句问得挺烦人的，大概因为这个问题其实不是个反问句，它逼着你实际作答——“是的，先生。”

“其实我觉得格兰特也不会想聊很久。大家都说他其实是个挺寡言少语的人。”

“这我就不得而知了。”

“不要冒犯他。不要主动发起话题。如果他问问题，委婉告之——指定的接待人员比你知道得更多。”

“是，先生。”杰西说。

“如果他问起那个枪手，就说我们的人正在就此进行调查，一切都在掌握之中。”

“是。”

“很好，”布京说，“还有一件事，杰西。如果你表现得好的话，未来城一定不会忘了你的。”

杰西一下子就听出了布京言语间藏着的机会！“事发的时候，”杰西说，“我弄坏了我的欧克利。”

“哦，那真是遗憾。但是等你把这件事搞定，一箱欧克利也没问题呀。”

杰西冲了凉，换上备用制服，决定去员工区吃点东西。每个摊位前都排着长队，但是杰西很有耐心。他用代币换了炸鸡、薯条和一杯咖啡。

他独自坐下。本来倒是可以加入朋友一桌的，但是他被告知必须对自己和格兰特的会面保密。这样的话就没法聊天了。况且，保安部和客房部员工们聚会的那张桌子以目前的状况来说还是回避为妙。多丽丝·万德坎普正对着一个瘦精精、长满雀斑的保安大献殷勤，那是米克·芬纳格。杰西刚刚从和多丽丝的一段“浪漫恋情”里脱身，说不好她是为了让自己嫉妒才围着米克团团转的。杰西对米克没什么好感。再看看多丽丝，她正故作姿态、扭扭捏捏地对着自己瞄来瞄去。然而，她显然状态不佳——不断地抽着鼻子，即使在凉爽的空调房里也满头是汗——看样子她的头风又发作了。杰西觉得她有点儿可怜，但这要是让她知道了可不得了。

杰西几口就吃完了炸鸡。员工区食物的分量还真是少得可怜，他常常不得不要两人份。但是快到月底了，一旦代币用完了，他就得用现金了——那可不行。但是，杰西觉得自己倒是可以再来一份咖啡。于是他就又买了一杯咖啡，小口小口地慢慢喝着，一边看着电梯上方的指示灯，直到一位穿着裤装的未来城女士出现，带他去总统格兰特的房间。

来自未来的女士们爱穿裤子，这已经是众所皆知的事了。特别是在未来游客开始组团参观曼哈顿和旧金山之后，报纸上到处都是关于这件事的报道。一般来说，观光客是不会和本地人打交道的。但是，当他们穿街走巷时，谁都没法对着穿裤子的女人们视而不见。已经有好几个保守的教会对此提出斥责了。但是大多数的评论都还算宽容，认为风俗习惯不但会因地而异，也会因时不同；况且奇装异服只是风俗不同的表现而已，并不能代表道德水准。对于这一点，杰西本来大体上还是同意的。但是随着他和越来越多的未来城人打交道，他倒也开始觉得他们的道德水准大概和他们的审美观念一样，有时也值得推敲。

让杰西吃惊的倒不是这个女人穿着裤装，而是她在二号楼里穿裤装。二号楼的员工制服都经过特别设计，以防敏感的当地客人受到惊吓，这也包括了女员工的裙装制服。因此杰西判断，她大概在一号楼工作，穿着打扮也是按照一号楼的规矩来的。根据她的工牌，她的名字是伊丽莎白·德保罗。

杰西想，不管她做什么工作，一定不只是送他去见格兰特。她看起来一副百无聊赖的样子。素着脸，脸型却很标致。一头黑发剪得很短，像男孩儿一样。她几乎和杰西一般高，虽然高壮却绝不笨拙，但也绝不文弱。她的目光诚恳而坚定。工牌上写着“未来城保安”。

“你下午干得好。”她说。

平如井水的嗓音让杰西猜不出她究竟在想什么。“谢谢。”他说。

“我可是说真的。我看了监控录像。没等任何人注意到当时的状况，你就把武器夺过来了。”

“唔，那倒不尽然，格兰特总统注意到了。”

“那倒是。见总统你激动吗？”

“我猜我们大概会聊上几句，就这样。”杰西说，又暗暗在心里补上一句——然后我就能回楼下喝上一杯了。员工休息区在每晚六点到十点间允许向员工出售啤酒。杰西向来不好酒，未来城高昂的啤酒价格更是让他变得几乎滴酒不沾。但是，今天大概值得喝上一杯。杰西问伊丽莎白·德保罗会不会加入他和格兰特的对谈。

“我？我不会。但是我倒不介意看上他一眼。看看他不在五十块钱纸币上时长得什么样。”

杰西没听懂她在说什么，也罢。“你们审问过那个杀手了吗？”

“不归我的部门管。”

“我猜他大概是个对格兰特怀恨在心的疯子吧？”杰西说。

“这我就猜不着了。”

电梯门在客房最高层打开了。为格兰特预留的房间是未来城最大的套房，也对着最好的景色。四名未来城人正等在过道里。杰西一眼就认出了布京，他老板。其他几个人他就不得而知了。其中最打眼的是一个灰白头发、五十来岁、穿着便服而非未来城制服的男人。其他人都一副听命于他的样子。没人为杰西做介绍。

伊丽莎白·德保罗指了指相反方向说：“那边儿。”走廊的尽头是这一层唯一的一扇客房门。“去吧。敲门。他在等你。我们会在这儿等你出来。”

格兰特的第二任总统任期就快结束了。杰西心想，也许他正暗自庆幸很快就可以离任了吧。这七年对谁来说都不容易，尤其是在七三年经济危机以后。而格兰特的政途则尤为一波三折——铁路丑闻一路波及白宫，他的大部分许诺也都没能在任期内达成：格兰特许诺对南方进行改革，结果冒出了三 K 党和他们各种骇人听闻的私刑；格兰特许诺和印第安人达成和解，结果出了个疯马，还闹出了内兹珀斯之战和小巨角战役。[1]

但是，他仍然是一手拯救了联邦军的阿波马托克斯[2]英雄。杰西一时间不禁词穷，甚至不知道该怎么称呼格兰特才算合适。他敲了敲门，格兰特应声开门，两个男人看着对方。格兰特看起来也像是一副不知从何说起的样子。最后还是杰西开了口："阁下，听说您召见我？"

"杰西 · 库鲁姆，"格兰特伸出手，杰西连忙握住了他的手，"请进。"杰西进门，格兰特随手将身后的门关上。"请坐。不用使用那么正式的称呼，库鲁姆先生。我注意到，一般来说初次见面的人喜欢叫我'将

1　此处列出的皆为美国内战后重建时期的种种波折：

三K党，美国白人至上主义和基督教恐怖主义的民间仇恨团体，常用恐怖主义的方式来达到自己的目的。三K党于1866年成立，当时大多由南北战争中被击败的南方邦联军退伍老兵组成。

疯马（拉科塔语本名Tȟašúŋke Witkó，约1845－1877.09.05），北美洲原住民印第安人苏族酋长、军事家。北美印第安战争起因于北美西部白人殖民者数量激增，尤其在发现1872年黑山金矿后，大量淘金者的涌入大大压迫了原住民的生存空间，打破了印第安人和美国政府间的条约。疯马作为北美印第安人战争的灵魂人物之一，领导过最著名的战斗小巨角战役。其间，他率领了数千名印第安人，在黑山山谷歼灭了知名的第七骑队，并击杀了美国南北战争名将乔治 · 卡士达。最终，美国政府决定停止对苏族的补给，并且从草原上赶走了他们赖以生存的野牛。为了保全部落，疯马等酋长在1877年5月投降，而后遭美军处决，确定了联邦政府的胜利。

内兹珀斯战争发生于1877年6月至10月间，是美洲原住民内兹珀斯人及其盟友与美国军队间的一场武装冲突。它源于内兹珀斯人中的一个群体拒绝放弃他们在太平洋西北地区的祖传土地迁移到爱达荷州。事实上，这一强行迁移要求有违1855年的《沃拉沃拉条约》。不幸的是，在美军追击下，内兹珀斯人且战且退，行进了1900公里，最终在位于蒙大拿的熊爪山下投降，宣告战败。

2　阿波马托克斯是位于美国弗吉尼亚州的一个僻静小镇。1865年5月9日，南北战争中南方邦联的罗伯特 · 李将军在此签字投降，宣布了美国南北战争的结束。

军’，我也不介意他们这么称呼我。”

“谢谢您，将军。”

客房非常豪华。杰西偶尔因为工作需要会进入二号楼的客房，因此他完全知道个中不同。房间里的家具都是未来风格的，做工精细却极度简洁。窗户几乎和布京先生办公室里的一样大。透过通透无瑕的玻璃，可以看见日暮时分西边血红色的天空。杰西觉得自己都可以看见来自蒙大拿的浅浅灯光了。要是踮起脚，说不定还可以一路看到俄勒冈。

“夫人和一位接待人员一起外出共进晚餐了。她对今天发生在中庭的事件一无所知。既然枪击并没有发生，我觉得这样也许更好。因此，请原谅我没能向你介绍我的夫人。但是，我想亲自当面向你表达我的谢意。”

“我只是夺下了一把枪而已，没什么值得夸赞的。”

“你真是谦虚。不管怎么样，我觉得夫人远离这些窗户，反而会比较安心。”

“客人刚来这里时，常常会因为这景色而觉得头晕，但是慢慢就会适应了。”

“对。她会适应的，我也会。但是刚刚我还是觉得自己是在悬崖边筑巢的燕子。”

“请允许我为您放下窗帘？”

“如果可以的话那就太好了。我不是很清楚这窗帘的使用原理。库鲁姆先生，请问你在这儿工作多久了？”

杰西转动控制杆，将百叶窗调暗：“有四年了。”

“这么说来从未来城最早期就在这里了。请问你当初是怎么会来未来城工作的？”

“说起来其实多多少少是个意外。当时我从旧金山启程来东部旅行，但是中途却不得不突然离开我乘坐的列车，”这是因为他并没有按规矩买票，杰西对这一点选择性地略过了，“当时未来镇站连个名字都没有，只是一个前不着村后不着店的小站而已。离开列车后，我本来打算步行前往芝加哥的，但是却把方向搞错了。第二天，我看到灰尘缭绕的工地，就过来找食物和水。他们给了我食物和水，还给了我一份工作。”

“真就这么简单？”

“未来城人不想在主体工程完工前大肆张扬。也许他们觉得与其让我到处散布流言，还不如将我留下来为他们工作。您从火车站到城里来时开过的那条路，就是我和其他人一起铺的。”

“那条路真是好啊。但是和路尽头的所在相比，就一下子黯然失色了。当然，我来之前就在报纸上读过很多关于未来城的报道，报纸上充满了对这里栩栩如生的证词和描述。但是直到我亲眼看到这一切……”格兰特琢磨了好一会儿到底该用什么形容词，“真是眼见为实啊。你在这儿这么久，一定见过不少奇迹吧？”

杰西尝试着用格兰特的角度来打量这间客房——所有这些电灯和控制开关，冷空气从屋顶的管道里循环而过，空调控制着房间的温度。墙上贴满了写着使用说明的纸条：怎么开门、怎么锁门、如何控制电梯、如何使用浴室、如何如厕……以及“如果不清楚，请按此按钮通知您的专属接待人员”。杰西想了想说：“最让访客吃惊的大概是飞船了。”

格兰特眨眨眼：“我看过照片，他们也邀请我试乘。当然不仅仅是我，还有茱莉亚，如果她同意的话。那飞船真的如他们所说的那么安全吗？”

“我亲眼见过它上上下下几百次，没有任何问题。”

“唔，但是我想，奇迹中的奇迹大概要属未来城的来历本身吧。所有的这一切，来自一个既是、也不是我们未来的地方。库鲁姆先生，关于这些人从何而来，你理解他们所说的故事吗？”

“我绝不敢说真的理解，将军。据说，存在着许许多多的世界，就像大树上的树枝一样。未来城人懂得如何从一个世界穿越到另一个世界。他们住在一根枝丫上，却懂得如何旅行到邻近枝丫上去。对于旅行者来说,所有的其他枝丫看起来都像是他们的过去，”杰西一边解释，一边却为自己的前言不搭后语而脸红——不，他并不理解——“我想他们在为您准备的介绍会上一定会解释得更好。”

“我们是他们的过去，但是他们却不一定是我们的未来。手册上是这么说的。”

“我想按手册上说的总是没错。”

“我对你的想法感兴趣，正是因为你并不照搬手册之言。这所有的工程奇迹都非常让人佩服，但是我更关心这些未来人本身。你一定认识很多未来人吧？”

“一般来说，未来城习惯将本地人和未来人分开。但是确实有时候会打交道。”

“作为员工，他们待你如何？”

“长官，他们对我很好，他们治好了我，”想都没想，杰西脱口而出，随后却懊恼地发现格兰特正等着他对此做出更多的解释，“您看，他们给我工作之后的第一件事就是送我去未来城的诊所。诊所就像一个小型医院，大概有半打医生在那里工作。当时，我受困于——这还真不好形容——军营病。行军带队，我相信您一定有所经历？”

让杰西说不出口的是，他刚刚到这里时，甚至没办法顺利地排尿。他总是浑身颤抖，就像尾巴着火的猫一样。格兰特清了清嗓子说：“我明白你的意思。”

“长官，他们治好了我。不是用灌满了硝酸银的针管儿，而是用药片。他们说我还有其他问题，虽然没有那么明显。他们把那些问题也都治好了。他们在我的手臂上打了几针，让我对麻疹和天花还有其他一些我说不上名字的病都免疫了。所以，如果您问他们待我如何，我想说，他们可能救了我的命。”

杰西想，自己是不是太多嘴了？格兰特仿佛陷入了沉思，过了好一会儿才回过神来：“这才是奇迹啊！我真心希望他们同我们分享这些医疗技术。”

“我听说他们有这个打算，已经讨论过了。”

“他们应该一来就和我们分享这些技术的，那样的话很多人可能已经得救了。”

“是的，长官。但是当初有谁会相信他们呢？在一开始的几个月里，大家不都觉得未来城和巴纳姆马戏团一样吗？直到现在，这种种疑虑才慢慢平息，未来城也渐渐在大家心目中有了可信度。1877 年将是未来城的最后一年。那以后，他们就会关掉镜子，打道回府。听说在这最后的一年里，他们会对我们更加开诚布公。”

“因为有了基本的信任。”

“是的，长官。”

格兰特整了整他全毛西装的袖子。他在阿波马托克斯大战之后发福了不少。但即使如此，直到现在，比起西装格兰特看起来还是穿联邦军的制服更自在。杰西又开始担心自己是不是已经打扰太久了，但是他又不能在总统示意他离开之前就自作主张离开。

格兰特继续问道："那在道德上呢，他们有没有更加先进？和我们相比，他们是更加高尚的人吗？或者只是懂得更多？"

这可不是一个能够简单回答的问题："不好说，将军。我打过交道的未来人看起来，怎么说呢……未来的女人们似乎特别豪放，甚至粗鲁——她们中的有些人甚至会像士兵一样骂街；但是她们又可以表现得非常温柔和聪慧。未来的男人们总的来说遵守道德规范，但是他们对于抽象的荣誉道德之类似乎并不是很在意；开始时，我常常觉得他们非常软弱，或者说不严肃。"

"开始时……但是后来你改变看法了？"

"唔，他们有个说法：'过去是一个不同的国家，风俗相异。'我想，这个说法反过来也适用吧。您不会要求一个爱尔兰人表现得像中国人一样，又怎么能强求未来人表现得和我们一样呢？"

"如果仅仅是风俗习惯，我同意。但如果事关道德准则……"

"这我就不敢妄自评价了。他们也许既不比我们好，也不比我们坏。"

"他们不会更加慷慨吗？"

"他们对我是非常慷慨。但是访客们游览未来城也都不是免费的，他们可都花了大把的真金白银。这些真金白银也都被运到所谓的未来去了，装进了未来某人的口袋里。他们是怎么来到这里的或许让人费解，但是他们来这里所求何物倒是很容易理解啊。"

话说至此，格兰特站起身："唔，库鲁姆先生，我想再次对你表示感谢。感谢你今天下午的所作所为，更感谢能够和你坦诚地交流。"

“长官，您的眼力非凡，一眼就看到了那把手枪。”

“我只是从远处匆匆看了一眼，那把枪也似乎很不寻常？”

“我夺下枪后，事情发展得非常快，我也只是匆匆地看了几眼。但是您说得没错，那枪确实来自未来。”

“不是柯尔特吗？”

“不是，长官。不管它是什么，肯定不是柯尔特。”

“有意思。你的老板们告诉我说那是一把柯尔特。”

杰西谨慎地沉默着。

“我想也许他们搞错了。”格兰特说。

“我想也是。”

杰西再次握了握总统的手，离开了。

第二天一早，杰西被分配到检查未来城边界围栏的任务。这工作虽然孤单，但是只要天气还不错，杰西对此就很是享受。

未来城的边界层层叠叠，多得是墙和围栏。其中最重要但也是最隐蔽的边界要数镜子，它深深地埋在地下，构成了现在和未来之间的一道墙——当然有时也是通道。然后则是隔离一号楼和二号楼的围墙。最后，从外面围绕着这一切的则是未来城的水泥城墙。

但在城墙之外，未来城还拥有巨大而宽阔的领地。这些依靠重重代理人收购回来的土地，被一道钢丝网编成的围栏圈起来。这道围栏具有多重功能：它能够防止好奇人士围堵在未来城城墙之外；它能够防止小摊小贩、江湖骗子在客人的视线之内摆摊开店；对于从未来来的访客们来说，它是“未开化的荒野草原”的最佳范例——很显然，在未来所有的土地都已经被人为地开垦改造过了。未来城还在围栏里圈养了一群美国大水牛。很显然，这些水牛也是荒野之物的代表，尚未被驯化，充满了野性魅力。

未来城是如此吸引人，前来参观的票价是如此之高，自然时不时就有不法之徒企图爬过或者割开围栏混进城来。因此，需要有人定期检查边界、修复围栏。杰西天亮前就得起身，从非马车车房开出一部机动车来。等到太阳越过地平线，杰西早已开着他的三轮机动车，从未来城的众多城门之一穿门而出，驶入草原了。

这是个微凉的清晨，秋天就快到了。然而太阳一出，最后一缕缠绵的薄雾也就很快消散了。天蓝得像知更鸟蛋一样。当杰西到达围栏时，空气里已经多了一股暖意。团团土褐色的蚱蜢纷纷从车轮下蹦开。从这儿起，杰西将沿着一条紧挨着围栏的平实的土路向前开进。他一路哼着歌，偶尔遇到可疑的豁口就停下来检查一番。他以一英里的半径绕着未来城转了一圈，直到中午也没发现什么值得报告的特别可疑之处。于是他停下车，起身伸展了一番腿脚，又把脱下的夹克挂在三轮车的把手上。他从车后的盒子里拿出打包的午饭——从休息区买来的三明治，以及装在保温瓶里的热咖啡——侧身坐在驾驶座上。偶尔从迷宫一般的未来城出来，远离它的各种嗡嗡嗡哔哔哔，真好！在这原野上，唯有啾啾虫鸣，安静得连自己的呼吸声都格外响亮。

杰西拧开保温瓶瓶盖。这个瓶盖也可以当作杯子用。塑料质地——未来城日常用品材料之首选。小小的瓶盖被杰西的大手捏住，就像从顶针里喝水一样！但是咖啡热乎乎的，很好喝。

放眼望去，未来城高耸在远方的地平线上。闪闪发光的双子高塔像点缀着云母的花岗岩断崖，四周的围墙则像海底五彩斑斓的珊瑚礁一般。杰西看到一辆大巴从城里开出来，沿着主路驶向东部牧场，载满了去看野水牛和狂野西部秀的游客。他所在的土路与主路平行，相隔仅仅几百尺。大巴驶过，杰西注意到好几个旅客正从车里向外张望。来自未来的有钱人们，各种肤色的男男女女，混坐在车里，听着司机通过话筒大声地介绍着关于这片草原的种种。如果有游客注意到杰西，他们大概只会注意到他的制服，然后直接忽略他——一个普普通通的未来城工作人员。但是，要是他们知道他是谁，大概会觉得同是来自过去的杰西应该至少和野水牛一样有意思吧？来呀，你们这些穿着短裤的女士，光光脸的先生！来呀，带上你们吵吵嚷嚷、惯坏了的孩子们！快来看这来自过去的男人！这来自黄金西部的充满病毒的野蛮人！

大巴驶过，开远了。杰西得以重新享受片刻安宁，直到他腰带上的呼机又哔哔哔响起来，打破了宁静。又来了！每次都吓他一跳。

屏幕上的消息说：杰西请到布京先生办公室。

杰西叹了一口气，给他的当班经理打了个电话，报告自己的位置。这样他们可以派人来接班，完成对围栏的巡视。做完这些，杰西把剩下的咖啡倒在了这片没被驯化的原野上，将一只甲虫从他的车上掸开，向着未来城开回去。

布京的办公室一点儿都没变。不同的是昨晚带杰西到格兰特房间去的那个女人——伊丽莎白·德保罗——也在。她坐在其中一张椅子上，长长地看了杰西一眼，谜一般的眼神。

“请坐，”布京说，“格兰特总统跟我们谈过了和你昨晚见面的情况。”

杰西想了想，自己昨晚是不是说错话了，又或者说漏了些什么，让布京不得不叫他过来谈话？昨晚对话的片段从他脑海里掠过。自己不会因此而丢了工作吧？

“总统非常满意，”布京说，“他说你很聪明，值得尊敬。他说他非常庆幸自己得以当面对你表示感谢。”

“他这么说实在是太客气了。”

“杰西，我们非常同意他对你的评价。你的表现一向出众。这件事更让我们觉得，只让你在二号楼工作实在是有些大材小用了。我们在想，也许是时候让你更上一层楼了。”

“您能这么说，我很感激。具体的工作是什么呢？”

“具体来说，明年我们的旅行团可能需要有经验的随团保安人员。任务重，回报高。你有兴趣吗？”

旅行团随团保安可是个好差事，也许会让杰西的工资翻上一倍呢！他点了点头。

“当然，你需要时间为新工作做准备。但是我们有信心在明年新年前完成所有必需的培训。与此同时，我打算交给你一个短期的特殊任务。”

“您说。”

布京打开抽屉，从里面拿出一个小小的塑料玩意儿，递给杰西。

杰西一看，是工卡，看起来和杰西现在的那张一模一样。

“你得上交你的旧卡。但是这一张能打开更多的门，二号楼和一号楼的门。新工作需要。德保罗小姐可以进一步向你解释一切。”

“她？”

“从现在开始，她就是你的主管了。”

凡事有利必有弊，杰西想。

“哦，对了，我给供应科打了个电话。下次你过去时，记得领一副新的欧克利。”

2

“需要你的时候我会通知你，”伊丽莎白·德保罗说，“寻呼机随身带。”

剩下的一整天，杰西都在等待着寻呼机响起。结果什么都没有发生。于是他回到自己的寝室睡了一觉。第二天清晨六点，杰西在闹铃声中醒来，又到员工休息区慢吞吞地吃了顿早饭。还是什么都没有。到了十点钟，杰西已经吃了两顿早饭，喝下的咖啡多得足以召唤拉撒路[1]。百无聊赖之感淹没了杰西。

他来到客用电梯口，刷了刷他的新工卡。旧卡可打不开这电梯。但是一刷新卡，读卡机上的小红灯一下子就变绿了。杰西走进电梯，按了按写着“中央层”的按钮。“您选择了中央层。”预录的女声说道。

按道理，新工卡在手，他这么做是完全符合规矩的。但是，多年的培训已经将“不应该进入游客专属区”这一道理深深地烙在了杰西的脑子里。但是，这擅闯禁区的感觉让一切变得更有意思了。

二号楼的中央层是一个巨大的圆形大厅。三层楼挑高，隐蔽在暗处的电灯照耀着浅蓝色的圆顶。未来城员工三三两两地分布在大厅各处。离电梯口最近的是一个制服烫得无懈可击的年轻女孩儿，脸上挂着永不凋谢的笑容。她飞快地扫了杰西一眼，一看到他的保安工牌，就立刻失去了兴趣。很显然，她只为客人服务。

此时的圆形大厅并不拥挤，但却比杰西见过的任何时刻都更加繁

1　拉撒路（Lazarus），耶稣的门徒与好友。《约翰福音》第11章记载，拉撒路死后被埋葬于一洞穴中，四天后耶稣让他从坟墓里出来，因而得以奇迹复生。

忙。他到过这里几次：一次是在未来城正式开张之前；一次是参加未来城专门为其员工组织的参观活动，借此让他们了解游客花大价钱到底是来看什么；还有几次是为了闭馆后的保安任务。这里的白班保安都来自未来，下班后住在一号楼的宿舍里；晚班的保安一般也一样，但是他们会在缺人手时叫上几个像杰西一样的本地雇员来帮忙。四年里，杰西来过三次。夜深人静之时，灯光黯淡的圆形大厅和结束了展览的艺廊完全是另一副模样。在杰西看来，夜晚的大厅空空荡荡，黑暗而不祥，像极了法老的坟墓。直到白昼降临，充满了各种色彩和声音的大厅又活了过来，一副生机盎然的样子。

以圆形大厅为中心，四个展厅辐射而出。它们是科技和工业展厅、二十一世纪生活展厅、艺术展厅以及卖吃食和纪念品的游客大厅。

杰西深知，这个中央层的本质是一个逆时博物馆。说它是博物馆，因为大厅里展示的都是来自另一个时代的造物；说是“逆时”，因为它的展品都来自未来，而非来自过去的古物。

杰西还被告知过，展馆柔和的灯光和友好的氛围能够帮助新来的游客适应未来城。任何能够付得起未来城一周住宿的游客多多少少会有一些心理预期——毕竟他们来就是为了一窥未来之貌的。但是真的身临其境，各种奇怪的细节还是会让人大吃一惊。事实上，直到未来城开业整整一周年后，主流报纸才逐渐开始报道未来城相关的消息。“二十一世纪来客在伊利诺伊州建立垂直度假村”——这样的头条大概太过于疯狂，让人难以置信。风言风语是自然而然的事。要是未来城没有确凿证据证明自己的故事，各种各样的嘲笑必定会接踵而来。

当然，未来城本身就是证据。这里的展览也是证据——帮助游客安渡惊喜与怀疑的重重巨浪。但是，更加让人信服的证据存在于科学和工业展厅的尽头。杰西一边琢磨着，一边朝那里走去。

对于游客来说，时间旅行本身仅仅是一个抽象的、智识上的障碍，它甚至不是特别让人难以接受。与此相比，在这里展出的未来种种看起来才是既真实又奇怪，弄不好还会引起恐慌。对此，未来城的策略是确保这一过程足够循序渐进。首先是这中央层大厅。适应了这里以后，你就可以进阶到其他楼层——去体验放电影的电影院、自带波浪的游泳池，还有每晚上演的来自二十一世纪的杂技和音乐表演。那么多的新体验新感受，大厅里来来往往的客人们看起来都一副跃跃欲试的样子。夹在他们中间，杰西觉得穿着保安制服的自己格外地扎眼。这些人都是有钱人，而他不是。女人们身着带裙撑的丝质紧身衣——杰西过去可认识不少会为了这身衣服杀人的女人们，她们可是真的会说到做到。男人们身穿马甲、大衣、素色或者格子长裤，搭配翼领和优雅的领带。大部分的客人应该是来自东部，但是来自芝加哥的富人也不少。杰西还注意到好几个穿得没那么讲究的客人——他们大概是在西部发的家。除此之外，还有一小撮大概是来自英国或法国的客人，以及一个面目可疑的穿着白色开衫大衣的南方人。未来城的接待人员领着一队队游客陆续进入不同的展厅。杰西跟着其中一队人走进了科学和工业展厅。他故意走在整队人的最后面，免得引起任何不必要的注意。

展厅里的所有陈列品、图表、展示都让人大开眼界，但是对细节都语焉不详。杰西知道，这都是未来城故意所为。在一次针对本地雇员的强制培训里，未来城的负责人给他们解释过这么做的具体原因：对于未来太过具体的细节描述会让人一下子难以接受，同时也会造成不公。比方说，现在这里有人正在努力发明一种以电力为能源的灯，未来城的存在证明了他的努力是有意义的；但是，要是未来城一开始就把所有的技术细节公布于众，那么这位潜在电灯发明人的努力一下子就付之东流了。如果未来城一下子透露太多，当代的天才们就会怀才不遇，变得英雄无用武之地了。

因此，科学与工业展馆的展示总的来说非常笼统，不过是对未来历史整体轮廓的粗线条描绘罢了。比方说，非马力机动车。展出的照片和玻璃展览柜里的实物陈列号称，在未来这种机动车会占据美国的大街小巷。但是这一发明到底会让何人受益，又会有何种弊端呢？展览只字不提。同样的还有飞行器——未来空中商业的霸主，亦将永远改写人类对战争的认识。一副标题为“飞机在二十世纪重要战争中的运用”的展示——巨大的飞行器展开双翼，高悬在充满硝烟和战火的天空背景前——暗示着下一个世纪一场波及全球的战争即将来临。但是，这场战争究竟发生在何时何地，结果如何？展览又语焉不详。

一动不动的飞机模型看起来既神奇、又让人难以置信。杰西绕着所谓的“喷气发动机”模型转了一圈。这是一个实物大小的模型，一边被切开，显露出内部的结构：电线、管道、小管、转轮……钢筋、橡胶、铜、铝……复杂如瑞士手表，重得能压垮磨石。要是这也能飞，大概铁匠的铁砧也能上天吧！

“他们大概认为自己会魔法吧。”杰西听到身边的一位游客对他的夫人耳语道。耐心，朋友，耐心。杰西心想。

人群来到科学馆的尽头，那儿挂着展览中的最后一组图片。其中一幅照片上是黝黑天空下的荒漠、一座钣金造的小屋以及一群穿着白色潜水服的人。据说，这是人类登月的照片。旁边的另一幅则自称是火星平原全景图。这组照片自然而然地激起了议论纷纷。杰西觉得自己完全能够理解他们的感受，但是又很清楚下一个节目是什么——整个未来城的参观流程都是经过精心设计的。

“请移步这边。”向导身着员工制服，是一位来自未来的女士。她一脸狡黠的笑容，显然很是享受自己的工作。她刷了刷工卡，打开了展厅尽头的大门，带领众人来到二号楼中央层露台。杰西装出一副公务在身的样子，跟着他们走出去。这露台有点像一个巨大的阳台，又像是种植园大屋的门廊，正位于直升机平台上方。

四层楼下方、几百码开外，未来城的直升机蓄势待发。直升机表演有着严格的时间表，只要天气允许，直升机每天早晨十一点四十五分准时起飞。杰西已经多次见过直升机升空了，但是从这一视角看倒是头一回。

“这可不是展厅里的模型，”向导解释道，“这是一架真真正正的直升机。女士们、先生们，敬请欣赏载人飞行的奇迹！请注意，不要因为巨大的声响而惊慌，也不要在围栏前推挤。站在这里是非常安全的。”

说到声响，那可真不是玩笑。说时迟那时快，一切就开始了。那巨响合两股声浪为一体，低音震荡胸膛，高音就像刺耳尖叫。发动机启动，掀起一阵阵气浪。巨大的螺旋桨缓慢而笨重地转了起来。

从展厅的注释以及自己和偶尔来休息区吃饭的一号楼维修人员的对话中，杰西对未来城的直升机大略有所了解。他们叫它西科斯基S-92。直升机前端的透明座舱叫作驾驶舱，是飞行员坐的地方。后面则是客座，可以乘载二十名乘客。直升机的机身蓝白相间，上面以夸张的红色字母写着“未来城”。飞行器靠近露台的这一面有着一组小窗，焦虑的乘客们纷纷透过窗口向外张望——所有花大价钱来未来城参观的客人都迫不及待地想要一睹传闻中的飞行器，但是其中只有极少数人愿意参加试乘活动。

“不可能吧，它那么重……”一位女士喃喃说道。

巨大的轰鸣声淹没了她的话语。这飞行器确实是个重家伙。满载时重量超过十吨。从头到尾长达五十六英尺，顶部的螺旋桨也有着相同的直径。马队拉不动它。说它能飞，听起来也确实像是天方夜谭。

但是，飞行确实是它的功能。螺旋桨越转越快，慢慢变得不可见了，掀起阵阵沙尘暴。即使相隔甚远，男士们也都纷纷按紧了自己的帽子，女士们则拉住了裙沿。慌乱中，众人纷纷从栏杆边退回来。最终，引擎一阵轰鸣，飞行器离开地面——先还有些犹疑，一会儿就变得平稳而自信，靠着自身巨大的蛮力直冲云霄。

杰西想，也许这才是它让人心生恐惧的真正原因吧——这突如其来的巨大蛮力中所蕴含的暴力性。直升机的直系亲属可不是风筝或者小鸟，而是战争机器。它并不比火炮更精巧，是钢与火的结晶。这是人工制造出来的飞行。要是这飞行器的熔炉停了那么半秒，它就会像魔鬼陨石一样，从天而坠。

杰西感到一只手搭在了自己的肩膀上，反射式地转过身——是伊丽莎白·德保罗。她穿着保安制服和裤装，一定是刚从一号楼过来，一脸严肃。

升空后，直升机的飞行速度甚是惊人。一转眼，它已经穿越了未来城的西侧领地。它会在空中停留四十五分钟，像蜻蜓一样掠过重重山丘，最终回到停机坪上。

“我们谈谈吧。”德保罗小姐说。

她的脸型修长，几乎可以称得上英俊。但是眼神却让人心有余悸。

像流沙一样的深色眼眸，坚定而冷峻。

“你可以在呼机上呼我的。”

“我想在我们到一号楼前先私下聊一聊。”

“是的，长官。”

“你不用叫我‘长官’。”

“那我就不知道该怎么称呼你了。”

“这儿又不是该死的军队。既然我们要在一起工作，你叫我伊丽莎白就好了。”

有客人听到她的咒骂声，不禁转过头来，明显是被吓到了。

“也许我们应该到里面再聊，”杰西说，“这样比较不会冒犯游客。”想了想，他又说：“你可以叫我杰西。”

伊丽莎白看着飞远了的直升机点点头：“你一定见过它起飞吧？”

“经常。但是没从这个角度看过。”

“你想坐坐看吗？”

“如果可以选的话，大概不会。伊丽莎白，在你来的地方，坐飞机是不是像骑马一样平常？”

“我坐过几次。”她答道。

杰西第一次看到未来城时，未来城双塔还未竣工。尽管在建的双塔已经足够令人叹为观止了，但是更让杰西着迷的，其实是工地上的大吊车。高耸的钢架宛如骨制的鸟儿，鸟喙上上下下不停地运输着一桶桶来自波特兰的水泥。这工程是如此庞大，宛如一场以天际为帷幕的机械芭蕾，如梦如幻。但是，这梦幻工程的果实则充满了坚硬的物理性。未来城人教杰西完成一些比较简单的任务：牵引木材、煮焦油。

月复一月，杰西的脸在伊利诺伊的日光下日渐黝黑。双塔终于建成了。

但是，未来城最大的奇迹其实早在杰西到来之前便已就位了。镜子位于深深的地下，未来城双塔之间，是横跨过去与未来的所在。作为本地雇员，杰西从来没见过镜子，也没到过镜子所在地的附近——他甚至从没想过他会有机会见到镜子。但是，现在他有了这张新工卡，杰西不禁纳闷，情况是不是会不一样呢？

"是这样，"伊丽莎白说，"我们不得不一起工作。这没什么问题。布京说你很聪明，你在处理格兰特的事上也干得不错。但是，一旦进入一号楼，你就在我的地盘上了。我们得先约法三章。"

他们从中央层乘电梯，一直下到员工宿舍的下一层。这一层，杰西的老卡也是打不开的。电梯门敞开，面前过道的装潢和客层相比粗陋了很多，天花板上赤裸裸地爬着各式各样的管道。过道很宽，甚至可以让车辆通过。伊丽莎白刚要开口，一辆闪着红色警示灯的车从他俩身边开过。

"规矩第一条，千万不要像游客似的，对什么都是一副目瞪口呆的样子。不要像新来的一样对什么都眼巴巴地盯着看。不管你看到什么，都装作见多不怪的样子。"

杰西对一号楼的情况并非一无所知。所有的本地雇员都知道，要是有一号楼的工人到二号楼的员工休息区来吃饭，你坐在邻桌，就总会听到些什么。凭着这些只字片语，杰西对那些未来城的禁区多少有些了解，这也包括了镜子。传闻说，镜子有五层楼那么高，平时表面反光——这也是它被称为镜子的原因。但是一旦有人或者物品穿过，镜子的表面就会呈透明状。镜子能够在时间线之间打开通道。但是它到底由何种引擎驱动，又用什么燃料？没有人提到过。

杰西看到一个写着“通往所有镜子所在楼层”的标识，伊丽莎白走了过去，没有回头。

“规矩第二条——不要问为什么。别人没问你话，就别开口。”

他们来到一扇镶在水泥墙上的钢门前。门上的牌子标注着“由此向前请遵守一号楼规则”。伊丽莎白刷了刷她的工卡，门打开了。

“还有，和我一起，不要到处乱跑。我们在一个小时后和奥古斯特·坎普有个会。”

奥古斯特·坎普。这个名字在未来城可谓是无人不晓，连低阶的本地雇员也都知道他。坎普正是那个来自二十一世纪的大财阀，未来城的主人。坎普在镜子的两端来去自由，也和这边世界里的权贵们结下了不浅的交情。就在今年夏天，他还在曼哈顿和杰伊·古尔德、约翰·D.洛克菲勒会过面，还和利兰·斯坦福、马克·霍普金斯在旧金山吃过饭。[1]因此，和奥古斯特·坎普开会对杰西来说就像是和月亮国国王握手一样。

“知道了吗？”伊丽莎白说，“搞得定吗？”

1　这就像奥古斯特·坎普一个夏天请了比尔·盖茨、马克·扎克伯格、巴菲特和埃隆·马斯克一起吃饭一样。只是在19世纪这帮人是：

杰伊·古尔德（Jay Gould，1836－1892），19世纪美国铁路和电报系统无可争议的巨头，绰号“海盗大亨”，其在1869年对黄金市场的狙击导致了被称为“黑色星期五”的大恐慌。

约翰·D.洛克菲勒（John D. Rockefeller，1839－1937），美国实业家、慈善家，因革新了石油工业和塑造了慈善业的现代化结构而闻名。1870年创立了标准石油，在全盛期垄断了全美90%的石油市场，成为历史上第一位亿万富豪和全球首富。

利兰·斯坦福（Amasa Leland Stanford，1824－1893），美国铁路大王，以经营港口、金矿、铁路著名。1861年任加州第一任州长，在南北战争时期带领加州加入以亚伯拉罕·林肯总统为首的北方联盟。1863年与夫人珍妮建立了中央太平洋铁路公司，担任总裁。后创立斯坦福大学。

马克·霍普金斯（Mark Hopkins，1813－1878），美国铁路大亨、财阀。和利兰·斯坦福一起，为中央太平洋铁路公司的四大投资人之一。

杰西完全听不懂她在说什么，只好说：“是。”

杰西跟着伊丽莎白来到另一个电梯间，上了几层来到一号楼的员工休息区。乍一看，这里和二号楼的员工区几乎一模一样：都没有窗户，排满了桌子和塑料椅子。相似的摊位，相似的食物，只是种类似乎多了一些。“我该吃午饭了，”她说，“你饿了吗？”

杰西确实饿了。但是这边的摊位看起来只收现金，不收代币。杰西不愿意付现金，只好说：“我想我还是不用了。”

“真的吗？午饭算我的。”

“那真是慷慨，谢谢你。既然这样的话，和你一样就好。”

“日式盒饭和可乐？”

杰西一头雾水，不明白她说的是什么，但还是点了点头。伊丽莎白从一个叫作“加利福尼亚寿司”的摊位点了餐，递给杰西一个装着差不多是鱼和米饭的盒子。他拿着托盘来到一张空餐桌前坐下。伊丽莎白坐在了他对面。

杰西打开餐具：“筷子！”

“如果需要的话，你可以去拿叉子。”

“不用。”杰西夹起一个饭团说。

“你从哪儿学会用筷子的？”

“我从旧金山来，那儿可不缺中国佬和筷子。这是中餐吗？”

“大概算是日餐吧。快餐寿司。另外，仅供参考，‘中国佬’可是会冒犯人的。”伊丽莎白将酱油和一种绿绿的酱混在一起，用来蘸饭团吃。杰西照样行事。这酱显然是某种芥末，他费了好大劲儿才把蘸了酱的饭团吞下去，差点没呛出眼泪来。

杰西为自己说了“中国佬”而道歉——他参加过相关培训，知道不应该这么说。这个词儿虽然普遍，却可能冒犯来自未来的客人。

“那么，”伊丽莎白说，“你猜得出来我们为什么得见奥古斯特·坎普吗？”

头顶的电视屏幕让杰西分了神。员工区的天花板上装了好几台这样的屏幕，都在播放着同一场棒球比赛——至少杰西猜那是棒球。钻石型的球场看起来倒是没错，但是捕手戴面具，整个体育馆则大到让罗马斗兽场都自叹不如。

伊丽莎白故作失望地重重叹了口气：“记得我跟你讲的，不要没事就目瞪口呆的事儿？”

“很抱歉——”杰西考虑加上“女士”，好故意惹惹伊丽莎白。

“我刚刚问你，你觉得这一切都是怎么回事？”

“是关于刺杀格兰特的事儿吧。”

“没错。你那次表现得真不错。要是那家伙有机会开上一枪，我们可就走霉运了。最坏的情况，死了个总统，联邦调查员找上门，不仅生意损失巨大，还可能要提早关门大吉。现在的结果是，枪击没发生，我们还抓到了枪手。对了，他是本地人，是个到现在还对格兰特拿下里士满[1]耿耿于怀的混蛋。最重要的是，你救了格兰特，省了坎普一船的钞票，更让他免于身陷丑闻。因此，你现在在他的眼里可是闪闪发光呀！你知道谁是坎普吧？大股东，CEO，大老板。他现在注意到你了，对你刮目相看。因此你得以节节高升。一切都很完美，除了一

1　里士满，位于美国弗吉尼亚州，为南北战争时南方邦联首府。1865年4月，南方军被迫放弃里士满，最终在一周内投降，结束了南北战争。

个细节。”

“是那把手枪？”杰西说，“他们告诉格兰特那是一把柯尔特，但那不可能。”

“那是一把格洛克 19，弹夹是满的，绝对不是本地货。”

“那有什么问题吗？”

“那个枪手是跟着最新的一批本地游客进入未来城的，就在格兰特来访的几个钟头前。我们的监控录像录下了他进城后几乎每一秒的行踪。他没和任何人接头，也没去过任何可疑的地方。因此问题就来了，他到底是从哪儿弄来那把枪的？我们的推断是，枪是他带进来的。可是密苏里不卖格洛克——不管他从哪个鬼地方来，那儿都不应该卖格洛克。我们得查清楚他到底是怎么弄到那把枪的。”

“你是说那把枪是被人悄悄弄出未来城，一路送到枪手手里，然后枪手又把它带回了城里来？”

“可能性之一。”

“所以他一定有同伙？”

“是的，极有可能。上头让我来调查这件事。我们的调查得覆盖城里和城外，两头兼顾。因此，有一位可靠的 1876 年的本地人协助，将对调查大有帮助。具体来说，那个人就是你。”

“是这样啊，我了解了。感谢你对我的信任。”

“老实说，对你我还心里没底。要是我们到了城外，好吧，也许你还有点儿用。但只要不到那一步，尤其是像现在这样在一号楼里，你就得听我的。就是这样，我希望你没什么意见。”

“我觉得没什么问题。”

话说到此，杰西觉得伊丽莎白大概已经把想说的都说完了，对话一下子陷入了一阵尴尬的沉默中。于是，他默默地吃着饭盒里剩下的东西。过了一会儿，伊莉莎白看了看表，杰西也看了看表。离和坎普的会面还有半个小时。伊丽莎白开口问道："所以，你从旧金山来？"

"是，"杰西察觉到伊丽莎白似乎在等着自己继续说下去，"我出生在新奥尔良，但是父亲在我还小的时候就带着我去了西部。"她点了点头，没说什么。如果这是她对"友好对话"的一次尝试，她比起杰西也好不到哪儿去。"如果你不介意我问的话，请问你是从何处来呢？"杰西问道。

"出生在明尼阿波利斯，但是接着我爸妈就搬去了北卡罗来纳。我一到十九岁就参了军。退伍后搬到了夏洛特，做私人保安工作。"

"你是个军人？"

"没错。"

"参过战？"

"我不知道关于这个话题我到底可以说多少。但是如果只是你我之间的话，应该不用那么严格……唔，好吧，算是参过战。你呢？"

"我三岁那年，第一次马纳萨斯战役爆发了。父亲按道理应该应征入伍的，但是他不想加入任何一边。因此他去了旧金山，在那儿他不会被征召入伍。"

"那你怎么会到未来城来工作了呢？"

"我被从火车上赶下来了。"杰西说。

电视屏幕上，一个穿着波士顿红袜队球服的击球手将球直击入守场员的巨大手套里。三振出局。两支队伍交换位置。从在场观众的反应来看，杰西猜这场比赛是在波士顿举行的。天空多云，那是波士顿未来的某一天。此刻，在那个未来世界的某处，女兵们开着直升机，以格洛克 19 频频开火。但至少波士顿看起来还算安全。

“该死了！”伊丽莎白咒骂道——这让杰西不禁注意到她确实有着士兵的谈吐。他将思绪从棒球比赛上挪开，看见两个穿着保安制服的男人正从电梯厅那边朝他们走过来。“卡斯特罗和德克尔。”她低声说道。

“你的敌人吗？”

“不算敌人，就是两个混蛋。”

前面的那个男人，据伊丽莎白所说叫作卡斯特罗。他是个大家伙，制服被撑得满满的。德克尔的块头还要大，头发剃得极短，一脸坏笑说明他才是俩人的头头。“丽思！”德克尔大喊，“你的新搭档啊？”

伊丽莎白朝他伸出右手，比了比中指。

“原来是这样啊，你的新搭档是个本地人。”德克尔面不改色地说。他转向杰西：“你第一次来一号楼吗？”

杰西的视线毫不避让：“是的。”

“我看你在看比赛。你喜欢棒球啊？”

“从来没打过。”

“他们把光缆穿过镜子接了进来，这样我们可以看直播。红袜子对抗巴尔的摩金莺。嘿，卡斯特罗，你懂棒球。1876 年他们有棒球吗？”

“当然有啊，”卡斯特罗说，“但是队伍不一样，比方说白长袜啊，红帽子啊。另外，他们用的是尼克巴克规则，也没有夜间比赛。”

“还没有实时回放，”德克尔说，“你说是不，老大？”

杰西耸耸肩。

“所以说，你觉得一号楼怎么样？”

“除了这张桌子外我还没见着多少一号楼的东西呢。”

“我敢打赌，你想看的其实是真玩意儿。穿过镜子，步入辉煌未来。我说得没错吧？”

不，你说得全错，杰西暗暗想。第一，这不可能。有钱的本地人也许可以买张票到二号楼里一瞥未来，但最多也就到那儿了。有少许本地雇员以各种方式进入一号楼，大多是作为服务人员或者进行表演。但是穿过镜子进入他们的世界，从没有人做到过——据杰西所知，也没人尝试过。

“我想都没想过。”

“骗人鬼话吧。”德克尔说。

“你说什么？”

“你没想过才怪！鬼才相信呢！我从没遇到过哪个本地人不妄想进入未来的。”

“跟那些‘水背’[1]似的，”卡斯特罗说，“偷偷摸摸溜到二十一世纪，在斯威夫特或者泰森打工。”

“‘镜背’！”德克尔大笑，“可惜我们的防线无懈可击。抱歉了老兄，想接近未来世界，这儿就是你的终点了。”

“我的名字不是老兄。”

“我管你叫什么名字！”

杰西站起身。

“哇，真是个大个子啊！”德克尔说，“当然是作为本地人来说的话。但是你可别想在我面前逞能。”

1　水背（Wet backs），歧视性用语，形容途经格兰德河非法进入美国境内的墨西哥人，也被更广泛地带歧视性地用来形容在美居住的墨西哥人。

杰西伸出他的右手："我的名字是杰西·库鲁姆。"德克尔显然没想到这一出，过了好一会儿才反应过来杰西是想跟他握手。

然后，他的一脸坏笑又回来了。他伸出手，热情地握住了杰西的手——可不仅仅是热情那么简单。杰西觉得自己的手像是被压在了熨斗夹板中间。但是，他成功地做到面不改色，握了回去。

"伊丽莎白，"杰西说，"你觉得要是我一拳打倒德克尔先生，我会因此丢了工作吗？"

"很不幸，是的。"

"既然这样的话，德克尔先生，那就请便了。德保罗小姐和我有正事要办，正要离开。"

德克尔冷笑。他身边的卡斯特罗更是一副努力憋着才没笑出声来的样子。

伊丽莎白起身："他说得没错，德克尔，我们现在就得走。你们下次见面再互相较量鸡巴大小吧。"

德克尔放开杰西几乎没有了血色的手，凑到他的面前耳语道："我们下次再看看，到底是谁打倒谁。"

"随你的便，老大。"杰西说。

"哦，对了，顺便说一句。你的搭档？她可不是什么德保罗'小姐'！是德保罗太太。德保罗太太可是结过婚的。难道她没告诉你吗？"

"德克尔，你真他妈的就是一坨狗屎。"德保罗太太说。

他们从休息区搭上员工专用电梯。电梯门一关，伊丽莎白就对杰西说："德克尔从来都不会忘记提我的丈夫。"

"那是你的私事。"

“我的丈夫在坐牢。五年前，因为运毒进去的。”

“我很抱歉。但是这真的和我无关。”

“德克尔喜欢用这件事来找我的碴儿。好像觉得那是什么惊天大秘密似的。”

“你丈夫犯的罪，不管是什么，都不应该反映在你身上。”

“对了，你干吗要跟他握手？德克尔跟打了激素似的，随时可能让你断骨头。”

“我觉得那才是绅士应有的行为。”

“等你和真正的绅士打交道时再这么做吧。”

电梯在其中的一个客层停下来。半打穿着同样款式的胸衣加多褶裙的女人走进来，她们应该是在餐厅或者酒吧工作的女服务员，听说话方式像是本地人。杰西听说这些员工大多来自芝加哥汤姆森或者纽约德尔摩尼克饭店，在这里工作的薪酬非常之丰厚。“女士们，午安。”他说。

一阵咯咯笑。这可不怎么礼貌！“也许她们看不起我的西部口音？”杰西想，“还是我的举止不对？”

“你在这儿可离二号楼远着呢。”其中一个红头发姑娘说道。

大概不到一公里。但是她说的没错。这可是非常漫长的一公里。

“我听说格兰特将军来访，”一个女人问道，“是真的吗？”

“是的，女士。他在。我亲眼看到的。”

“来尝鲜未来滋味——女人和黑佬能投票，娘炮也能结婚！”她朝着杰西眨眨眼，“也许你在二号楼是老手了，但是在这儿你还嫩着呢。可得多加小心呀！”

女招待们在另一层楼下了电梯。

“是真的吗？”杰西问道。

“你指哪一部分？”

“投票还有其他什么的，在你来的地方？”

“女人可以投票。非裔美国人也可以投票。如果不是直人，也可以结婚。”

“直人？”

“异性恋。一男一女。”

杰西一路都若有所思，直到他们到达了行政层。

伊丽莎白·德保罗让杰西想到马。这么说绝对没有贬义，绝不是说她太大个儿或者长得丑。当然，她的长相和他们在电梯里遇到的那群女招待完全不一样，算不上特别的精致俊俏。但是她拥有某种良种马般的尊严，以及骏马一般的中立和冷漠。她愤世嫉俗的褐色双眸里写满了故事。在这表象之下，则是一股不卑不亢的骄傲。这些品质让杰西觉得似曾相识，让他想起年轻时遇到过的那些来自田德隆区[1]的女人。他也曾在其他陌生人的脸上看到过这种品质——那些在百老汇街以南、市场大街以北讨生活的人们。这是一张幸存者的脸，有着这副脸孔的人常常既干练又危险——一半干练，一半危险。

她还参过军。根据二号楼里的展览看来，二十一世纪是个充满了奇迹的地方。但是，那里也有战争，还有监狱——如果你相信伊丽莎白的话——自然就有囚犯和囚犯的妻子。

1　田德隆位于旧金山，是自1849年加州淘金潮后形成的旧金山下城居民区之一。田德隆一直是旧金山另类文化的聚集地之一，区内也存在众多的色情商店和影院。后文提到的百老汇街及市场大街均为旧金山地名。

就跟员工休息区一样，一号楼和二号楼的行政层也像是从同一个模子里刻出来的。同样的铺着地砖的地面，同样的办公室隔间，同样的键盘敲击声隐约可闻，同样的冷空气从隐秘的管道里嘶嘶而出。杰西和伊丽莎白所经之处，行政人员纷纷抬头，其中几个还好奇地打量了杰西好几眼。虽然良好的训练让他们不会盯着他直看，杰西还是不禁暗自纳闷，究竟是什么泄露了他本地人的身份？他觉得自己像是一只戴着铃铛的猫，叮当直响。

他跟着伊丽莎白来到会面的办公室，奥古斯特·坎普和一号楼的保安主管已经到了。办公室很宽敞，里面放着一张巨大的办公桌，几张软绵绵的靠背椅，还有一张沙发。办公室的窗户朝东，除此之外则和二号楼一模一样。窗外，几片不祥的云朵掠过天际。楼下是一片斑驳的绿草地，未来城圈养的水牛紧紧地挤作一团，等待着雨的来临。

一见到伊丽莎白和杰西，两个男人都站起身来。坐在办公桌后的是一号楼的保安主管，伊丽莎白的老板。他是一个有着深色皮肤的中年人，长着一张鹰一样的脸，有着充满观察力、犀利的眼。名字是巴顿。

“请坐。”巴顿朗声说道。

杰西和伊丽莎白在沙发上坐了下来。奥古斯特·坎普站着没动。

坎普和杰西想象的一点儿都不一样。在杰西的印象里，有钱人一般一眼看上去就气势汹汹，一副谁都不服的模样，仿佛礼拜日的礼帽一样扎眼。奥古斯特·坎普的年纪倒是和想象的出入不大——一般来说，未来人的年龄很难一下子猜得准，但是依据他皮肤的纹理看来，杰西猜他五十有余。但是，他精壮得跟猎狗一样，皮肤则黝黑得像个牛仔。衣着既不正式也不严肃：牛仔裤，一件印着热带水果的衬衫。一头花白的头发松松散散。他一笑，一口完美得令人生疑的牙齿就露了出来。

“库鲁姆先生，我想关于你救下格兰特总统的英勇事迹，我就不必再次重复、惹你尴尬了！听说总统本人已经亲自向你表示了谢意。我相信你也知道，未来城对你这次的表现非常感激。”

“是的，先生。我很感激您这么说。”杰西说道。

“枪手目前在我们的拘留中。我们有机会对他进行了审讯。巴顿先生可以告诉你所有的细节。”

巴顿清了清嗓子，说道：“嫌疑人名叫奥比·斯泰德曼，来自路易斯安那州的卡尔霍恩兰汀。几个月前，斯泰德曼所在的所谓‘来复枪俱乐部’和联邦军队有了一次冲突，激斗中死了十五个人——两个士兵，其他的都是斯泰德曼的朋友。军队方宣称他们阻止了一场内乱，斯泰德曼则称之为一场谋杀。他认为‘重建’[1]是真正的罪魁祸首，而格兰特则是始作俑者。他在报纸上读到格兰特即将来访未来城，就此开始计划。他一路到达芝加哥，在那儿过了一夜。然后来到未来站镇，在那里待了一周，直到格兰特来访前夕。我们不是很清楚在这段时间里他到底干了些什么，但是我们很清楚他没干什么——他没有企图在格兰特的卧车到达未来镇时谋杀他。也许是因为他没有可趁之机——前往未来城的客人们从火车上下车后到登上前往未来城的专列之间是有保安护送的，格兰特的随身警卫也紧得跟鼓面一样。我们相信这是斯泰德曼决定在未来城里动手的原因。”

1　此处特指美国重建时期（1865－1877年），为美国内战结束后试图解决战争遗留问题的时期。当南方邦联和奴隶制一并被摧毁后，针对南方各州如何重返联邦、南方邦联领导人的公民地位以及黑人自由民的法律地位等内战遗留问题，“重建”试图一一提出解决方案。很可惜，直到19世纪70年代晚期，“重建”也未能将黑人平权等诉求整合到法律、政治、经济、社会体系之中。几乎所有历史学者都认为“重建”是不成功的。

“对他来说，有一个难点，”坎普打断巴顿说道，“买到几天后的票并不容易。一般来说，你需要提前六个月预定我们的门票。”

“不容易，”巴顿说，“但是并不是完全不可能。如果有客人临时取消行程，门票就会重新进入流通。我们的改签政策非常宽容，但是并不是每个人都会选择改期再来。门票是允许重新出售的。虽然我们不鼓励倒票，也尽了最大的努力防止此类事件发生，但是倒票还是时有出现。斯泰德曼成功地为自己搞到了一张票，虽然肯定不会便宜。”

“如果我没搞错的话，他还买了另外一样东西，”杰西说，“一把手枪。”

坎普点点头，看起来杰西说到重点了。巴顿说：“你也亲眼看到了。一把上了膛的手枪，非当代造。”

具体来说，一把格洛克 19，杰西心想。

“我们可是花了很大的气力，来确保未来城和外部世界之间保持恰当的距离，”奥古斯特·坎普开口道，“这是我们从建城初期就定下来的规则。这么做既是出于实际考虑，也是出于道德上的考量。我们希望本地人的生活不要因为某些可能被断章取义或者滥用的理念和技术影响。同时，我们希望未来城不被误解，避免卷入任何不必要的法律纠纷。当然，不管我们怎么努力，也都做不到百分之百的隔离。因此，我们允许一些经授权的纪念品。比方说，要是一号楼的某个访客在旅途中偶尔将他的手机或者腕表丢在了哪里，那也只能算了，没什么大不了的。但是武器？！每一把经过镜子运进来的手枪都是记录在案的，同时配给专属的保安人员。我们不允许任何未经许可的武器进入——绝对不允许！在未来城里发现未经许可的非法枪支就已经够坏了。要是斯泰德曼确实是从火车站弄来这把枪的——这简直是令人震惊，完全不可想象！”

伊丽莎白问道：“斯泰德曼坦白了枪的来源吗？”

巴顿：“他交代了动机，但是关于武器从何而来却一句都不肯说。这也是我们希望你和杰西去调查清楚的。首当其冲的任务是去未来镇，看看能不能重现斯泰德曼在那里的轨迹。重点当然在于武器的购买——谁是卖家？还有更多的代售武器吗？有没有其他的违禁品？”

坎普对伊丽莎白说：“所有的细节都在你的邮箱里了。这是你第一次出外勤，是吧？”

“我到城外的铁轨上出勤过几次，”伊丽莎白说，“所以我出过大门。但是基本上来说，是第一次。”

“我们会为你准备合适的服装。但是涉及本地人的行为习惯，你听杰西的。做得到吗？”

“我上过基本的培训课程……”

“那很好，”坎普抢声说道，“但是一点温故知新总是好的。再说杰西是本地人。记住这一点：出了城门，就是他的世界，不是你的。”

“了解。”伊丽莎白应声道。

“杰西，我们可在同一频率上？”坎普看着一脸空白的杰西，改口道，“你同意吗？”

“我想是的。”

“那太好了。伊丽莎白，再说一遍，我们会传细节给你。杰西，我大概不用告诉你，这份新工作的薪水会更高。”

“真是慷慨。”杰西说道。

“你是我最忠诚的本地雇员之一，又从不惹麻烦。出外勤时，保持同样的态度。你还有什么问题吗？没有的话，今天就到此为止。”

杰西想了想说："我们是一队，伊丽莎白和我。我需要帮助她装作本地人，对吧？"

"没错。"

"但是，如果那把枪是从未来城里偷运出去的，线索可能会将我们带回一号楼。这没什么问题。问题是，我在这儿太扎眼了。光今天我就两次被认出是本地人。你的员工们看见我，就像看见起死回生的拉撒路一样。我到底是什么没做对，你能告诉我吗？"

奥古斯特·坎普看了看巴顿，巴顿看了看坎普，都没说话。最后，伊丽莎白出了声："是你的胡子。"

"这里也有男人留胡子啊？"

"才不像你这样呢。你看起来就像是从ZZ托普乐队里逃出来的，或者是扎克·加利凡纳基丝参加内战喜剧片试镜。[1]你们这些1876年的男人从来都不剃胡子吗？"

"有些人会剃，"杰西闷闷地说，"你们那儿的男人也不都是光着脸的啊。"

"反正如果你稍微修修胡子，就能在两个世界都畅行无阻了。"

坎普说："一号楼里有一个发廊，下班时间供员工使用，我会帮你预约。这段时间里我们希望你搬到一号楼来住，因此你需要熟悉一号楼的情况。"

"非常感谢。"杰西犹豫地说。

"还有什么其他问题吗？"

1 ZZ托普（ZZTOP），成立于1969年的美国摇滚乐队。主唱和吉他手真的都有非常大的胡子，值得图片搜索。扎克·加利凡纳基丝（Zachary Galifianakis），美国喜剧演员，也有一脸大胡子。

非常多，杰西心想，却开不了口。

“哦，对了，”坎普说道，“我听说你需要一副新的欧克利。你去供应科看过了吗？”

“我去了，”杰西说，“但是欧克利都发完了。”

“我来搞定这个。”奥古斯特·坎普说。

3

在杰西看来，未来城发给他出外勤的服装，其制作工艺都非常之奇怪。但是没办法，他上一次拥有的“正宗”当地服装还是刚进城时穿的裤子、衬衫和内衣裤。一到未来城，那些衣服就被拿去去虱消毒。这一次任务，既然他要扮作一个小有成就的生意人，那一身流浪汉的穷酸装扮就派不上用场了。因此，杰西收到指令去供应科量体裁衣，为任务做准备。

而今天一早，他就穿了这么一身。杰西打量着宿舍镜子里的自己，看起来多多少少有点像那些他在旧金山见过的小有成就的店主了。当然，衬衫太干净，领子太白，背心太合身，布料太精致。再加上他最近又刚刚剃了胡子、剪了头，他觉得自己既焕然一新又蠢死了。

“还行。”伊丽莎白看着刚刚上车、坐在自己对面的杰西说。杰西倒是很感激她的评价，但是伊丽莎白自己看上去也好不到哪儿去。在杰西眼里，她那一身衣服也都是仿造品。这马车也是仿造品——二十一世纪造，通过镜子运进来。远远看去，这车和一般的哈克尼厢车没什么区别，但是一坐上来就知道它的不同之处了——来自二十一世纪的精密悬浮避震系统。不过，他倒是不担心别人会认出这车来。这厢车是每周例行送客人从未来城到火车站的马车车队的一员。

司机急急忙忙地驶出大门，离开了未来城。车身一阵震动，打在车窗上的雨将伊利诺伊平原渲染成一片斑斑点点的绿和黄。杰西的心情也阴郁了下来，只觉得前景一片不明。但是也许还好？也许他可以多多少少挖出些真相来向伊丽莎白和她老板交差？这样他的生活大概可以重新回到不受人打扰的正轨上。当然，谁知道还有什么别的可能呢？

昨晚，他又梦见了妹妹菲比。还是同一个梦，既熟悉又可怕。他重新回到了赵夫人的大屋里，火焰熊熊的房间，菲比躲在一个盒子里，鲜血从他父亲紧合的双手中汩汩而出。

他在一阵冷汗里醒来。于是去冲了凉，换了衣服，去员工区吃早饭。他在星巴克的窗口遇到多萝西——那个在战争里失去丈夫的寡妇——告诉她可能会有一阵子见不到自己了，他就要搬到一号楼里去了。

“新工作吗？”多萝西说，“那真好！要开始扬名立万了！你看起来也是一副成功人士的样子！”

“这是专门为了去未来站镇出外勤准备的。”

“去做模特儿啊？”

“我可不能多说。”杰西说，其实是不愿意多讲。

“一定会迷死姑娘们呢。”

当然，除了一位姑娘以外——多丽丝·万德坎普。她负责客房清理的工作，正在小歇一阵。她那时有时无的伤风今天似乎不见了踪影，乱乱的黑卷发衬着一双调皮的眼睛，看起来别有一番风情。她不请自来地在杰西的桌边坐下 :“瞧瞧，瞧瞧！杰西·库鲁姆！晶晶亮，闪闪发光！都快让别人想念他了！”

“你气色也不错，多丽丝。”

“我可是一直低估你了。你可不止是默默拿工资、拍老板马屁啊！看起来你还算是有野心的嘛！”

“很快你就没机会笑话我了，不如现在一次笑个够好了。”

“我可不是笑话你，至少这次不是。杰西，你也得承认，你可是个反反复复、让人捉摸不定的爱人啊。”

对多丽丝来说，他可不是什么爱人。他和多丽丝的关系完全源于他的欲望和空闲，以及他俩之间特有的像夏日风暴一样的鲁莽激情。坦率地说，杰西从没想过他俩之间会有任何未来。一直以来，他觉得多丽丝也心知肚明，他们的关系迟早会触礁。她那反反复复的抱怨无非是她爱在公共场合做的一出戏罢了——对于这出戏的表演，她可真是才华横溢呢。

“我听说他们给你派了个又高又大的二十一世纪老姑娘做搭档？”多丽丝说道，“穿裤子的女兽人。”

“这么说可真难听。虽然她可不像你那么娇小玲珑。”

“你可真会说话，”多丽丝伸出手，将手覆在杰西的手上，“你这个呆瓜，我还气着你呢。”

说着，她从裙褶里掏出手巾，擦了擦鼻子。杰西想，她的伤风大概又回来了。

“今天早晨我和德克尔聊了聊。”伊丽莎白说。

杰西将视线从窗外挪了回来。雨点又粗又大，砸在车上就跟小孩子丢的石子儿一样。今天,未来城的直升机可飞不了了。户外活动延期。而二号楼里的两个室内游泳池——一个女士专用，一个男士专用——则会挤满了人。客人们似乎特别喜欢在风雨交加的天气里一边享受着热水，一边透过高高的玻璃墙看着窗外。

但是，这一切都在他的身后了。向前走，迎接他们的将是泥泞的未来镇街道。

德克尔，杰西想，那个嘲笑他还想把他的手捏碎的男人。“他今天心情好一点了吗？”

“恰恰相反。那天你们在食堂里交谈过后，他的工卡就不见了。他不得不去保安科重新申请一张新卡。那张旧卡今天早晨才找到，在员工层的一个花盆里。”

“运气够坏的，听起来可真够麻烦。”

“德克尔觉得是你干的。”

“他有什么证据吗？”

“安全录像录下了他找你麻烦的片段。假设你在那时偷了他的卡，但是录像的角度不对，因此什么都证明不了。”

“你觉得我偷了他的卡？”

“我觉得，要是你真的偷了那个混蛋的卡放在花盆里，他可完全是自找的。但是，当时我就坐在一码开外，我也没看到你动手。你是个扒手吗，杰西？”

杰西就这个问题想了想。他不想伊丽莎白以为自己曾经是个到处偷钱包的小贼，但是他又不想说谎:“你说的听起来像是快手之技呢？”

“你是说魔术吗？那你是个魔术师吗？”

“我不是。我的父亲也不是，但是他在年轻的时候学过一些牌技。”

“你用这些技巧从德克尔那儿不声不响地拿到了他的工卡，连他自己都没注意到？”

“我猜，这要真是我干的，我可不太愿意承认呢。”事实上，杰西因为这件事特别懊恼，这可是个非常不必要的风险。

“我会给你保密的。德克尔什么都证明不了。除了他自己以外，一号楼里的所有人都觉得这件事特别滑稽，”伊丽莎白想了想，又加了一句，“对你来说，保住工作很重要吧？”

“是的，女士。唔，我是说是的。”

“有什么特别的原因吗？”

“没有什么特别值得说出口的。”

“好吧。但是你爸爸是魔术师，这倒是挺有意思的。”

“他不是魔术师。他以为人开门谋生。你来自军人家庭吗，伊丽莎白？”

她笑了起来。“不，我爸爸是个电气工程师。但是他抽烟抽得厉害，抽得自己很早就得了冠状动脉硬化。我妈妈是个美容师，但是现在她除了看福克斯新闻和去教堂外什么都不做。”

“我相信他们一定是好人。”

“我很欣慰有人相信这一点，”湿气让车窗变得模糊，伊丽莎白用手抹了抹玻璃，“但是你知道他们怎么说吗？‘幸福的家庭都是相似的，不幸的家庭各有不同。’”

“这是谁说的？来自二十一世纪的哲人吗？”

伊丽莎白耸了耸肩：“我想我是在奥普拉秀上听说的。”

未来镇是北边地平线上模模糊糊的一团，就像被人用手指笨拙地在湿湿的伊利诺伊平原上随手一抹而成。如果杰西拗着头，就能看到车队里的其他厢车和马车正排着队蜿蜒驶向火车站，宛如一队蚂蚁爬向一颗大白菜一样。穿过雨幕，他逐渐可以看见木制建筑构成的天际线，其中最高最大的是三层楼高的怡东酒店，今晚他们过夜的地方。

车还没到站，杰西就闻到了小镇的气味。他看到伊丽莎白皱了皱鼻子。两年前，未来城为镇上安装了排污系统，但是没过多久小镇的快速扩张就完全超过了这些系统的负荷能力。杰西想，这天气也不帮忙。一发水，潮湿的空气就像罩子一样罩住整个小镇。“我真纳闷儿你为什么过来。”

“我过来是为了保证你不会把事情搞砸。”

很显然，这是伊丽莎白开玩笑的方式。杰西笑了笑。

“我不是说你，我是说来自你们二十一世纪的人。一号楼里的客人。你们到底过来做什么？这儿到底有什么好的？我理解为什么我们这边的人有兴趣——来自未来的奇迹，比巴纳姆的秀还要神奇美好。他们付钱去看你们的电影，在你们的温水游泳池里泡水，乘坐你们的直升机。要是付不起未来城一周的费用，他们就到未来站镇上来，买些纪念品，远远地看一眼飞行器。但是你们的人，离开二十一世纪到这里来！这里到底有什么吸引人的？我还真不明白。七三年的大动乱让好多人丢了工作。内战刚刚结束不到十年，街上满是丢了丈夫的寡妇和丢了手脚的老兵。印第安人叛乱到处都是，南方重建遥遥无期。那么多的人还是从未来远道而来，来此参观，真是让我吃惊。”

伊丽莎白没有很快给出一个打发人的答案，这让杰西格外欣慰。事实上，她沉默地想了好一会儿才开口说：“镜子只是台机器，因此有技术上的局限性。它不能带你回到上一个月去，因为那对精准度的要求太高——那么短的跳跃，就像穿针一样难。它也没办法回到一两个世纪前，那要求太多的能量。因此我们有一个可能性的窗口，而你们正在这个窗口里。”

“但那不可能是唯一的原因。”

“唔，确实不是。另外，你说的也对，也不是所有人都想来参观的。你应该已经注意到了，我们没有很多黑人游客。这是因为对于大多数非洲裔美国人来说，一个不久前还允许蓄奴的时代并不是理想的度假胜地。”

“我在旅行团里见过黑人。”

“是，如果他们有着学术上的兴趣或者有某段特别相关的家族历史的话。但是你想想，未来城采取了多少安全措施啊！持枪的护送队，在纽约和旧金山的封闭式酒店……”

这些都没错。去年冬天，《纽约论坛报》成功地在旅行团里安插了一名记者，就写出了“在未来，黑鬼总统领导美国”等等大标题耸人听闻的报道。未来城的管理层拒绝证实或者否定这些新闻，从此就谣言不断。今年一年就出了不少于十五本关于“被未来城封锁的秘密”的书，而且这些书都互相矛盾，到今天为止什么也没能证明。

“即使如此，你们还是来了这里。”杰西说。

“因为你们是我们的过去啊！或者至少是我们想象中的过去。如果你跟我们那儿的人说起 1876 年，我说不好啊，大概他们首先想到的就是牛仔和印第安人，或者某个危机四伏的新英格兰小镇，自带冰激凌店和穿着西装背心的肥政客，就跟迪士尼世界里的主街和边陲小镇一样……”

“我的天哪。”杰西叹口气说。

“当然这都不过是胡扯罢了，我们也多多少少心知肚明。但是，你这么想啊。要是有人在 1876 年发明了时光机，承诺带你回去亲眼见证十字军东征，或者说去看看金字塔是怎么建成的，你去吗？”

“我想我大概会。只要保护我不受法老和教会伤害就好。”

“就是这样啊。”伊丽莎白说道。

未来城车队驶进了未来镇站旁的一座长形车库。车站和杰西记忆里的已经完全不一样了。上一次来到这里时，他刚刚被毫不留情地赶下一列西行快线的行李车。那时候，这儿荒无人烟，这块地连个名字都没有。但是仅仅过了四个夏天，未来城就将这块无人之地变成了一个有着上百名居民的兴旺小镇。

中央太平洋铁路公司是这个车站的建造者之一。建立这新车站的主要目的是防止闲杂人等打扰未来城尊贵的金主们。和杰西一行的客人们刚刚结束了他们在未来城的旅行，来这里搭六点的西行列车或者七点的东行列车。此后，同一车队将载着一群新旅客驶向未来城。杰西和伊丽莎白等待着，直到所有乘客离开后才下了车。为他们驾车的是一个本地雇员，他帮杰西和伊丽莎白卸下了行李——里面装着他俩各自的行头以及其他任务所需的各色物件，包括手枪和子弹。杰西向他挥挥手，这才朝着巨大的室内车道南头走去。

雨渐渐变小了，淅淅沥沥。“让我来帮你拿箱子。”杰西说。

“我能行。”

“最好还是让我来拿，这样比较有利于我们的伪装。”伊丽莎白狠狠地瞪了杰西一眼，但是还是将箱子递了过去。隔着街的怡东酒店写着“客满”的字样。

根据房间预订的情况，他俩不得不住在同一间客房里。杰西朝着酒店的接待员点点头，在注册簿上签上“杰西·库鲁姆及夫人”。一号楼的保安总监跟他预先打过招呼，他们必须匿名执行这次任务。巴顿警告杰西说，要是他对住在一起有任何意见，最好预先自己想通。杰西倒不觉得这有什么大不了的，当然除了某些不可避免的尴尬之外。

服务生领着他们来到房间。房间在三楼。服务生一离开，伊丽莎白就打开了窗。一阵夹杂着雨气的风吹动布艺窗帘。此时的街道看起来柔和了许多。“除非是我们开始觉得习惯了。”杰西想。

不管怎么样，再过几个小时天就要黑了。杰西清了清嗓子说道：“唔，你知道……我睡得浅，有时候在晚上……”

伊丽莎白从窗边转过身来，全神贯注地看着杰西：“有时候在晚上会怎么样？”

“我会做噩梦。有时候我会惊醒过来，却仍然处于震惊中。有时候，我可能会大喊大叫。”

“这经常发生吗？”

“我希望它完全不会发生。但我想应该让你知道。如果发生了，请不要惊慌。只要我完全醒过来，就没事了。”

伊丽莎白点点头，一副这没什么值得大惊小怪的样子。杰西不禁对她心生感激。“我会记住的。”她说。

他们在酒店的餐厅里共进晚餐，然后回到房间为第二天的行动制订了计划。伊丽莎白用一个看起来像是升级版寻呼机的物件向巴顿做了汇报。然后他们就打算睡了。

房间里有两张床。杰西在伊丽莎白换衣服时将煤气灯调暗了。伊丽莎白倒是一点儿也没觉得尴尬。她的裙子看起来普普通通，但是上面的系扣都是假的。裙子其实是靠一种叫作尼龙扣的东西系在一起的。当她打开扣子时，声音听起来就像是狗放屁一样。在裙子下面，她穿着三角裤和棉质内衣。

杰西的衣服更加简单。未来城发给男性雇员的标准内衣有两种，三角裤和平角裤。杰西比较喜欢三角裤——既妥帖又不碍事。他正要盖上灯罩，伊丽莎白却发话了："你真的从来没有上过战场吗？"

原来她看到了杰西身上大大小小的伤疤。"没有，我没打过正式的仗。"

煤气灯闪了闪，熄灭了。

"当时一定疼得要命。"伊丽莎白说。

杰西什么都没说。

像往常一样，杰西开始想象时间旅行的复杂性，借此入睡，这比数羊要可靠多了。

在他刚来未来城的时候，他们跟他解释过这个概念。未来城人非常仔细地向他解释了——按他们的话来说——时间旅行的非线性：

唯一的历史并不存在，存在的是多重并行的时间线。他们经常说起一个叫作"祖父悖论"的哲学问题——如果一个时间旅行者杀了自己尚在襁褓中的祖父，他会消失吗？他们说，这一问题没有任何实际意义。因为在这个例子里的过去和未来存在于不同的历史时间线里。未来城人想杀多少祖父都没问题，唯一的后果就是那些世界的未来和他们原来所在的那个未来相比，会变得截然不同。

杰西想象那些不同世界的时间线像一根绳子里的不同棉线一样并行而列，每一根都有相同的历史。而镜子则能让不同世界的棉线缠绕在一起，人和物品得以从中穿越而过。之所以称之为时间旅行，是因为每一个可到达的世界和源世界有着完全相同的历史，唯一不同之处在于新世界没有原世界那么古老。比方说，某个紧密相邻的平行世界也许比旅行者的出发之处要年轻几秒或者几分钟。因此对于该旅行者来说，穿越到这个相邻世界里就仿佛向过去旅行了几秒或者几分钟。更远的世界则相隔了几年、几个世纪，甚至是几亿年。但是按伊丽莎白所说的，镜子有它的现实局限性。旅行到一个相邻历史里需要很少的能量，但却需要极大的精确度；旅行到一个遥远的历史里需要很小的精确度，却需要难以企及的巨大能量。

究竟需要哪种能量来驱动这一切，杰西完全想象不出来。但是直觉告诉他，镜子一定是未来城人最出众的发明——比直升机更重要，甚至比火星冰原的照片更了不起。镜子不仅仅是一架机器，它更具有某种形而上的意义。它是能够在上帝的天河里往返自如的蒸汽船。

菲比在哭泣。

这可不寻常。虽然菲比只有十一岁，她却一直为自己有着超越年龄的成熟而自豪。即使不开心，她也不会随便就哭起来。杰西听着她哭声不断，却没法找到那声音的来源，不禁非常懊恼。

墙，着火了。

到处都是火。

父亲站在房间的中央，合掌捂住汩汩涌出的鲜血。他的脸上写满了哀伤。他弯下腰，就像要祈祷一样。

“我得阻止这一切！”杰西喊道——杰西试着喊出声。

菲比在蒸笼里！杰西突然意识到这一点，连忙跑过去试图打开那蒸笼。但是蒸笼上了锁。到处都找不到钥匙。铜质的表面太烫了，杰西完全没法下手。

“我很抱歉。”杰西的父亲说。

他张开双手。血和不可言说之物纷纷坠地。

蒸笼里，菲比大声地尖叫着。

“你很安全。”有谁说道。

杰西慢慢地意识到自身所在的房间，汗水的酸臭味，干苦的喉咙，棉质的床单绕在他身上就像袍子一样。

“你很安全。”

是伊丽莎白。她握着他的手。或者说，她将他的手紧紧地攥着，贴住他的身子，让他没法因为突然挥手而打到她。“谢谢你。我已经醒了。”杰西挣扎着说道。伊丽莎白松开手，小心地后退了一步。

一下子，杰西觉得说不出的尴尬。“伊丽莎白，我很抱歉……”

“没什么可抱歉的，”她是月光照射下的一个黑影，“你现在没事了？”她的声音温柔而平和，一点都不恼怒。

“嗯。”

“那就好。”

她回到了自己的床上。

他们再也没说什么。窗外，雨已经停了。凉爽的风从窗户吹进屋里。伊丽莎白翻了翻身，她的床吱吱嘎嘎地响了起来。杰西将毯子一直拉到肩头，裹住自己，然后直直地看着屋里的黑暗，等待天明。

4

天光刚亮，杰西就起床了。他洗漱更衣，然后又等伊丽莎白梳洗完毕，陪她一起到酒店的餐厅用早餐。未来城定期派人到这家酒店餐厅检查厨房环境和食物质量，这也是伊丽莎白坚持在这里用餐的原因。杰西抗议过，因为这样他们就被局限在了怡东酒店周边。但是伊丽莎白丝毫不为所动：“你们这儿普遍没有冷冻设备，还在牛奶里加氧化剂，香肠里更是加了不知是什么的鬼东西。你们叫痢疾‘夏日的烦恼’。所以，我们就只在这里吃饭。就这样。”

杰西决定自己最好还是闭上嘴。让自己的噩梦惊扰到伊丽莎白，他觉得既尴尬又惭愧。伊丽莎白对此绝口不提，而他又实在没法开口。也许这样最好，反正今天一整天够他们忙的。

与其说这里是个小镇，杰西觉得未来镇更像是个马戏团，充满浮躁和无常的气氛。就跟马戏团一样，未来镇的主要收入来源无非是造梦、欺骗、性和偷窃。

他们的计划是扮作一对夫妇，没富裕到付得起未来城的住宿费，但还是想到未来镇来看一眼飞行器，也许再买些来自未来城的违禁品。今天早晨，他们打算装作闲逛来四处侦查一番。天气好极了，阳光灿烂，气温适宜。镇上的各处广告牌和木制人行道被昨天的雨冲刷一新。

未来镇有两条主街，一条和铁轨平行，另一条则垂直。第一条叫作站前街，另一条则叫作远望路。所有正经的商户和社区——几家酒店、一家理发店、一个药房、一座卫理公会教堂——都在站前街上、火车站的西侧。远望路则是酒馆、典当行、小剧院、脱衣舞廊的集中地。远望路的最南端是一排又一排的看台，全都许诺游客们以“最佳视角”观看每天按时飞过的未来城飞船。

杰西和伊丽莎白沿着站前街散步。此时不到中午，未来镇的一天还远远没有开始，但是路边的人行道上已不再是空空荡荡的了。对他们伪装成的正派游客夫妇来说，这白天的时候出游正是合适。但是，对于他们到底能不能装得像，杰西多少还是有些担心。他不得不好几次用尽可能委婉的方式提醒伊丽莎白，千万不要骂粗口，不要昂首阔步，不要直截了当地表达她的想法，总的来说不要表现得像一个来自未来的女人一样。对于未来的女人来说，很多行为都是自然而然、想都不用多想的。但是这些行为在 1876 年则会被人指指点点，甚至引发一场骚乱。对此，伊丽莎白的反应则是翻了翻白眼，说“我听他们说过了”——这可一点儿都不能让杰西觉得放心。

出乎意料的是，杰西发现伊丽莎白演得其实还不错。一路上，她都搭着他的手臂，走在他的身边。他猜伊丽莎白的裙子和紧身衣在这暖和的天气里一定不那么舒服。但好在未来城的裁缝们给了她一顶带着硬边和蓝色缎带的草帽，来遮挡她的短发，也正好为她遮遮阳。他们路过一家兼卖汽水的药房，伊丽莎白对着一架子红红蓝蓝、大大小小的配方药水装出一副好奇的样子。等到药剂师问他们是否需要些什么的时候，她则微笑着说：“谢谢您，暂时不用。也许我们在回酒店的路上会再回来看看。”

在站前街的西头，他们路过了一家贩卖各种特色商品的小店。这家店看起来还算地道，应该不会是违禁武器的来源。但是很显然，橱窗里的某样东西引起了伊丽莎白的注意。她一路推着杰西进了门。店里的一张台子上展示着各种书籍，有未来城的导游书，有自称是未来历史的小说，大多数都有着夸张和荒诞不经的封面。伊丽莎白拿起一本叫作《美国与火星大战》的小说，自言自语道："我猜 H.G. 威尔斯这下子可要失业了。"

杰西不明白她在说什么，但是见她一脸微笑，自己也不禁笑了起来。

店主是一个穿着条纹衬衫、留着小胡子的瘦瘦的男人，从柜台后面挺身而出："有什么我可以帮得上忙的吗？"

伊丽莎白说："您橱窗里陈列的那本书……至少，我猜那是本书，"她指了指，"我可以看看吗？"

店主做出一副很为难的样子："说实话，我不确定您会喜欢那本书。"

伊丽莎白所说的书是纸质的，没有硬质封面，看起来就像一本小册子一样。但是它很厚。书名是《闪灵》[1]。"它看起来像是本宗教书籍？"伊丽莎白问道。

"很遗憾，事实恰恰相反。这可是一本确确实实来自未来的书，某位来自未来的游客不小心将它落在了这里。但是，它的内容可不适合女士阅读。要不是它的独特纪念品价值，我可不好意思卖呢。"

"这样的书在未来可常见？"

"这可不好说，女士。但是，如果您对未来感兴趣，我们有很多其他的与此相关的读物。比如说，这些手工上色的版画就特别受女士欢迎。我们还有很多雕花的调羹，装饰精美的杯子……"

1　《闪灵》（*The Shining*）。美国著名作家斯蒂芬·金1977年写的恐怖小说。

“谢谢您，我会仔细看看。”伊丽莎白说道。

这就为杰西创造了机会。他趁机将店主拉到一边，问了问那本书的价格。完全是个天文数字。杰西问道：“您有稍微便宜点的版本吗？”

店主瞄了瞄伊丽莎白，她正假装兴致勃勃地观赏一组纪念缎带。于是，他凑到杰西的跟前耳语道：“您可真是精明。没错，我这里有这本书的当代复印版本。”说着，他打开了抽屉，里面躺着一本以镀金字样写着《闪灵》的平装版本。“完全没有删节。当然，我相信您一定知道保密的重要性。如果您有兴趣的话……”店主说了个价钱，仍然是贵得让人吃惊，但大概只有不到原本的一半那么多。

“我确实感兴趣，”杰西说，“如果我可以一会儿再回来买的话。”

“这一版本几乎都卖光了。别的店家可没有啊。”

“唔，如果是这样的话……”杰西说着掏出钱包，“您能帮我留着这一本吗？”

店主深谙内情般地点点头，给杰西开了收据。杰西收下来，又问道：“您能告诉我镇上有其他的地方有类似的物件出售吗？我说的可不仅仅是书。其他纪念品。要原品。”

“这可真是个让人为难的问题。未来城的人可不允许销售这些。当然，有时候这种物件也会出现。主要在镇子的南面。再多我就不好说了。”

他是想要些甜头吗？为了这次任务，未来城给了杰西足够的现金，如果他需要更多，也可以再申请。但是，只要这个店主还有半点头脑，他大概已经和镇上的其他商户谈好了条件。“您的任何建议，对我来说都是莫大的帮助。”杰西于是直白地说道。

“唔。在远望路上的某家……叫作昂斯洛的商店。昂斯洛也许会愿意给您看他的私人藏品。但是，他的东西可不便宜，他也只和真正有兴趣的买家打交道。”

“未来镇可真是奥古斯特·坎普的噩梦。”伊丽莎白说道。

他们沿着站前大街继续散着步。路的这一头，流浪汉搭起的棚户越来越多，最后把整条街面都堵住了。于是，他们穿过街道拐到远望路上，一路躲过一群撑着阳伞、穿着鲜艳印花布裙子的女游客。“坎普为什么会和未来镇过不去？这里看上去对他来说没什么威胁啊？”

“坎普一心想在我们和你们之间建起一道高高的隔离墙。二十一世纪的游客们来这里，得到的是一次向导监督下的 1876 年几日游；1876 年的客人们过来，则获得些许关于未来的经过人为审查编辑的印象。除非得到坎普的特许，这两组人永远也不会碰面。对这堵高墙的监管可是坎普生意的命门啊。”

“可是未来镇看起来不正是一片生意兴隆、财源滚滚的样子吗？”

“可是这些都不是坎普的生意啊，而且这里的生意可能会稀释坎普的游客的经历。对于坎普来说，最重要的一点就是保持真实性。一心想来参观‘真实的古老西部’的游客们可不想为一个主题公园掏钱，看些扮成牛仔的演员在牧场大屋里一边休息，一边吃着奇多，看着网飞。他们要的可是真材实料、原汁原味的经历。”

“或者至少是他们自以为的原汁原味。”杰西遇到过几个牛仔。倒不是看不起他们或者牛仔这份职业，但是杰西完全想不通花钱专门来看牛仔的道理。

“这是为什么我们总是将一号楼的游客直接从未来城送上我们的游客专车，连一秒都不让他们待在未来镇上。坎普希望他们连一眼都看不到未来镇。因为这个镇子……唔，这个镇子的很多方面在坎普看来都不过是滥竽充数罢了。对他来说，只有真实性才能带来生意。”

“我大概明白你的意思了。但是，一旦未来城建成，就再也没有什么真实性了，不是吗？未来城的建成改变了这里的一切。”

“这也是为什么未来城会有生命周期。在五年内，这里还是一个和我们的过去大致相似的度假胜地。时间一过，坎普就会将那块地和所有的建筑交给联合太平洋公司，关掉镜子，关门大吉。”

“因为五年过后我们的历史就和你们的太不一样了？”

“对。”

“打通过去和未来可真是有利可图的生意啊。”杰西还在想着那本《闪灵》的价格。

“唔，是啊，坎普可谓是深谙此道。这也是为什么一到明年一月，未来城就不会对我们由何而来那么保密了，还会逐渐将我们的医疗和科学技术公布分享出来。到时候，这整个国家就会变成一个巨大的未来镇，而坎普在关灯交钥匙之前还有整整十二个月的时间从中牟利。一切都将按计划从明年一月开始，不会早也不会晚。”

“你这么说让坎普听起来很诡谲。”

“我不是很明白‘诡谲’的意思。但是你想想，这对你们来说也不是件坏事儿，对吧？你们得到电和内燃机的技术，在科技上突飞猛进；同时，也可以从我们过去失败的经验里得到教训。你们还得以好好地对我们二十一世纪的生活方式检视一番——牧师和女管家们大概都会为此面红耳赤、不知所措，但是难道大众真的会说不吗？”

他们来到远望路和站前街的交叉路口。向南转便是远望路，杰西觉得自己像是一脚踏进了一个流浪马戏团。沿路每一家商户的门面上都挂着好几码长的彩旗，上面画着花里胡哨的飞行器和行星图样，纪念百周年纪念日和格兰特的来访。商店里陈列的货色则包含了各色手册、未来城锡制模型、木制玩具直升机、充满节庆气氛的旋转彩灯、炸香肠、蒸玉米、腌蛋，还有甜甜圈。杰西可怜巴巴地看了一眼卖香肠的店家。他可是个大个子，得经常吃，还吃得多。他觉得伊丽莎白一定不能理解这点。

在远望路的南段，被一圈木制围墙高高圈起来的就是明日剧场。在这儿，各色小贩都消失了，剩下的都是餐厅和小酒馆。当然，哪儿有小酒馆儿，哪儿就有妓院——隐藏在路边几座粗制滥造的房子里，在日光下悄无声息，但是一等太阳下山，生意就会红火起来了。

“昂斯洛的奇异商店”店面小小的，挤在一座小酒馆和一个幻灯秀剧场之间。杰西和伊丽莎白经过门口，放慢了脚步。首先，他们需要一个策略。“我们去看表演吧。”伊丽莎白建议说。

“幻灯秀吗？”

“明日剧场！看起来所有人都是冲着那儿去的。”

“那是个骗钱的把戏！”杰西说，“我听说过那地方，就是一堆朝南的板凳。付了钱看到的无非是一堆胡言乱语，然后可以看上一眼从头顶飞过的直升机。”

“但是那儿方便坐下说话。”

杰西耸耸肩。反正是未来城的钱，又不是他的。

“飞船不出现，钞票如数奉还，”票务员说道——这保证倒是不难遵守，只要天气好，未来城的直升机就会定时起飞，而今天是个好天气——“娱乐节目马上开始！”

他们挑了两个不那么受人欢迎的座位，周围没什么人，可以放心说话。卖花生的小贩经过，杰西买了两包炒花生，一包给自己，一包给伊丽莎白。他想，要是伊丽莎白不要的话，他可以多吃一包。但是，她只是稍微迟疑了一下就接了过去。大概即使在 1876 年，炒花生也很少会被撒上毒药或者染上致命病毒吧！杰西看着伊丽莎白大大咧咧地吃着炒花生——就像个男人一样——一边还用手背把花生壳从她的裙摆上纷纷扫落。

“所以到目前为止，我们掌握的事实如下，”她说，“那个杀手从镇上买了把格洛克。他单独行动，没有搭档或者其他联络人。因此，他大概是从昂斯洛那样的新奇品卖家手里买到武器的。但是问题就来了，那卖家到底是怎么搞到自动手枪的？”

杰西想了一会儿。“这些商店里的大部分货品都是遗失物或者遗失物的复制品，就像那本《闪灵》一样。我们可以理所当然地推断这些物品都是从未来城的旅游团来的。你把一两百个未来人装进开往纽约或者旧金山的列车，让他们在那儿住上一个礼拜，再把他们带回来。有人把东西落在列车或者酒店房间里也不奇怪。至少，传闻是这样说的。”——未来城的管理层对这些交易其实也有所耳闻，但大多时候都选择视而不见。

“所以我想，”伊丽莎白琢磨着说，“像昂斯洛那样的生意人，他们是从未来城的雇员或者认识未来城雇员的人那里进货的吧？”

“那样的话，嫌疑人可不少。未来城有很多本地雇员：行李搬运工、酒店服务员、司机……”

“要是昂斯洛觉得那点儿蝇头小利不够他赚的呢？既然无论是什

么货色，只要是从未来城来的东西都卖得掉，他会不会找一个稳定的内线时不时地给他运点儿东西出来呢？定时，定量。”

明日剧场里，马队和骑手鱼贯而入，暖场表演开始了。骑手们穿着统一的红白蓝三色紧身衣，马儿步调一致地一阵小跑加跃步。铜管乐队奏了一曲《我留在家乡的女孩儿》，人群发出一阵不温不火的掌声。

“这么做会影响他的库存内容，”杰西说，“如果是这样的话，他的存货就不会很随机，也不会是常见的遗失物。”

“那么，我们说想看他的存货就好了。”

“昂斯洛也许不会那么轻易地给我们看存货。如果他在未来城有内线的话，他也许已经知道刺杀格兰特的事了。要是我们不注意露了马脚，他也许会就此装傻。但是，他是个生意人，”杰西盘算着说，“要是他闻到现金的气味，一定不会什么都不拿出来的。”

时值正午，马技表演断断续续地到了尾声。场地被清空了。座位区的左侧是一座木制的高塔。一个穿着海员服的男人爬到木塔的最高点，装作置身于船只的瞭望台一样，透过一架巨大的黄铜望远镜戏剧性地朝着南方地平线频频张望。地面上，就像在马戏团的内场一样，一位身着燕尾服的主持人站在场地中央，通过麦克风高声宣布：“在座观众即将亲眼见证一场无可争议的来自未来的奇迹。”他一会儿掏出怀表查看时间，一会儿又抬头示意木塔上的男人。终于，那拿着望远镜的男人开始一边敲钟一边高喊：“嗨—吼！飞—船！嗨—吼！”

人群一下子静了下来，迫切地期待着飞船的到来。伊丽莎白凑到杰西的耳边悄声说道：“昨晚可真他妈的夸张。你不停地大叫。我们是不是该谈谈到底是怎么回事儿？”

“不用。”杰西一阵心慌。

直升机在南边的地平线上方出现了，一开始还只是一小点，小得跟被风吹起的落叶一样。但是那道以九月碧空为背景画出的精准升空弧线已经让人不得不叹为观止了。直升机越飞越近，在视线里变得越来越大，随之而来的噪音震动着一排排的看台座位，像钟摆一样有节奏，像雷霆一样震耳欲聋。当它终于飞到靠近看台的上方时，直升机竟然悬停在了半空，仿佛故意待在那儿供众人膜拜似的。然后，它像一只钢铁蜻蜓一样，冲向了观众。

“驾驶员一定是维杰，”伊丽莎白说，“故意炫耀！那家伙只要有观众就控制不住自己。”

杰西想，看台上的观众一定觉得自己的门票钱够本儿了吧。女人们不是紧紧地捂住双眼，就是紧紧地抱住丈夫的手臂，既害怕又兴奋；男人们死死地缩在自己的座位上。有那么一瞬间，几吨重的钢铁大吼着悬挂在他们的头顶上。然后，飞船就飞走了。

伊丽莎白还在对杰西说什么，她不得不朝着杰西的耳朵大喊：“我们叫那个 PTSD——创伤后应激障碍症。你看，我不是想给你写诊断报告什么的。要是你觉得这不关我什么事，也尽管说。但是我想说的是，我不是第一次遇到这种情况，没什么好害羞的。”

“你觉得我有病吗？”

“我是个退伍老兵。我认识很多有 PTSD 的朋友。”

“你丈夫也是其中之一吗？”

这是个不怀好意的问题，杰西一说出口立刻后悔了。但是伊丽莎白只是眨眨眼说：“是的，没错。”

直升机朝南飞了回去。不到一分钟就不见了，宛如一颗暗色的彗星划过中天。

“我很抱歉，”杰西说，“我不该这么说。”

“我们去见昂斯洛吧。”伊丽莎白转移了话题。

事实上，杰西差点儿忘了伊丽莎白结过婚这件事，尽管他也不明白婚姻对她那个时代的女人来说到底意义为何。

这倒不是因为杰西对婚姻的“神圣性”有任何的幻想。他在很小的时候就领教过已婚男人的两面性。这也不是因为杰西对伊丽莎白有什么罗曼蒂克的想法。当然，他确实觉得她吸引人——虽然作为女人来说她还真是又高又强壮。但是，她不是合适自己的对象。伊丽莎白来自一号楼。她的婚姻是她的私事——就像杰西的噩梦是他自己的私事一样。

但是，既然伊丽莎白提起了这话头，杰西倒是不由自主地思考起她在二十一世纪的生活来。想象作为士兵的伊丽莎白可不容易；更难的是，想象伊丽莎白是一名士兵的妻子——一名会在黎明时分从梦中惊叫着醒来的士兵的妻子。杰西回想起昨夜她捂着自己的双手，原来那是一种医疗技巧，友善却不带私人感情，就像护士为伤员缝合伤口一样。

对她，自己还真是所知甚少啊。

他们走进“昂斯洛的奇异商店”，一副因为刚刚看过直升机秀而头晕目眩的样子。店主——猜那就是昂斯洛了——正在接待另一位顾客。杰西趁此机会四处看了看。商店的前厅很宽敞，墙上钉着一排排的货架，乍一看店里陈列的商品和其他任何一家未来镇小店的货色都没什么不一样。要是昂斯洛真的有什么特色货品的话，他可没将它们拿到大庭广众下来叫卖。将昂斯洛和其他远望路小贩区别开的是他那庞大的身形，以及他用来频频向女性顾客致意的素色草编船帽。他的下巴剃得干干净净，鬓角却留得很长。小小的眼睛写满了各种精明算计。

昂斯洛店门上的铃铛在前一位顾客离开时叮咚叮咚地响起来。他转向杰西问道："有什么可以帮到您的吗？"

杰西说是站前街上的那家店主推荐他过来的。他们交谈时，伊丽莎白故意留在了店的另一侧，让他们可以不用顾忌女士，畅所欲言。

"我知道那家店，"昂斯洛说，"您买了橱窗里的那本书吗？"

"买了一本复制版，"杰西说，"但是，请不要告诉我的太太。"昂斯洛咧嘴一笑，用手指碰了碰鼻子。

"如果您想要找类似的物件，那就来对地方了。原版或者复制版都有，根据您的心理价位，丰俭随人。《哈利·波特》、《五十度灰》、李·查德的小说……"

"非常感谢，但是我已经买了一本书了。我想找些更有意思的东西。"

"比方说，某件可以用来展示的物品？手表？或者电子设备？但是，这样的东西可不便宜啊。"

"唔，我没有完全想好。您有什么建议吗？"

"您有一个心理价位吗？"

杰西说了个数，他觉得这数目即使对于他所扮的成功生意人来说也不算小了。他希望数字不至于大得让昂斯洛对他的身份起疑，没想到，作用却完全相反。昂斯洛听后说道："这样的话，就得排除掉那些最特别的物件了。"

"我也许可以稍微多出一点点——您说的特别物件是什么？"

昂斯洛打开一个上了锁的抽屉，从中拿出一个玻璃和塑料制的长方形物件，放在了桌上。杰西一眼就认出了这是伊丽莎白说的“智能手机”。但是，他装作一无所知地问道：“看起来不是很大嘛。这是干什么用的？”

“比您想象得到的还要多，”昂斯洛按下按钮，手机屏幕上一瞬间布满了图像。“您可以用它来制作会动、会发声的图片。它可以放音乐，还可以做加减法。”

伊丽莎白不再装作充耳不闻的样子，加入了他们的对话。昂斯洛又重复了一遍他的介绍。伊丽莎白转过头对杰西说：“那可真是神奇啊！你觉得它能有这么多不同功能吗？”

这是伊丽莎白令人惊叹的另一点，她撒谎可不会脸红。“我不知道。我想也许吧。”

“它看起来就跟活的一样！它是活的吗？我的意思是说，它可以一直这么工作下去吗？还是需要加油什么的？”

“这是一个非常好的问题，这位太太……”

“库鲁姆太太。”伊丽莎白飞快地接口道。

“问得非常好，库鲁姆太太。就靠它自己，不行，它不能永久地工作下去。但是，有了这个就可以啦，”昂斯洛从另一个抽屉里拿出一个貌似玻璃制成的玩意儿，拖着一条电线尾巴，“您把这个这么装上去，放在太阳下面一两个小时就行了。”

“太阳光？”

“说得对，完全正确。”

“它可以用太阳光给自己加油？这可怎么可能啊？”

“库鲁姆太太，我不会假装自己真的理解其中的原理。我可以告诉您它可以做什么，但它是怎么做到的，我就跟小婴儿一样，对此一无所知了。”

“有很多人买吗？”

“只卖了几件。您一定可以想象，这东西非常稀罕。”

杰西说：“这可不是件便宜的东西啊。”

“我想也是！昂斯洛先生提到价格了吗？”

“是的。但是……”

“如果是这样的话，昂斯洛先生，请允许我和我先生商量一下？”

他俩走到一边，伊丽莎白说：“这就差不多可以肯定他有问题了。”

“是吗？为什么？这东西有可能是游客落下的，不是吗？我们没有证据说明这是从未来城里运出来的。”

“如果只是手机的话，你说得没错，也许有可能。但是那个充电器……未来城保证游客到哪里都有电力接口。未来城在纽约和旧金山的酒店都有专用的二十四小时发电机，未来城的客车也是电力的。没人需要通过镜子带太阳能充电器进来，事实上也没人这么做。”

“所以，不用买下来喽？”

“只会浪费钱罢了。”

“但是我们多少得买点儿什么，”杰西说，“至少要把戏给演下去。”

他们回到柜台前，装作眼巴巴看着那台手机的样子。昂斯洛说：“请问您做决定了吗？”

“价格可以商量吗？”

“很抱歉，不行。”

“如果是这样的话，您有什么稍微便宜一点的货品吗？”

昂斯洛一副大失所望的样子：“在那边的抽屉里有一些比较简单的货品，每一件都是单独标价的。您可以自己看一看。”

这可不怎么热情。但是杰西还是遵命打开了昂斯洛口中的那些抽屉。

他瞪大了眼睛。

抽屉里装满了带着塑料包装的欧克利太阳镜。

“我就要这个！”杰西说。

他们回到怡东酒店的餐厅用晚餐。今晚的餐厅煞是热闹，超过一打的记者因为格兰特的来访聚在了未来镇上。餐厅里充满了雪茄烟雾和装模作样的交谈声。杰西成功找到了一张角落里还算隐蔽的桌子。他点了炖羊肉和煮洋葱，伊丽莎白则点了烤牛肉。窗外的夕阳点亮了天空。服务员过来为他们放下窗帘，点亮了煤气灯。

“我们并不能确定昂斯洛是不是那把枪的源头，”伊丽莎白说，“但是我们能够相对确定地说他在未来城里有内线。因此，我们得调查他的供应端，任何可能和昂斯洛有联系的未来城雇员都有嫌疑。我今晚会联络巴顿，向他汇报我们的进展。”

“天黑后的镇子会和白天完全不一样，”杰西说，“商店休息，酒廊开门。跟踪昂斯洛，看看他会和谁接头应该不会很难。”

“好主意，我们就这么干。”

“我可没说我们，”杰西强调说，“任何一位正派的淑女都不会在任何昂斯洛可能惠顾的地方出现。”

“所以，我现在是正派淑女了？”

杰西笑了起来，说道：“天色一暗，你就可以滥竽充数了。”

“那你觉得我们应该如何行事？”

“分头行动，你向未来城汇报，我去镇南转一圈。”

“哈！你大概就是想出去喝个烂醉吧！”

“我大可以出去喝得烂醉、寻花问柳，然后裤子吊在膝盖上回来。但你觉得我真会这么做吗？”

伊丽莎白大笑：“我猜不会。”

至少她愿意暂时相信我，杰西想。“我想向你道歉。很抱歉在看直升机秀时我提起你丈夫的事儿。那是你的私事，我不该随便乱讲的。”

“你对我丈夫的事好奇吗？”

杰西不知道该怎么回答。

伊丽莎白说：“他的名字是哈维尔。我在读高中的时候认识了他。他一直有着做大事的梦，成为医生什么的。但是，他出生在西夏洛特，在那儿长大成人可谓是障碍重重。我们是在差不多的时候一起参军的。那时我俩都是十九岁，在市政厅登记结婚一个月后就应征入伍了。很疯狂，是不是？我最后去了信号情报部，但哈维尔是步兵，也上了好几次战场。我俩退伍后，有一阵子生活仿佛有了一线生机。我在激浪安保找了份工作，那是一家雇了很多退伍老兵的保安公司。而他则被他们开除了，因为翘班，或者在上班时喝得醉醺醺，或者是两者结合。所以，我是养家糊口的那一个。然后，我们有了嘉贝莉。”

“嘉贝莉？”

“我们的女儿，嘉贝莉耶尔。哈维尔最终烦透了找工作，开始和他的几个老朋友合伙。他的那些朋友大多是些小打小闹的罪犯：闯空门、盗窃、零零星星地贩毒什么的。哈维尔倒是不介意用我的钱，但是他讨厌总得伸手向我要。因此，他时不时就火大，或者说总是火大。有一天他终于去了退伍兵医院，结果被诊断为PTSD。哦，对了，你不知道那是什么——那是一种经常出现在经历过重创或者可怕经历的人身上的症状。对于老兵们来说，那真是一种折磨——从前线回来，突然就睡不着了，整天混混沌沌，打架、酗酒、吸毒，最终流落街头或者被关进监狱。我耐心照顾哈维尔，希望能陪他一起渡过难关——安慰从噩梦里尖叫着惊醒的他，对他的怒火保持宽容，开车送他去医院，确保他定期去看医生，如此种种。但是……”

她喝了一口水。杰西沉默地等着她继续说下去。

“但是他还是完全失控了。我想问题不仅仅在PTSD，PTSD将他体内的某种生来就有的东西释放出来了。最后一切都变得很明显，待在他身边非常危险，不但是对我，对嘉贝莉也是——他会在家里开枪。”

“那是他进监狱的原因吗？”

“他有好几项罪行，包括一次失败的毒品交易。他把一个家伙推到墙上，那人的尾骨都摔断了。我在法庭上做了对他不利的证词。因为那时候我已经想清楚了，哈维尔想要伤害我们，而且他真会出手——或者至少会尝试出手。一切只是时间早晚的问题。我希望他能够在牢里待上一段时间，至少待到我和嘉贝莉搬到更安全的地方去以后。这也是为什么我选择为未来城工作的原因，未来城保安工作的薪酬非常丰厚。坏处在于，我经常几个月见不到嘉贝莉。当我在1876年时，我只能让我妈妈看着她。这不是我想要的。但是，这也意味着一旦合约到期，我就可以拿到一大笔钱，足够我们搬出北卡罗来纳了。离婚、改名字、新工作，这就是我的计划。”

杰西被她的故事深深地震惊了，不知该说什么好，只好说：“原来是这样。”

“所以，我讲这个故事的用意在于告诉你，看到你凌晨时分一身冷汗地醒过来，我一点儿也不惊讶。我不觉得那是你的弱点什么的。”

“那你觉得我危险吗？像哈维尔一样？”

“我对你不够了解，所以还说不好。但是以目前有限的观察看来，不，我不觉得你危险，”她又补充说，“我是说至少不是哈维尔的那种危险。”

很显然，她知道这是个敏感话题。而且杰西猜也许她正在努力和自己建立起某种友好关系。另外，显然诚实相处对她来说很重要。

杰西想了一想，才开口说道：“你们二十一世纪的女人让我想到妓女。”

伊丽莎白一听，浑身僵在了椅子里。她眯起眼，狠狠地看着杰西。

杰西解释道：“那绝不是贬义！我不是说你们道德堕落，或者粗俗下贱。我从小在有很多妓女的环境里长大，大多数时候她们待我都很不错。我想说的是，妓女说话都很直截了当。她们大多经历丰富，对事也有着犀利的观点。听惯了她们的对话，让我少了很多天真肤浅的幻想。这让我没那么容易上当受骗，也迫使我以更诚实的眼光看待我自己。你明白我的意思吗？”

伊丽莎白沉默了好一阵才说：“我想我明白。”

“伊丽莎白，我想你是个道德高尚的女人。我希望你和嘉贝莉能够一切顺利。”

“那好，对一个问起你噩梦的妓女，你会说什么？”

“我会说很感谢你的关心，”杰西答道，“但是，我会告诉她这是我不想与别人讨论的私事。”

夜幕下的未来镇和白天完全不一样。“还是个马戏团，”杰西想，“但是是个夜间马戏团——少了些狮子，多了些婊子。”商店都关门了，酒廊则统统亮起了灯。远望路上挤满了男人，大大咧咧地随处乱吐嚼过的烟叶。一旁的侧街小巷里，煤气灯消失了，取而代之的是火把。

昂斯洛的店早就关门了。但是，在那附近的街角有一个小酒馆。杰西一走进去，一阵烈酒浓烟夹杂着好久没洗澡的男人们的汗臭味一起冲他扑面而来。四年未来城干净卫生的生活快让他变得跟女人一样敏感啦！

酒廊卖啤酒，有点儿德式酒吧的样子，外加边陲小镇的特色纸牌游戏——法罗、扑克、加州佩德罗……杰西一眼就看到了坐在吧台边的昂斯洛。于是他转身，在大厅尽头处的一张桌边坐下，要了腌蛋和啤酒。

他想了想伊丽莎白所说的 PTSD。她说这个缩写代表着创伤后应激障碍症。“P”，代表着拉丁语里的“后”。“创伤”，不言自明。“应激障碍症”，来自未来的人特别喜欢用些故弄玄虚、含含糊糊的词——既然他们的医院治疗这一症状，这个词大概代表着疾病吧。

这是说他正受着某种疾病的折磨吗？也许吧，至少以伊丽莎白的标准来说。但是，那好像又不完全算是疾病。他的症状并不少见。整个国家都得了 PTSD。杰西想。这场瘟疫由萨姆特堡[1]开始，在马纳萨斯变得愈加凶猛。它的噩梦是内乱、印第安土著战争、在旧金山港猎杀中国佬的暴民们。要是有一天我们终于从这些噩梦里醒过来，他想，我们也一定会惊声尖叫吧。

昂斯洛背对着杰西不紧不慢地喝了将近一个钟头的酒。直到三个

1　萨姆特堡是位于美国南卡罗来纳州查尔斯顿港的一处石制防御工事。1861年4月12日，萨姆特堡遭南军炮轰，称为萨姆特堡战役。随后，美国总统亚拉伯罕·林肯对南方宣战，南北战争爆发。

男人走进酒廊，向他走去，他才从高脚椅上站了起来。其中一个男人拍了拍他的肩膀，另两个则大笑起来。昂斯洛跟着他们走向一张桌子。灯光昏暗，杰西努力地记住这群男人的样子。其中的两个对他来说完全是陌生人，但是第三个看起来多多少少有点眼熟。杰西不是很确定……但是他看起来有点像今天从未来城一起出来的那个帮他和伊丽莎白取行李的厢车司机。

杰西趁着自己还没被认出来，离开了酒廊。他需要思考的时间。

他想了想那个看起来像司机的男人。如果他确实是未来城的雇员，他大概会住在怡东酒店。那么，也许酒店的前台可以指认他？或者伊丽莎白可以让巴顿帮忙？杰西站在火把映照下的昏暗小街上，藏身于一幢木制建筑的阴影里，一边观察着酒廊里来来往往的酒客，就这么又过了一个钟头。从楼里传来的声响判断，这木楼大概是一个妓院。那个司机还是没出来，杰西正要放弃，身后楼里的一扇门却突然打开了。一个女人踏出门来，将整整一壶尿都倒在了小巷里。杰西转身看了她一眼，没等他离开，那女人却惊呼道："我的天哪！杰西·库鲁姆！"

杰西直直地瞪着她，吃惊得什么都说不出来。

"真的是你！"她说。

他当然认识她。她的名字是海蒂·芬奇。当年在田德隆，她在派克街的一家白人妓院里工作。"唔，海蒂，"杰西说，"你可是远离家乡啊。"

灯光从半开半掩的门廊里射出来。海蒂挪了挪身子，也许她这才意识到杰西·库鲁姆并不想被人认出来。"你好吗，杰西？"

"我还成。你呢？"

她耸耸肩："骚乱过后我就离开旧金山了。很多人都走了。有人去了萨克拉门托，有人回到了东部。我来了这儿。当然，要是有的选，我才不会一直待下去呢——伊利诺伊的冬天比修女的怀抱还要冷。杰西，我发誓，我可是做梦都没想到会再见到你，特别是在那件事以后……"

她看到杰西的脸色，停了下来。

"如果你不在别处提我的名字的话，"杰西说，"我会非常感激。"

她悄声说道："在田德隆，还有人会提起你，'那个朝罗斯科·坎蒂开枪的人'。我们都以为你已经死了……"

"杀了他，我就走了。"

海蒂的眼睛一下子睁得好大："你以为你杀了他？哦，杰西！你朝他开了一枪。没错。也正中靶心。但是，他可没死！可真是坏运气啊！"

5

杰西为即将到来的噩梦做好了心理准备。和海蒂·芬奇的相遇唤起了太多不好的回忆。没想到，他头一挨枕头就睡着了，睡得又香又甜，好像服了一剂安眠药似的。当他再次睁开眼，伊丽莎白站在他的床边，穿戴整齐，阳光透过窗帘直直地射进房间里。

又是阳光灿烂、万里无云的一天，却比昨天还要凉快了些。他们一边吃早饭，伊丽莎白一边给杰西讲昨晚她和未来城保安总监巴顿的对话。巴顿很高兴听到他们的进展，唯一的建议是"继续监控昂斯洛"。

简单地说，盯着他就对了。但是，杰西有个更好的主意。他问伊丽莎白：“出来的时候，你带着电话了吗？”

她点点头。杰西猜那电话一定藏在她内衣的某个隐藏口袋里，大概也是用尼龙扣给扣上的。

“它在未来镇的任何地方都能用吗？”

“只要在酒店房顶电话基站的工作范围内就没问题。怎么了？”

“带着它，我们也许会用上。但是首先，我得跟老板谈一谈？”

“哪个老板？”

“这家酒店的老板。或者至少是酒店经理。”

“你觉得怡东酒店的经理能告诉我们些什么？”

“他能告诉我们是谁真正控制着这个镇。”

酒店经理是一个瘦得离谱的男人。一转身，杰西就忘了他的名字。他的嘴非常之紧，直到伊丽莎白提醒他，他俩是为未来城工作的。

经理邀请他们到自己的办公室去谈。办公室里放着几张椅子和一张摆着镶银墨水瓶的办公桌。“我们和未来城一向有着良好的合作关系。我们允许你们安装仪器、检查厨房、清除床虱……我实在是想象不出你们还能有什么其他要求？”

杰西说：“酒店没什么问题。一切都很好。您的表现非常令人满意。”

“唔，我们尽力。”

“当您说‘我们’，您是指——”

“我是指我和我的雇员们。酒店本身的所有权属于几个芝加哥来的合伙人，我相信您一定知道这一点。”

“怡东酒店是未来镇最重要的生意之一，不是吗？”

“我想是的。早在建镇初期，当未来城和铁路公司刚刚将这片地放到市场上时，我们就已经在了。”

“那我想，像您这样的绅士一定认识镇上所有的重要人物喽？”

“您实在是太过奖了。但是我确实一直有留心着。”

“这个镇上的大人物，您都报得出名字吧？”

那经理的脸晴转多云：“我不明白您指的是什么。”

“唔，打个比方说，如果我们想举行一场隆重的派对，邀请未来镇最重要的人物赴会。那邀请名单的前五名会是谁呀？”

“您是说……你们真的打算举办这样的一次派对吗？”

“我们还在考虑。”杰西说。

“唔，头五个？我想那得是：卡尔·科努德森，他拥有远望路上超过一半的地产；比利·敏戈斯，餐饮大亨；艾尔伯特·昂斯洛，店主；要是我不得不加上另一家酒店老板的话，卡斯博·布莱汉。对了！当然还有马科斯·弗瑞——弗瑞先生可应该位列第一呢！”

“马科斯·弗瑞？”

“他是明日剧场的主人。”

“弗瑞先生住在镇上吗？”

“他通常在芝加哥过冬，但是一般会在这里待到九月底。不在明日剧场监督明日秀的时候，他就待在杜斯顿大屋。”

“如果我们想和他谈些事的话，能在明日剧场找到他吗？”

“这个点儿应该没问题。”

“非常感谢，”杰西起身说道，“这非常有帮助。”

“我很乐意帮忙。关于那个派对……”

“如果我们需要帮忙安排的话，一定会通知您。”

那经理还是说错了。马科斯·弗瑞并不在明日剧场里。剧场的售票员让他们去站前街的高级理发店找他，他在那儿和他的下属们开会。

或者说跟班混混们，杰西想。他们看起来绝对更像跟班的小混混，而非雇员。但是，正因如此，他们找弗瑞很可能是找对人了。当然，危险系数也随之增大。

伊丽莎白跟着杰西走进了理发店，这让店里的所有人都不禁吃了一惊，朝他们直瞪眼。弗瑞的人占了所有的椅子，但只有弗瑞一个人在接受服务。过了好一会儿，那理发师戏剧性地揭开了弗瑞身上的围裙，仿佛为雕塑揭幕似的。弗瑞摸了摸脸，意味深长地看着杰西和伊丽莎白。

"我们想和你谈一谈。"杰西说。

弗瑞是个大家伙，既不太年轻，也不很老，显得既强壮又自信:"我很抱歉，我们似乎是第一次见面？"

"我们是从未来城来的。"

"是这样啊……"

伊丽莎白开口说道："是的，确实如此。"

伊丽莎白开诚布公的态度就跟名片一样好使。弗瑞请理发师稍歇片刻，又命令他的跟班们到门外去等。门关上了，理发店空荡荡的，一下子显得宽敞了好多。透过一瓶瓶的喷发剂，阳光折射成七彩彩虹，映照在天花板上。"我和未来城没什么过节，"弗瑞说，"难道是未来城想跟我过不去吗？"

"我倒是觉得未来城待你不薄，"杰西说，"你可是全靠未来城的飞船每天将付费顾客引到你的看台板凳上啊。"

“所以呢？”

“既然你靠未来城来赚钱，我们希望你也能帮未来城一个忙。”

弗瑞不慌不忙地从口袋里掏出一根雪茄，剪掉一头，点上：“帮什么忙呢？”

“我们都心知肚明，这个镇是靠贩卖违禁品牟利的。像艾尔伯特·昂斯洛那样的商人，完全是靠这个发的家。”

“所以说，这是关于昂斯洛喽。”

“某种程度上说，是的。”

“那你去找他啊。我从不经营违禁品。我和艾尔伯特·昂斯洛也没什么关系。”

但是你倒是会和他喝上一杯，杰西想。杰西非常确定，弗瑞是昨晚酒廊里和昂斯洛喝酒的三人之一。“昂斯洛先生也许不会心甘情愿地回答我们的问题。”

“我不觉得这和我有什么关系。”

“弗瑞先生，请问未来城干扰过你的生意吗？”

“倒是没有……”

“是，我们没有。我们也从来没有干扰过昂斯洛。虽然未来城并不特别赞同这个镇子上的种种生意，但是我们也一直没有多加干涉，任由你们自行其是。只要没什么特别出格的事，大家和气生财。但是这次昂斯洛实在是太过分了。他从某个不应该卖东西的人那里进货，我们想知道到底是谁在和他交易。”

“你直接问昂斯洛就好了！”

“他有不说的理由。未来城不干涉这个镇上的秩序。昂斯洛的作为实在是不应该，但是却并不违法。我们不能依照我们的法律处置他；

我们又是文明人，不能直接烧了他的店。我们唯一想知道的就是，他到底是从谁那儿买枪的。”

伊丽莎白狠狠地瞪了杰西一眼。他大概不该提及枪的。但是，这显然引起了弗瑞的注意，他明显变得严肃起来：“要是昂斯洛卖枪，我可是一无所知。”

“但是你可以查。你还可以把你查到的事实告诉我们。”

“你喝多了是吗？昂斯洛又不笨，要是他不对你们开口，他凭什么对我开口？”

“我们可不这么认为。我们认为如果你亲切而礼貌地问他的话，他也许会对一位朋友开口。要是不行的话，你还可以变得既不礼貌，也不亲切。”

“你是在让我威胁一位生意上的同人吗？因为你不愿意亲自威胁他？”

“你看起来正好可以胜任这个工作。”

弗瑞站直了身子。厚厚的拳头和布满伤疤的关节仿佛属于一名久经沙场的拳手，他的鼻子看起来更是断过不止一回。在旧金山的日子里，杰西见过许多像他这样的男人。他们靠从山里挖金子而发家，却又希望能够转身变成拥有特权的贵族——戴着丝质帽子却在街角随地撒尿的男人们。“我不是你的手下，”弗瑞说，“你们的脏活儿你们自己干！”

杰西看看伊丽莎白的脸色，她已经是忍无可忍了。但是她事先答应过杰西，一切由他来处理，因此总算是努力忍住了没开口。“请让我再次提醒你，”他说，“我们代表着未来城。”

“也许如此，但是你管不了我的地盘，管不了我的看台，你更管不了青天遥遥在上！我才不会因为某个时不时将‘未来城’挂在嘴上的走狗就去威胁昂斯洛呢。”

“我很抱歉你这么想。”

“我很抱歉你他妈的挡了我的光。”

“我操！”伊丽莎白骂道。理发店的大门在他们身后“砰”地关上了。弗瑞的一个跟班听到伊丽莎白骂街，哈哈大笑起来。杰西连忙拉着她走到一旁的小巷里。

“你这样会招人注意的！”

“那又怎么样？不等今天过完，全镇子都会知道我们是未来城的特派员了！”

特派员，杰西想——我是未来城特派员吗？“到时我们也许已经找到想要的答案了。”

“哈，你是怎么得出这个结论的？”

“昨天我们在看台时，你提到维杰？”

“桑吉·维杰，直升机飞行员。这和他有什么关系吗？”

“你说，他是你的朋友？”

“不算是什么好朋友，但是我认识他。”

“你带着那个电话？你可以给他打电话吗？”

“当然，但是为什么……啊哈！”伊丽莎白闭上嘴。杰西很高兴地看到一丝笑容慢慢爬上了她的唇角。“你说得对！我可以找维杰聊聊。”

他们在怡东用午餐。现在除了等待，无事可做。渐渐地，对话停了下来，令人尴尬的沉默再次降临。大部分时候杰西都无语地看着窗外。今天一早，格兰特总统启程离开未来城。不到中午，一群记者蜂拥来到未来镇，前来报道格兰特的离开。格兰特朝人群挥挥手，却什么都没说。林肯直到被刺杀才停止演讲，格兰特却跟虾蛄一样沉默。

然后，整个火车站就又生意如常了。稍晚些，一队来自二十一世纪的游客将被护送登上一辆未来城列车，开启一段长达一周的曼哈顿之旅。经过未来镇站时，除了臭味他们什么都不会察觉到。杰西觉得那臭味就像是夏日午后的茅厕一样，混杂着屎尿和熟石灰的气味，让他不禁作呕——但是他可不会告诉伊丽莎白，省得她得意。

他已经从那家站前街的商店里取回了那本《闪灵》复刻本，放在他们面前的餐桌上。伊丽莎白指着书问道："你真打算读它呀？"

"为什么不呢？我已经做好心理准备了。反正我又没期望它读起来跟《天路历程》[1]一样。"

"什么历程？啊，算了，不用解释。你说你是在妓女中间长大的，但是看起来你可是受过不错的教育啊。"

"我的父亲非常热衷于读书。"

"我以为你说他是个看门的，或者是个魔术师来着。"

"他读书，而且不仅仅读《圣经》。他床边的箱子里藏着三本《吉本斯百科丛书》。我没上过学，但他的书就是我的学校。"

"你说他以看门为生？"

杰西看看伊丽莎白，她一脸认真而好奇的神情，看样子是不会轻易罢休。"他跟我一样，是个大个子。他大概不是你所说的'看门人'。

1　《天路历程》（*The Pilgrim's Progress*）是英国基督教作家、布道家约翰·班扬（John Bunyan）的作品，于1678年出版，是一部基督教寓言诗，后来也被认为是小说。

他以做保镖为生。你明白我的意思吗？”

“嗯。大家伙。如果有人上门找麻烦，就把找麻烦的家伙踢出去？”

“基本上就是这样。”

“把他们从妓院里踢出去？”

“直白地说，就是这样。”

“所以，你爸爸是旧金山妓院的保镖？”

“一开始是在新奥尔良。但是后来战争爆发了，我们就经过合恩角一路来到加利福尼亚，”——他们乘坐的那艘老货船，一出海就颠簸得像浸了水的软木塞一样。杰西那年刚刚满八岁，行经火地岛时，他吐得就快失去知觉了。他还记得当天气终于放晴，自己来到甲板上，既虚弱又晕眩，把头顶飞翔的海燕错当作了天使——“后来他在田德隆找到了类似的工作。”——类似，但是更加危险。因为女人更稀缺，而找麻烦的常常是从金矿上退休下来的老油条，特别不容易对付。

“听起来真不容易。”

“我也是个大个子，因此他让我当学徒。我十三岁时就开始在赵夫人那里工作，除了周末外每晚都工作。挨过打，”——有几次几乎要了他的命——“也经常见到父亲挨拳头，有时还伤得不轻。但是，搬到加利福尼亚让他远离马纳萨斯和西罗[1]，这才是最重要的。”

但是，那最后还是没能救他的命。

“你会因此而瞧不起他吗？”

杰西怎么都想不明白这个问题，于是问道：“为什么会看不起

1　西罗之役（Battle of Shiloh），南北战争中关键战役之一，爆发于1862年4月田纳西河附近。双方共有超过三千人阵亡，伤者超过两万人，最终以北方获胜而告终。

他呢？”

“逃避战争啊。没有为联邦军队效力，或者为邦联，不管是哪一方。”

“他其实是支持联邦军的，但是他当时身在新奥尔良，因此很明智地离开了。”

“而不是因为懦弱？”

“你觉得他应该怎么做？把菲比和我丢在新奥尔良的妓院里，然后去北方参军？”

“菲比是谁？”

“我爸的另一个孩子。”杰西没细想就脱口而出。

“姐姐还是妹妹？”

“妹妹。”

当他们启程去加利福尼亚时，菲比刚刚满两岁。整个行程菲比都睡过去了，风暴好像是上帝给她摇摇篮似的。有这么一小会儿，杰西可是为此恨死她了。

“那你妈妈呢？”

“她在生我的时候难产死了。菲比的妈妈在生她的时候也去世了。”

伊丽莎白一时哑口无言。

杰西说：“我猜在你们那儿，女人不会因为生孩子而死掉吧。”

“至少不是像你们这里一样。”

“所以到了明年，你们会把这些保护母亲和婴儿的医疗知识传给我们？”

“我想是啊。”

“如果是这样的话，我们应该说谢谢的。但我却老是禁不住想，在明年之前，到底有多少女人和小孩儿会因此而死掉？”

这话听起来比杰西的意图可是严厉多了。一出口，杰西就后悔了。但是伊丽莎白却没还嘴。杰西看着她，发现她正扭头倾听窗外的声音——过路的马车、火车站大钟的钟鸣。准点，正午时分。一瞬间安安静静。此时，在远望路尽头的明日剧场里，那主持人大概不得不停止他那关于“来自未来的奇迹”的演说，塔尖的水手正手持夸张的望远镜绝望地眺望着南方的地平线。

伊丽莎白看了杰西一眼，眼神里藏着他俩之间的秘密。她给维杰——那个直升机飞行员——打过电话了。维杰也同意今天将使用另一个航道，经过未来镇的西南角。坐在马科斯·弗瑞饱经日晒雨淋的看台上的顾客们大概只能远远地看上那直升机一眼——除此之外，什么都没有。

“万事俱备，只欠东风。”杰西说道。

弗瑞的回复是日落后的一张匿名纸条，送到了怡东酒店的前台：

你们找的男人是艾萨克·康诺他在未来城开车他是昂斯洛的货源。

“棒呆了！”伊丽莎白说，“干得好！运气好的话，我们明天就可以回未来城了。我给巴顿打电话，告诉他这个好消息。”

“你先去，”杰西说，“我得出去一趟。”

“出去干吗？”

“我有点儿私事需要处理。”

“什么私事？”

“你相信我吗？”

“我不知道。我应该相信你吗？”

“我会在午夜前回来的。”杰西说。

杰西来到他和海蒂·芬奇前一夜相遇的妓院前，一路躲开路边随地小解的醉汉们。他敲敲门，当看门人为他打开大门时，他特意朝他笑了笑。

我的老工作，杰西想。他知道自己最好将来意讲得简单明了。“我不是顾客，”他说，“我是来找海蒂·芬奇的。”

出乎意料，那看门人是个矮个子，但是他宽阔的身材弥补了身高的不足。看起来就像精巧地平衡在某个支点上的巨石。巨石说话了：“她不在。”

“不要担心。我只想找她问些事情。如果需要的话，我会按价付钱。我是她的老朋友了。”

“那都很好。但是她还是不在。很多其他的女孩儿倒是在。你可以进来随便挑，或者走人——二选一，随便你。”

杰西觉得他说的是实话：“她明晚会在吗？”

“她不会回来啦。她已经离开这个镇子了。再说你干吗对一个又老又丑的妓女那么在意啊？”

“离开镇子了？”

“我不是说了嘛。”

“离开去哪儿？”

“我又不是她的管家！她拿上她那点儿盘缠急急忙忙地去了火车站。没什么奇怪的。那些女孩儿要是觉得自己能行就会离开，常事儿。”

海蒂向来胆小，一有风吹草动就心惊胆战，但是从来都有她的理由，不会无中生有。

问题是，这一次我是她离开的原因吗？杰西心想。

“既然这样，赶快走开。蠢货，你挡住大门了！”

杰西见势不对就离开了。有时间他得好好想想海蒂仓促离开这件事。但是目前他有其他任务在身，不能分心。

他来到和远望路平行的西侧小巷。巷子臭烘烘的，充斥着垃圾，偶尔还有死掉的动物的气味。没有灯，但是头顶的月光足够杰西探路。他沿着巷子向北走，一路数着途经的建筑物，直到昂斯洛商店的后门口。店里一丝火光都没有，沉重的店门被一把生满锈的铁锁牢牢地锁住。但是杰西可不怕什么铁锁，他用穿着靴子的左脚狠狠地蹬了大门三下，门框就松开了。

杰西等了一会儿，看会不会有人应声出来。没有人。整座楼看起来黑漆漆的，一个人影都没有。他朝着里面走了两步，又从一数到十，让自己的眼睛慢慢适应这黑暗。但即使这样，他也只能隐约看见黑暗里几道鬼魅般的影子。房间的四壁都装着货架，面前一个宽大的家伙大概是一张桌子。杰西探出双手，又向前踏了一步。那桌子的轮廓变得更加清晰了。他小心翼翼地用胳膊扫过桌面，满心希望地找着某个物件。找到了！一盏手提煤油灯。他打开灯罩，从口袋里掏出未来城的火柴，几根小小的火柴装在附有砂纸的火柴盒里。那灯里的油已经快见底了，但最终一团小小的火焰还是燃烧起来。

借着这新燃起的灯光，杰西扫视四周。昂斯洛的储藏室！四周的货架上摆满了商品。杰西充满爱慕地打量着这些新奇多样的物件。然后他在墙角边找到了一个没用的粗麻布袋子，开始有条不紊地把这些商品装进袋子里。

杰西走过怡东酒店的大厅，肩上挂着个鼓鼓囊囊的麻布袋。他觉得自己像是罪犯版的圣尼古拉斯。值晚班的酒店雇员狠狠地看了他一眼，却没出声。楼上，伊丽莎白正在等他："你去哪儿啦？"

他走进房间关上门："昂斯洛的储藏室。"

"你闯门进去的？"

他点点头。

"哈！"伊丽莎白说着，看了看那个麻布袋，"这里面都装了些啥？我希望里面装的可不都是欧克利！"

"我倒希望是，那就不会这么重了。"说着杰西将包里的东西一股脑儿地倒在了床上。他不是很清楚一把自动手枪到底有多重，但他猜大概是两磅多吧？而这里有差不多二十把！

6

那女人的名字是赞娜·宝嘉特，她的头衔是"活动总监"。她的职责是安排未来城双塔的舞台和影院节目。因此，换句话说，演艺人士。

杰西和搞文艺的人一向没有太多私交，更别提来自二十一世纪的演艺人士了。他想，宝嘉特是不是个中典型呢？她个子出奇地高，瘦得几乎不自然，总是一副紧张兮兮的样子。还有，对她来说，杰西和伊丽莎白仿佛低人一等——至少妨碍了她专心于某项更有价值的事业。伊丽莎白一走进宝嘉特一号楼的办公室就对她说："我们需要问你几个问题。"而宝嘉特的回答呢？"但是我有个试映啊！"

杰西和伊丽莎白四天前回到了未来城。他们将那一大包自动手枪交给保安总监巴顿。巴顿睁大了眼惊呼："我的老天啊！"从那以后，巴顿每天都在自己的办公室里和伊丽莎白开会。杰西没被邀请。但是显然伊丽莎白决定和他继续搭档下去——她呼他和自己一起去拜访宝嘉特，虽然没细讲为什么。

"事关紧急。"她说。

但是这可没能阻挡宝嘉特离开她的办公室。"试映五分钟前就该开始了。是新版本的《载人飞行》。所有的部门经理都在等着呢！你们跟我来吧。"

他们不得不一路跟着宝嘉特小姐走到电梯间。"都是为了这最后一年！"她说，"我都快要忙疯了！今天试映的这部影片是我们目前放映版本的改良版。但这只是个开端！明年一月起，我们就要开始邀请本地和未来的各路知名人士！坎普先生想要太阳马戏团在两座楼里都表演！你都没法想象这有多复杂！我们还要请本地名人过来，也许请马克·吐温来做个演讲……"

杰西说："吐温？那个'跳蛙[1]'作家？"宝嘉特这才第一次注意到他的样子："你是本地人，是不是？"然后又转向伊丽莎白："我跟他说这些没问题吧？"

"他经过审查了。"

1　应该是指马克·吐温的成名作《卡县名蛙》（*The Celebrated Jumping Frog of Calaveras County*）。

“哦，那就好，是的，吐温。你认识他？”

“倒不是什么私人关系。”吐温，又名山姆·克莱门斯，他在弗吉尼亚市和旧金山可谓名声在外，而且不仅仅是作为作家的名声。克莱门斯的一个朋友将酒瓶砸在某个酒保头上，要了酒保的命。自那以后没几个月，克莱门斯就从旧金山消失了。杰西对他那篇在《加州人》上发表的跳蛙文章也不是很欣赏。在他看来，那不过是又一篇关于采矿区的故事罢了。但是据说那篇文章的风评不错。要是未来城的人也想见他，那么吐温必定会成为文学新星，且星运不俗。当然，除非未来城的这一作为本身毁了他的前途，那倒也不是没有可能。

“总之，很难。”宝嘉特说。电梯停留在了剧场层，她瞬间夺门而出：“我相信你们一定能够想象。”

伊丽莎白的声音听起来煞是绝望：“我们只有几个问题……”

“问题可以等，不是吗？你们可以坐在剧院的后排，等到试映结束我们再谈，好吧？到时候我一定会全神贯注。我保证！”

伊丽莎白耸了耸肩。他们跟着宝嘉特走进剧场，宝嘉特将他们丢在后排就向舞台走了过去。前排座位上只有几个人，杰西认出其中的几个是来自未来城娱乐部的头头。宝嘉特拿着一个手持麦克风，站在一副巨大的银幕前向他们致意。她谈及为 19 世纪 70 年代的观众定制短片有多困难：“电影是在 19 世纪 90 年代才正式面向大众的。那时候，当人们看到银幕上开来的火车，他们真的会从座位上跳起来避让！因此，以容易接受的方式向本地旅客介绍电影总是充满了挑战。这也是为什么我们特别设计了连续五晚的介绍。第一晚是一个讲座加一些简短的样片——帮助他们适应‘电影’这个概念，也让后面的经历没有那么吓人。可是，这仅仅是第一关！想一想我们所熟悉的各种电影语言，比方说连续性、交叉剪辑、特写……他们对此可是一无所知！这一版本的《载人飞行》借鉴了我们所有向不熟悉电影概念的观众展示电影的经验。它非常地简单，很短，以现代的标准来看含有许多静态元素。但是，它对我们的受众更加友善，对于没有经验的观众来说，既令人激动，又不会过于刺激。”

杰西只能靠猜来理解她到底在说什么。来未来城工作后不久，他就和其他的本地雇员一起参加了一次员工专属的放映会，观摩那些为付费客人们准备的电影。那些影片真是让人惊叹！但是杰西想，也许她是对的，对他来说它们可不大好懂。

“同时，《载人飞行》只是我们电影项目升级的第一步。下个月，我们将逐步介绍新版本的《明日之城》和《科学的奇迹》。”

全部保证不会引起观众的恐慌和骚乱。宝嘉特结束了讲演，坐了下来。灯光变暗，影片开始了。杰西津津有味地看着。银光闪闪的飞机从云层里穿梭而过，这景象既令人惊叹又叫人心慌。而杰西最喜欢的则是动画片段：介绍航天业早年发展史的卡通，主角为来自近未来的大胡子男人，和他们的飞行器一起经历种种充满着喜剧感的冒险历程。“这是我们这一代人的儿子们，”杰西想，“儿女们。”——听说将来也会有女人成为飞行业的先驱。

伊丽莎白靠着他坐在黑暗里。她的蓝色棉布制未来城工作裤贴着他的大腿。这让杰西觉得非常愉快，却又不得不使劲忽略这一感觉。未来的女人们常常有着轻松随意的言谈举止，但那并不代表她们就是随随便便的女人。这是本地男人经常容易犯的一个错误——一个致命的错误——仅仅一次不受欢迎的冒犯就可能让你丢了饭碗。与此类似的还有与种族和国籍相关的种种言论，即使你觉得那没什么大不了的。

杰西在这方面还算幸运，早年在赵夫人那里的经历教会了他怎么和各种各样的人打交道，不管你是萨摩亚的水手还是都板街的杀手。规矩第一条："管住你的嘴，看好你的手。"他绝对不想让伊丽莎白·德保罗感到不舒服。再怎么说，即使她的丈夫目前在坐牢，她还是个结了婚的女人。但是不管怎么样，和她并肩坐在《载人飞行》闪烁的光影里，杰西不得不向自己承认，他喜欢她——以某种晦涩而复杂的方式，非常非常喜欢她。

从未来镇回来以后，连续五晚杰西都睡得不错。他感觉轻松自在了不少，却又担心自己是不是掉以轻心了，特别是在海蒂·芬奇提到罗斯科·坎蒂那个恶魔以后。杰西觉得这非常不可思议，坎蒂还活着？这可不是什么好消息！更糟糕的是，现在海蒂知道哪里可以找到杰西，又在遇到他以后的第二天就匆匆离开。杰西所在之处的消息有可能传到罗斯科·坎蒂的耳朵里去吗？如果是这样的话，坎蒂会不会一路追到这里来找他算账？或许事情会更糟——他会去找杰西的妹妹菲比。

飞机调转机翼，穿过云层向远处的一座巨大而不可思议的城市飞去。剧终。剧场里的灯亮了起来。这以后，宝嘉特又叫人抓狂地花了整整一刻钟和那些经理聊天，最后才慢慢朝杰西和伊丽莎白这边走来。"我们可以在绿厅里聊，"她欢快地说道，"感谢你们如此耐心！"

宝嘉特带他们走进一间会议室，里面放着一张会议桌、几把折叠椅、一个咖啡壶和一堆用过的纸杯。她在其中的一张椅子上坐下，说道："哈，试映成功！"

"毋庸置疑。"伊丽莎白说。伊丽莎白让杰西在问讯的过程中不要出声。在未来镇杰西领头，而这里是她的地盘，她会来主导这次谈话。

“看得出你在这影片里可花了不少的心思啊。”

宝嘉特容光焕发：“是吧？奥古斯特·坎普都亲自参与了，因此我们每个人都非常努力地争取把一切做到尽善尽美。奥古斯特可真会激励人！他的热情可是充满了感染力啊！”

所有人都热爱坎普，而且这份热爱看起来大多发自内心。奥古斯特·坎普显然是那种能够成功激励他人对自己效忠的有钱人——至少对大多数人来说是这样。“那你呢，宝嘉特小姐？你是那种放手型的管理者，还是会时不时地卷起袖子，亲力亲为，弄脏双手也在所不惜？”

伊丽莎白的语调让宝嘉特皱了皱眉：“在我们开始前，可以请问这究竟是关于什么事吗？巴顿先生安排了这次谈话，但是他并没有告诉我这次谈话的具体目的。”

“我们正在调查供给品通过镜子以后是如何被分配到未来城各处的。目前看来这一过程中似乎有瓶颈存在——非重要物品占据了太多的库存，而有些必需品则得不到定时的补给。”

“这样啊。我确实会亲力亲为，但是关于这个我懂得也不多。要问我的话，我没有注意到任何问题。”

“具体来说，八月份时你的部门收到了一批新的数码投影仪？”

“我们把五个电影院的投影仪都升了级，换成了 4K 的巴可投影仪。新开关、新操作界面，升级后一切都可以通过安卓平板电脑来控制。同时运进来的还有一些将来需要的备用灯泡和镜头。”

“一切都准时到货，完好无损？”

“是的！完全没问题。”

“那批货里包含任何你们没有申请的东西吗？”

“据我所知没有。比如说什么样的东西呢？”

“你亲自开的箱？”

宝嘉特迟疑了一下，用右手大拇指擦擦鼻子——这也许是她紧张时的习惯动作？“唔，我开了其中的一些。但是大部分箱子我留给技术工来处理的。”

“是某位特别的技师吗？”

“我们有一个团队做这个。”

“会不会有未经授权的人员进入你的储藏室？”

“据我所知没有。你需要有相应授权的工卡才能进入。保安不是你们部门的工作吗？”

“你和二号楼除娱乐部以外的员工有私人关系吗？”

“因为我的工作性质，我和两幢楼里的很多人都有非正式的接触。”

“你和二号楼里的任何本地人有联系吗？”

“你是说像他一样的本地人吗？”她指了指杰西，仿佛他是被伊丽莎白用缰绳牵进来的一样，“按规矩，没有。”

“那好。我会念五个名字，你告诉我其中有没有你认识的人，”伊丽莎白从裤袋里掏出一个记事本，打开。宝嘉特变得有些坐立不安。伊丽莎白慢慢地念起名字来。杰西观察着宝嘉特，想看她有没有什么明显的反应。

没有。但是伊丽莎白念到的最后一个名字倒是让杰西心中一凛——米克·芬纳格。芬纳格是二号楼的一名保安，杰西前女友多丽丝·万德坎普目前的约会对象。

“没有。”宝嘉特生硬地说。

“你确定吗？”

“当然不是百分之百确定！我每天因为各种原因和人见面，我可记不住每一个人的名字。但是我对那些名字都没什么特别的印象。说句老实话，这开始变得像一场审问了！”

“你听说过在你部门的员工间有违禁品流传吗？”

“违禁品？”

“毒品。”伊丽莎白说。

宝嘉特反射性地揉揉鼻子，藏在桌面下的另一只手则颤抖得像一只吓坏了的小鸟：“你什么意思？”

“有没有非法毒品——比如说可卡因——在一号楼娱乐部里流传？”

“当然没有！我是说，据我所知当然没有！”

伊丽莎白在她的记事本里写写画画：“好吧。谢谢你，宝嘉特小姐。今天到此为止，我们可能还会来找你。同时，要是你想到任何可疑的事，请务必和我联络。你所说的一切我们都会绝对保密。”她接着压低声音补充道：“我们并不打算惩罚某个个体。管理层完全清楚你们为了未来城工作得有多辛苦。但是，我们必须对镜子里来去的东西心中有数。如果你能帮忙，我们会非常感激。”

大棒加胡萝卜，杰西心想，真不赖！他跟着伊丽莎白走出去，留下吓傻了眼的宝嘉特浑身颤抖不已。走进电梯，员工电梯里只有他们两人。杰西问道：“那么宝嘉特和那些枪有什么关系呢？”

“巴顿认为那批枪是和一批影院道具一起通过镜子运进来的。因此，有毒品通过同样的渠道被运进来也是一个合理的推论。宝嘉特的毒瘾可没她自己想象的那么隐秘。这就给了我们一个机会。”

“毒瘾？”

“是啊，可卡因。她说‘给鼻子上补些粉’的时候，她可是真的在吸粉啊。你明白吗？”

“但是为什么需要从二十一世纪运可卡因进来呢？”

“什么意思？”

“她只需要找人去未来镇药店买就好了啊。可卡因酒、可卡因牙滴、可卡因粉剂……”

“我操！”伊丽莎白骂道。

周三晚是一号楼的网飞之夜，活动在员工活动室举行。伊丽莎白大概会去，杰西不禁有点心动。但是，他上周去那儿时觉得自己不是特别受欢迎。因此，他决定不如用这段时间去一下二号楼的员工休息区。也许他会在那儿碰到多丽丝·万德坎普？也许她的新男友正好不在？

多丽丝常常行踪不定，但是在像今天这样清闲的工作日晚上，她一般会待在员工休息区里，看着有没有熟人可以和她做伴。她果然在！多丽丝正一边悠闲地吃着一桶炸鸡，一边任由炸鸡的碎屑落满《弗兰克·莱斯利画报》。

“有什么有意思的事儿吗，多丽丝？”

多丽丝抬起头，一头富有弹性的深色卷发，像一窝弹簧一样。“是你啊，”她抽抽鼻子，将注意力转回到报纸上，“西班牙人和特威德老大[1]又干上了。”

“我可以坐下吗？”

1　威廉·马基尔·特威德（William Magear Tweed，1823.04.03 – 1878.04.12），美国政客，著名的坦慕尼社老板（因此得昵称特威德老大）。坦慕尼社最初为美国一个全国性的爱国慈善团体，后来沦为纽约的地方政治机构，卷入操控选举的丑闻，最终于1934年垮台。

“可那又是为了什么呢？谁都知道这些日子你可是围着那个膀大腰圆的一号楼女人团团转呢。”

杰西坐了下来：“那你呢？围着米克·芬纳格团团转吗？”

“你吃醋啦，杰西·库鲁姆？”

“当然啦。是男人都会啊。”

“骗子。”多丽丝嘴上说着，脸上却露出了半星笑容。

“你最近见过他吗？”

“谁？特威德吗？”

“米克。”

“那关你什么事？”

“不关，但是我需要和他聊聊。”

多丽丝合上报纸，放在一边：“你需要和米克聊什么？”

“聊聊你那个怎么都好不了的感冒喽。”

“你喝多了吧？”

“多丽丝，你知道我的，我是滴酒不沾。我从不喝烈酒，也不碰马里亚尼真露或者温丝露夫人舒缓糖浆[1]。但是，话说当年在旧金山……”

“哈，话说当年——你可是一向对那些年守口如瓶啊。”

“当年在旧金山，我认识一些时不时会去中国城的家伙。中国城给人的教训是，拿起烟枪比放下烟枪可要容易多了。要是不能时不时地来上一发，他们就会冒冷汗、直发抖、流鼻水……那样的话，他们

1 十九世纪的前沿医药制品马里亚尼真露（Vin Mariani）由可卡因和法国波尔多葡萄酒调制而成，据说常饮可健康、强壮，充满活力与生机。温丝露夫人舒缓糖浆（Mrs. Winslow's Soothing Syrup）则为含有硫酸吗啡、纯碱和水氨的配方药水——“可舒缓一切人类或动物的痛苦”，帮助减轻幼儿换齿的痛苦（但也在1911年被美国医药学会称为“婴儿杀手”）。

就得用鸦片汀或者处方药来应急，或者煮罂粟头做茶。”

“你交的可真是些好朋友啊！难怪你对过去绝口不提呢。”

“怎么说呢，我倒不是说你和那些可怜人一样。我认识的多丽丝才不会那么自甘堕落呢。但是，你的这些症状可真是让人起疑心啊。要是我去搜查你寝室的话，我会发现些什么呢？也许，一瓶鸦片汀？藏在你那壁橱的最里面？”

“你会发现什么？你会发现我的脚踢在你的屁股上！”多丽丝语带逞强地说道，“杰西，这到底是怎么回事？说大白话，我可不擅长猜谜。”

“大家都知道，时不时会有人带东西进未来城——那些不被未来城人许可的东西。多丽丝，那些餐厅女孩儿还有演艺人员的坏习惯可比你要严重多了。其实我觉得吧，要是哪个过于紧张的舞蹈演员实在需要点儿止痛剂，真的没什么问题。但是，未来城人在这点上特别保守，尤其是万一事情太过张扬，或者那些东西从二号楼流进了一号楼，坏事情就会开始啦：搜查啦，开除啦……”

“但这跟我有什么关系！”

“这和米克有关系。我知道米克不是唯一一个和未来镇药房打交道的员工，但他一定是其中一个。不要抵赖，他的名字已经被记录在案了。按我对米克的理解，他可不会只是帮帮别人忙的。说实话，他不过是个名头好听的放羊娃罢了。但是他确实有生意头脑，能一眼看出利益所在，又懂得与人互惠——你替我抓抓痒，我帮你挠挠背。但是，这很容易让其他人——无辜的人，像多丽丝你一样无辜的人——一不小心就成了他的同谋。但是一旦米克船沉，这些同谋也就淹死了。”

“你是说他的船快要沉了吗？”

“他可没让你为那些贝特曼肺炎露掏钱，不是吗？”

“你这个混蛋——你搜过我的壁橱！”

“多丽丝，你和我曾经是好朋友。好朋友会注意到一些事。”

“就像我注意到你会睡着睡着就哭得跟个娃娃似的？”

“我想，米克给你那些止痛药，借此让你帮他些小忙。比方说，把包裹从一个地方带到另一个地方，诸如此类的小事。他的工卡不会放他进入客层，但是你的可以。比方说，楼上有人给了你些小东西，然后米克又让你送到那个叫作艾萨克·康诺的司机那里去。类似这样的事情发生过吗？”

这下，多丽丝可是彻底地忘了她那《弗兰克·莱斯利画报》了。她龇牙咧嘴的样子看起来就像是一只孟加拉虎：“要是你让我丢了工作，我一定会把你的肠子都挖出来！”

传包裹的部分仅仅是杰西的猜测，但是多丽丝确实是米克·芬纳格和康诺之间最明显的联系。在和杰西好上之前，她和康诺有过一段短暂的暧昧关系。“我来这里就是为了帮你，避免你被炒鱿鱼。是的，米克的船快沉了。你越快离开越好。我可以帮你。”

“也许他的船快沉了，是因为有个自以为了不起的家伙把它给炸沉了。”

“我不过是和别人一样在做本职工作而已。要是你也想继续工作下去，最好合作。”

“你可开除不了我！”

“我是不行，但是有些能够开除你的人很快就会注意到你了。但我可以告诉他们，你很合作。”

“那是什么意思？”

“意思是，我们应该开诚布公。比方说，你递给康诺的那些包裹里都装着些什么，多丽丝？”

有这么好一会儿，杰西觉得多丽丝会扇他一巴掌。但是最终，她翻了个白眼，叹了口气：“我不知道，那些包裹包得紧紧的。是裹在棕色包装纸里的硬纸板盒子，看起来就像是其他我会从客房里拿进拿出的东西一样。”

“好吧。盒子重吗？”

“有一些重，有一些不重。”

“你多久交接一次？”

“每周一次，每次都在客人退房的那一天。”

“你都是从同一个房间里取包裹吗？”

“不是，米克告诉我哪间房。总是某间刚刚退了房的客房。我整理床铺的时候看一看床底。要是那儿有个包裹，我就把它带到马房交给康诺。我发誓，就这些了，”她的愤怒已经平息了，“我猜也许这就够让我被开除了吧。”

“如果你同意再讲一次这个故事的话，也许不会。”

“跟谁讲这个故事？”

“一个叫作巴顿的一号楼保安经理。”

她睁大了眼睛：“我可去不了一号楼！”

“我会带你去。”

“你是说，现在吗？”

“越快越好。”

她长长地看了一眼摆在桌上的报纸，仿佛在祈祷自己能够藏身其中似的，但最终还是起了身：“要是我们真的都开诚布公的话……他们会对米克做什么？我可不想任何人认为我为了自保，告了米克的状。”

“没人会这么想的，”杰西不等多丽丝责怪自己撒谎就挽起了她的手臂，“我们走吧，多丽丝，不要害怕。你总是说你想看看另外一幢楼。”

他将多丽丝留在了巴顿那儿。巴顿向她保证，要是她能够坦诚相告、帮助他们破案的话，她就不会被开除。杰西衷心希望他不会食言。

十一点一过，他就上了床。那一晚，他梦见了赵夫人在旧金山的妓院。

杰西那年刚刚十五岁。父亲喝醉了，但倒不是烂醉，杰西称之为“工作时的微醺”。威士忌的气味围绕着父亲，就像悲伤的守护天使。长夜将尽，黎明即至，杰西的父亲已经守在赵夫人的店门口好几个钟头了。

杰西一般会在大厅里为客人倒酒。赵夫人倒是很喜欢他，因为他不喜欢喝酒，是个靠谱的员工。

此时的大厅空荡荡的，没有客人。赵夫人店里的大多数女孩儿都在楼上，只有明和丽还在楼下，坐在沙发上用杜邦街的方言交谈着。杰西一边收拾空酒杯，一边侧耳倾听父亲的自言自语。父亲的喃喃絮语并非针对任何特别的听众。酒意朦胧间，他可不在乎到底有谁在听。今晚，这段独白是一位妓院看门人关于对捕鲸人的观察。“捕鲸船上来的男人最恶心了，”他说，“浑身上下都是尸臭和油腥味儿，壮得跟公牛似的……又粗暴又丑，还整月整月地和跟自己一般德性的男人困在一起。铁锚一样的胳膊，对女人粗暴，打起架来更是恶狠狠……”

杰西和父亲还有妹妹菲比一起借住在阁楼里。杰西已经很困了，但是在今晚这样热烘烘的夏夜里，他实在不想上楼去。上楼就得穿过一重重越来越厚重的热气，然后带着一身热汗辗转反侧好几个钟头，直到正午的钟声将他唤醒。杰西在心里默默祈祷着晨雾的来临可以捎来一些海的凉意。

最后一个酒杯也被收进了壁橱里。明和丽在彼此的怀里睡着了。这时却传来了一阵敲门声——咚咚咚。杰西的父亲从自己的思绪中回过神来，匆忙回到岗位上。他拉开猫眼上的木窗，向外望了望，然后又含糊不清地咒骂了一声。“快去叫赵夫人。”他对杰西说。

父亲打开门，罗斯科·坎蒂走了进来。

杰西毫不迟疑。他直直地冲上楼，开始敲赵夫人的房门。门边萦绕着一缕烧灼后的花香气，甜而腥，让杰西想起殡仪馆里的烟火味。赵夫人——她总是鼓励杰西叫她大姐——刚刚抽过晚烟。赵夫人对罂粟有着一种节制的依赖，总是严格地遵守自己立下的习惯。她不会在午夜前或者天亮后抽鸦片。即使现在，杰西也知道她并不会完全无法理事，只是会比较迟缓。“大姐！”杰西朝着幽暗的内室大喊一声。床吱嘎响。一阵慵懒的脚步声。

赵夫人的脸是一段写在羊皮长卷上的晦涩历史。她已经在这里经营二十多年了，但是关于她的底细，人们却知之甚少。赵夫人的这座砖楼在叛军夺下萨姆特堡前就存在了；当淘金的大队到达旧金山时，它已经在这里了。杰西的父亲经常说：“赵夫人的妓院比教会区的天主教堂还要老。而赵夫人啊，赵夫人大概比上帝还要老。”此时，她在黑暗中朝杰西眨眨眼睛问道：“怎么了？”

杰西轻声说出罗斯科·坎蒂的名字。大姐随之皱起了眉头，双眼紧眯：“坏人。好，我这就来。”

她很快穿戴整齐，倚着杰西的胳膊走下楼去。刚刚十五岁的杰西已经比她高出了一头，但赵夫人还是让他觉得自己只是个孩子。在这儿，没有人质疑赵夫人的权威。偶尔有客人会违背这个规矩，他们很快就后悔了。

罗斯科·坎蒂可能会是那个例外。在田德隆，罗斯科的地位正日渐上升。他具备所有称霸田德隆必需的品质：自视甚高，对敌人不屑一顾，拥有一小队全副武装的打手，还有最重要的——钱。杰西听说罗斯科是靠着恐吓金矿主、强占金矿发的家。他的钱大概还不够让旧金山的上流社会对他刮目相看，但却足够他在田德隆兴风作浪了。从百老汇到市场街，坎蒂买下了大量的酒馆和妓院。

大厅里，杰西的父亲正闷闷不乐地站在他门边的位置上。罗斯科·坎蒂坐在沙发上，对明上下其手。他一手探入明的丝质上衣，一脸坏笑。他头上戴着一顶条纹学生帽，扣着扣子的红色格子背心撑得鼓鼓囊囊的，看起来就像个肥胖的小丑。但是，坎蒂可不是个小丑。他和杰西的父亲一般高，虽然胖，却既强壮又敏捷。在他的长外套下，是一把钢和象牙制的削脂刀。他用这把刀为自己打下了名声，不止一个敌人被这把刀给开膛破肚。直到今天，矿区的人还叫他“罗斯科开膛手”。

杰西感觉到父亲对罗斯科是既害怕又瞧不起，这让他觉得既羞耻又好奇。他盘算着，如果有一天他需要和罗斯科面对面干上一架的话，自己该怎么将罗斯科·坎蒂给拿下。杰西的父亲教过他，拿着刀的手总是危险的——拿刀的手和手里的刀一样危险。“我会盯着他的手。”杰西想，他会盯住罗斯科的手。他又注意到罗斯科擅用右手，他正用右手抓住明的乳房。

“明，”赵夫人说道，“回楼上去！不要再烦这位先生了！现在就去！”

明躲开了，一边小心翼翼地掩饰着自己的如释重负。罗斯科·坎蒂眼珠一转盯着赵夫人说：“哎呀，她可没烦我。”他的声音出人意料地又高又尖，就像小狗“吖噗吖噗”的叫声一样。“我偶尔也喜欢来点儿小黄妞。奶子小得可以装进茶杯里。真是又小又甜。”

“现在不做生意。”赵夫人说。

“反正也不是今天我过来想谈的那种生意。”

坎蒂和赵夫人间一阵恳切的低声交谈。杰西很想知道他们究竟在说什么，却什么都听不清楚。赵夫人语调平缓，手指却不断抚摸着左腕上的玉手镯——她一定很紧张。坎蒂的话语则如沸水在壶，凶机暗涌。

杰西又偷偷地瞄了父亲一眼。罗斯科说他是来谈生意的，这显然让父亲稍微松了口气。他的眼睛又打瞌睡似的半眯了起来，嘴里却不停地絮絮叨叨，仿佛在无声地自言自语。这自言自语最让杰西担心。他知道父亲在自己出生前就是酒不断，半醉半醒早就是他日常生活的一部分了。但是这一阵，酒对父亲的影响却逐渐变得不一样了，酒精让他在自己的世界里越陷越深。也许是上了年纪的缘故吧，杰西想，父亲已经不再年轻了，无论是身体还是反应都不如以前那么快了。

楼梯上传来一阵声响，父亲一下子拎起了神。

杰西顺着他的视线看去——是菲比！菲比从阁楼上下来了！

父亲一直小心翼翼地避免菲比和这里的生意有太多的接触，虽然也难免她每天耳濡目染。赵夫人倒是一直很帮忙，也许她其实是欣赏杰西父亲的。菲比知道在天黑后、破晓前不应该下楼来。但此时也许天光刚刚放亮——这一夜确实已经够长了。

赵夫人抬头。罗斯科·坎蒂抬头。菲比僵在了楼梯上。

她刚满十一岁，穿着一件破着洞的素色棉睡袍。杰西隐约记得，菲比的妈妈是一个漂亮的黑白混血女人。菲比有着成熟待收的小麦一般的金黄色皮肤、黝暗丰盈的长发和棕色的双眸。三个月前，她刚刚有了第一次月经。

菲比显然是被这个时间大厅里的不速之客吓到了，急急忙忙转身离开。杰西惊恐地发现她旧睡袍的下摆从臀部到大腿间有个很大的口子。赵夫人的女孩们对这连眼都不会眨，但是罗斯科·坎蒂却长长地吹了个口哨："我可没想到你这儿还藏着这样的女孩儿啊！我以为这儿都是些给白男人准备的小黄妞呢。你还有什么我不知道的生意吗？"

"不做生意。"赵夫人说——赵夫人的英语其实很好，但是和客人以及她不喜欢的人说话时，她总会装出这口音——"她不做生意。"

"所有的事都是生意。"罗斯科说，一边龇牙咧嘴地笑了起来。他的脸很圆，五官却很小。一张魔鬼的脸，就像画在蛋上的一样，杰西想。

"不卖。"赵夫人强硬地说。

"帮别的客人调教的？"

赵夫人不说话。

"她可是熟得恰到好处啊。"罗斯科酸溜溜地说。

菲比可不笨。她飞快地转身上了楼。

杰西看了看父亲，父亲暗暗示意他提高警惕。

“买一送一吗？”

“不卖。这女孩儿不卖。这楼也不卖。你已经有很多酒廊和妓院了。这里是我的地盘。”

赵夫人明显是被逼到角落，发急了。但她也不是手无寸铁。她可是一直向六大堂口[1]之一交保护费的。罗斯科·坎蒂也一定不会不知道。

“这样吗？那也许是我找错谈判对象喽。”

罗斯科站起身，走向门口。杰西的父亲起身让他通过。但是罗斯科却停住了，径直向杰西走过去，站在了他面前。罗斯科几乎和杰西一般高，却有他两倍那么宽。他抬起下巴冲着杰西，努努嘴说：“我不喜欢你瞪着我看的样子。”

杰西不笨，连忙道歉说：“我很抱歉。”但是一瞬间他已经倒在地板上了，耳朵隆隆响，眼冒金星。杰西甚至没看清拳头打来的方向，就被罗斯科一记老拳打倒在地。

“记住我。”罗斯科说。

我会的。罗斯科·坎蒂优哉游哉地走出门去的一幕对杰西来说至今历历在目。更难忘的是，杰西的父亲朝着罗斯科一鞠躬，恭敬地为他打开了门。

杰西一身冷汗，从睡梦中惊醒。

这不仅仅是个梦，也是杰西的回忆——深深嵌刻在他的脑内剧场

1　六大堂口（Chinese Six Companies），特指旧金山的六大中华会馆——历史上在北美华人聚集区开办的华人联合会。

里，宛如那些让宝嘉特小姐由衷骄傲的电影一样。一切发生过的事，都在梦里一件一件地重新还原演绎。这梦，是拒绝被遗忘的回忆。

就跟另外那个梦一样，这梦总是让他尖叫着惊醒。

半梦半醒之间，杰西环顾黑暗中的房间。这不是他在二号楼的老宿舍，这是他在一号楼的新房间。微小的区别，卫生间的门在这儿不在那儿，壁橱在左侧不在右侧。头晕。有那么一瞬间，他以为伊丽莎白会站在他的床边，就像那晚在未来镇一样。但是她当然不在。真是傻。

杰西将头埋进枕头里。这一次他一觉无梦睡到天亮。当然，不会有阳光射进这无窗的屋子，取而代之的是像虫鸣一样的电子闹钟，接着是他寻呼机的哔哔声——是巴顿，让杰西尽快到他的办公室去。

杰西到达时，伊丽莎白刚刚到。巴顿已经在里面等着他们了，还有奥古斯特·坎普本人。

坎普一脸笑容，所以估计不是坏消息。杰西不得不再次提醒自己，坎普可是个影响力极大的商人，即使他的言行举止和一般的大亨不一样。坎普习惯穿牛仔裤，穿衬衫不系领带，招呼起员工来就像和朋友聊天一样——来自未来的人经常表现得这样。在杰西看来，他们就像长大了的小孩子，却从没学会如何像成年人一样行为举止。但是，外表是会欺骗人的。无论系不系领带，影响力就是影响力。

巴顿说：“调查有了些新的进展，我来给你们讲一下。”

坎普大概是觉得这开场白有点太过唐突，开腔道：“其实是这样……”他双手插袋，背靠着玻璃落地窗，窗外是在上帝视角下一览无余的伊利诺伊平原。“我对你们的辛苦工作非常感谢！你们对这次成功的调查有着无可取代的贡献。干得好！”

巴顿接着说：“目前的情况是这样。杰西，你把多丽丝·万德坎普带给了我们，她可是帮了大忙。多丽丝承认了她是艾萨克·康诺和米克·芬纳格的中间人。她供出了米克，我们把米克叫进来问话，他一下子就坦白了，基本上把什么都告诉了我们。违禁品是被伪装成剧场用品通过镜子运进来的。宝嘉特对此睁一只眼闭一只眼，以此和康诺交换未来镇药房定期供给的可卡因。大部分的违禁品是个人电子用品和太阳能充电器，但也包含了一些武器。这也是为什么那个想要格兰特命的疯子能够搞到自动手枪的原因。至于那个枪手，格兰特的人不想让这件事张扬出去，于是我们将他交给了法警和平克顿[1]的人，随他们怎么处置。剩下唯一要做的就是保证这样的事情再也不会发生。对于我刚刚说的，你们有什么问题吗？”

“关于多丽丝，”杰西说，“我告诉她她不会被开除……”

“我们送她到未来城诊所戒毒去了，后续也必须接受毒品检测。但是当然，如果她能够坚持不碰毒品，她会保住工作的。”

“非常感谢。”杰西说。

“还有其他问题吗？”

杰西可忘不了他从昂斯洛仓库里搜出来的那整整一包格洛克：“其他偷运进来的武器，除了那个杀手以外，还有其他的买家吗？”

“我们还在调查，”坎普说，“但是现在、今天、这个早晨，我们要做的事就是将这一切的罪魁祸首缉拿归案。我们觉得你和伊丽莎白大概不想错过这次行动吧？”

1　平克顿（Pinkton）侦探公司，为阿伦·平克顿于1850年创立的美国第一家侦探公司。

杰西问：“我们去哪儿抓那个坏蛋呢？”

“他在镜子那儿工作。”坎普说。

连接一号楼和二号楼的走廊里有一部带红黄条纹的读卡器。对于杰西这个级别的雇员来说，这代表着禁止通行。奥古斯特·坎普当然另当别论，他的工卡到哪里都畅通无阻——无论走到哪儿，都有隐形侍从顺从地将大门在他面前打开。杰西跟在伊丽莎白后面走了进来，电梯上的按钮只有三个选项：镜子一层、镜子二层和镜子三层。

坎普按下其中的一个按钮。他说：“我猜，你们都参加过关于镜子工作原理的标准员工培训？”

“培训倒是参加过……”伊丽莎白说。

坎普笑了：“其实我也不懂。也许根本就没人懂。当然，物理学家除外，但他们好像不会用普通英语来解释它的原理。尽管如此，要是你们有任何问题的话，我会试着解答。”

电梯向下走了好一段，终于慢了下来。电梯门打开，露出门后巨大的空间。

杰西的父亲曾经教过他一个诀窍：如果有什么事让你感到困惑，想象自己向一个五岁的小孩子解释这件事。杰西在脑海里想象着五岁的菲比，和那常常浮现在她稚嫩脸上的好奇表情：“镜子大厅是什么模样的？”

杰西想象自己跟年幼的菲比解释这一切：第一，它在深深的地下。就像一个洞穴，或者煤矿，没有窗户。但是，它并不像煤矿矿井那样狭小粗糙。想象一间沐浴在人造光线下的大屋子，有两三个主教教堂那么大，跟盒子一样方方正正。非常干净——比任何贵妇人家的厨房都要干净——虽然在这里时时刻刻都有人在工作。房间里放满了各种各样的机器，有的机器是用来拉提重物的，其他的机器则各有其功能。机器的操作人员佩戴着相应的工卡，穿着白色棉长裤和T恤，仿佛他们正准备刷白整个谷仓一样。这屋子有四面墙，但是其中的一面被所谓的镜子占据着——顾名思义，它看起来就像一面镜子，一面十层楼那么高、半圆形的镜子。

“它反射光线？”杰西说道。这听起来自然有点儿笨，但是眼见那巨大的镜面将这本就硕大无朋的大厅映照得仿佛有两倍大，杰西不禁有些恍惚。

“它不总是这样，”坎普解释道，“当有东西通过时，它是透明的；在以最低耗能运行时，则成镜面状。科学的解释是这和某种叫作相邻宇宙间能量梯度的概念有关——在此状态下，光子在其界面上一下子就被弹开了。”

“谢谢，”杰西说，虽然坎普的解释对他来说无疑是天书一般，“所以说，未来在它的另一边？”

“从某种意义上说，是的。通过希尔伯特空间，镜子联结着两个相差一百四十五本征态年的世界。镜子另一端的世界和你所属的世界本质上是一致的，但是并不是你的未来。”

不管它实际上是什么，杰西心想，镜子另一端的世界是伊丽莎白的家，那个她最终会回去的地方，她坐牢的丈夫和年幼孩子所在的地方。乌鸦排成一线飞翔，直线距离不过一百四十五个本征态年罢了。

杰西想象自己继续向菲比解释着这一切：那房间是如此之大，声音在其中听起来怪怪的，人声和机器的轰鸣听起来仿佛来自某个遥远的地方。暗藏在这轰鸣声下的则是另一股低沉而有力的嗡嗡声，就像是一只硕大黄蜂的蜂鸣。空气里有金属的味道，闻起来像是被遗弃在日光下的黄铜水壶。

“真正重要的不是镜子的运作原理，真正重要的是能利用它做什么，”坎普接着说，“我们挖掘了镜子的潜能，这才是我最自豪的地方。我们从另一边第一次开启镜子时，我就在场。我可以告诉你，当时镜子的这一面可不是这样的——有的只是伊利诺伊的黑土，来自远古的淤泥和冰川。一下子，地下水就喷涌而入！我们开始挖，不停地挖，直到挖出了整个度假村的宅基地，然后是抽水，抽干水后再打桩，最后又在打下的基座之上开始建造度假村本身。杰西，你是最早来到这里的本地人之一。但是你来的时候，大部分工程已经完成了。我们派出去的人已经成功地买下了这块土地的所有权——能买就买；实在不行，则收买必须收买的人。这镜子到底是如何运转的？对我来说也是个不解之谜。但是对于我们利用它建起的这一切，我可是了若指掌。它可是我的骄傲！因此，要是某个混蛋胆敢骑到我头上，只是因为他想把苹果手机卖给本地人，我可不会善罢甘休！”

这话语后面隐藏着真正的怒火，真正的坎普可不像他表面看起来那样平和高尚。“所以，我们今天到底是来抓哪个贪心的混蛋？”

“唔，我不能伸手指他。你看到停在货运电梯旁的叉车没？就是那个正在卸下一叠箱子的家伙！”

杰西认出了白色石板一般的货运电梯门。隔着这么远，他没法看清那人到底是谁，但是可以肯定他是个大家伙。

“以防万一我们在二层也布置了警卫，但是我想你俩大概会想亲自抓住他。”

“谢谢，”伊丽莎白听起来对这一安排甚是满意，“杰西，我们只需要将他带到楼上接受审讯，所以应该是小菜一碟。不过还是准备好你的塑料手铐，也许用得上。准备好了吗？行动！”

坎普和巴顿肩并肩地快步穿过大厅，杰西和伊丽莎白紧随其后。杰西一路紧紧地盯着那个嫌犯，他正在将纸箱卸到铝板上。直到坎普走到离他不到三十尺远的地方，他抬起头，一下子愣住了。

“他看见我们了。”伊丽莎白说。

逃，还是不逃呢？杰西想——虽然话说回来他逃也是无处可逃。

二十尺。那家伙看着他们一路过来，仍然一动不动。然后，他眯起了眼。杰西一下子就看穿了他想干什么：他撒开腿跑了起来。但是，他并没有跑开——他直直地向着奥古斯特·坎普冲了过去。

杰西和伊丽莎白都冲了上去，企图挡在坎普和那嫌犯之间。实在是没时间考虑太多，杰西朝着那人直直地撞了过去。被杰西一撞，加上自身的动能，那嫌犯一下子就摔了出去。他和杰西扭作一团，膝盖撞在了杰西的肋骨上。杰西翻了个身，成功地将那人按倒在地，伊丽莎白赶来用塑料手铐将嫌犯的手绑在了身后。

那嫌犯的全部注意力依然集中在坎普身上。“妈的！”他大骂道。杰西站起身，将那人也拖了起来。这时，坎普的备用警卫们也从二楼匆匆忙忙地冲了下来，一阵迟到的脚步声，靴子沉沉地踏在金属楼梯上。

杰西拍拍衣服，上下检查了一番。没什么大伤。一根肋骨上可能会有点儿瘀青，但是没有骨折。

“干得好。”伊丽莎白说。

“我不过是挡住他罢了。”

“不，你干得非常好，”坎普说道，只是心有余悸的样子，“谢谢你，杰西。你是我们的最佳雇员之一。伊丽莎白你也是。”

一切都很完美，唯有一点让杰西生疑。这家伙看起来就像是再也无法掩饰他对坎普的深仇大恨一样——那样子看起来不像是心怀不轨的罪犯，反倒像是对坎普深怀恨意的仇人？坎普到底干了什么，才会和这个连名字都不知道的陌生人树敌？

杰西在离开前又看了镜子一眼。整个大厅都反射在这巨大的奇迹里，自己的身影也包含其中——巨大洞穴里的小小身影。警报声响起，穿白衣的工人们开始清场。坎普告诉他们，一批新的货物就要被运进来啦。杰西希望自己能看到镜子打开、通向另一端世界的样子——那传说中的未来世界。但是，新世界还没有发生，电梯门就合上了。

巴顿说，调查已经结束，完成收尾工作就可以大功告成了。但是，有些收尾工作必须在未来镇完成，他希望杰西和伊丽莎白亲自过去把事情做完。

周三傍晚，他们跟着一队回程游客再次来到了那铁路小镇。因为格兰特来访而到此的人群已经消失无踪了，也就是说，这次他们可以在怡东酒店订两间房。这样，伊丽莎白可以有些私人空间，杰西心想，我也可以有我的。明天早晨，他们会去镇上的药房和药剂师谈上一谈——将来，如果含有可卡因或鸦片的药剂销售激增，请他及时向未来城人员汇报。然后，他们会尽力拿回昂斯洛那里剩下的违禁品。

他们在饭点到达了酒店。透过窗帘射进酒店餐室的夕阳为煤气灯光增添了一丝轻快的气氛。但是，晚餐时的伊丽莎白却显得格外疏离。杰西想，也许她想家了吧。于是他尽量找话题来分散她的注意力：“奥古斯特·坎普看起来对我们很满意啊。”

“奥古斯特·坎普怎么想都可以。”

“这么说，你是不信坎普教啊？其他人看起来都很崇拜他的样子。”

“他们才不是崇拜坎普呢，他们崇拜的是他的银行账户。”

“哦，我相信他是个有钱人。”

“亿万富翁，《福布斯》杂志说。”

杰西绞尽脑汁，二十一世纪的亿万富翁到底会用钱来买什么？飞机？宇宙飞船？整个星球？“他是怎么发家的？我猜不仅仅是未来城吧。”

“首先，继承家业。大多是酒店业，高档度假村和邮轮什么的。但是，坎普可不是那种坐享家族信托基金类型的继承人。他父亲一路栽培他成为家族生意的继承人，他也有这方面的才能。他成功地打入了几个非常难以进入的市场，挫败了许多强劲的对手。比方说，坎普在环地球轨道酒店就投了很多钱。但是，未来城才是最让他痴迷的生意。”

“这样的人常常会树敌众多？”

“当然啦。为了建未来城，他可是用尽了手段，自然会有人恨他。”

“为什么这么说？他到底干了什么？”

“要建立未来城，得越过许多法律法规上的障碍。比方说镜子的安全问题。另外一个难题是如何界定通过‘镜子’运进运出的物资：坎普通过镜子运进未来世界的主要是金子，这该受哪种法律法规管束？从法律上来看，坎普是在进口金子吗？但是他并非从任何法律认可的其他国家进口金子。这么说的话，他是从某个地下洞穴里将金子给挖出来吗——镜子可以被认为是某种金矿吗？没有任何现成的法条适用于这种情况。因此坎普必须全力公关，游说政府通过对他有利的决定。

“另外，还必须应对各种各样想掺和进来的利益团体。比方说古董商——他们可不想市场上一下子涌进大量邓肯·费夫橱柜或者柯里尔与艾弗斯印刷品。这也是为什么游客从 1876 年带回的任何物品都会被加上一个专有的编码，打上永久的印章。

“还有各种各样的行政障碍：比如说劳工法——坎普雇用像你一样的当地雇员，但是他怎么做才算是满足了最低工资规定的要求？以我们的货币来算，还是以你们的货币来算？转换率又如何？1876 年的标准工资放到二十一世纪就像是给奴隶的薪水一样。”

“我猜那可够坎普忙的了。”杰西说。

“这还不到麻烦的一半呢。医疗卫生方面的考虑……抱歉，我不得不抱怨，你得打上好大一堆预防针才能来 1876 年。疾病预防控制中心认为，对任何从 1876 年穿越回来的人必须施行隔离检疫程序。坎普逃过了这一关。但是我们得非常小心，要是有一例天花或者黄热病发生，未来城就肯定得关门。甚至在给未来城打桩之前，坎普的人做的第一件事就是派出一队流行病专家检测这里的流行性感冒病毒序列，准备疫苗。”

“我为我们的疾病道歉。可以的话我们也不想有。”

“还有所有的道德方面的考虑：把你们这儿当作一个旅游景点，把你们的未来搞得一团糟，从道德上来说是非常有争议的。但是反过来，完全不影响你们的未来，也可能引起道德上的问题。因此，是啊，坎普可是惹了一屁股麻烦，甚至还有一个以阻止他为目的的政治运动——对此，他全力地碾压、边缘化或者就是彻底视而不见。”

“被我们抓住的那个男人——那个走私犯，”杰西说，“你觉得他是坎普的敌人之一吗？”

伊丽莎白一愣：“你为什么这么问？”

“他是冲着坎普来的，看起来就像跟他有仇一样。”

餐厅里的人快走光了，空空荡荡的。招待轻柔地从餐桌间走过，地板在他的脚下吱吱呀呀。窗外，一辆马车经过，响起轻快的马蹄声。“大概就是个懒家伙，”伊丽莎白说，“想赚点儿快钱。”

可是这不是真的，杰西心想，她心知肚明却什么都不说。

秋意渐浓。即使关上窗放下窗帘，怡东的房间还是让杰西感到寒意阵阵。他在床上堆满了毯子。伊丽莎白就在隔壁，她没有锁连接两个房间的房门——以防万一。这让杰西不禁暗暗一阵尴尬，“以防万一”——以防万一他的噩梦在晚上再次造访？

杰西很快就睡着了。不知过了多久，他醒了过来。他并没有做梦，或者至少他觉得自己没有。但是伊丽莎白在这里，站在他的床边。她房间里的灯亮着，柔和的光闪烁着，透过开着的门照进来，朦胧间可以看见她几乎赤裸的身体。她的表情肃穆。杰西定了定神，问道：“我吵醒你了吗？”

“没。我睡不着。可以坐吗？”

她是说坐在床上。杰西点点头，挪开腿为她让出些空间。她坐下，床架发出吱呀声。他等她开口。过了好一会儿，她说：“你觉得我如何？”

“抱歉……我不知道你是什么意思。”

“我是说你是怎么看我的？简单明了。”

这可不简单。这绝对不是一个简单的问题！“我觉得你是个既勇敢又有能力的女人。为什么这么问？”

“你说过未来城的女人让你想到妓女。”

“只是因为她们非常坦诚。”

“仅仅如此吗？”

这对她来说一定是个重要的问题，否则她不会这么衣不蔽体地贸然过来。杰西尽可能地坦诚相告。“一开始，我觉得你们的男人不懂什么是尊严和荣誉，你们的女人不懂什么是恰当的行为举止。但是这并不对。你们对这些问题的看法和我们不同而已。你们敢于直截了当地说出心中所想，也不觉得贞操是什么特别的美德，”他迟疑了一下，觉得自己有点傻，“我说的对吗？”

“目前看来没错。”

伊丽莎白一阵寒战。她抱紧自己的肩膀，这才停止了颤抖。

“你肯定很冷吧。”杰西说。

“嗯。我能进来吗？”

他掀开毯子。即使光线昏暗，她也一定会注意到自己的勃起。但是，伊丽莎白并没有表现得惊慌或者愤怒。她钻进毯子，身体紧紧地贴着杰西。

一阵沉默。她说：“你有避孕套吗？”

未来城的药房里有卖那些写着法文的小盒子。“没。”

“那幸好我带了一个。”

她再一次让杰西大吃了一惊。然后，她又让他更加惊讶了。

日光下，未来镇完全变了一副模样。或许是我变了，杰西想。这一季的最后一批游客成群结队地漫步在街道上。男人们戴着草凉帽，女人们打着遮阳伞（“好像一幅印象派的画儿。”伊丽莎白说——不管那到底是什么意思）。夏日努力地展示着自己最后的魅力，空气里弥漫着带木烟味儿的脆弱暖意。挽着伊丽莎白的手，杰西觉得自己可以就这么一直走下去，走一整天都没问题。但是，他们有工作要做。尽管因为昨夜——他俩都努力闭口不谈昨夜发生的事情——所有的任务和职责在此刻都显得如此不值一提。

未来镇的药剂师是个小小的、圆乎乎的男人，胆子小得很。即使是最轻微的暗示——杰西和伊丽莎白代表着未来城的利益——都能让他战战兢兢地合作为快。是的，他曾经向艾萨克·康诺出售过大量的可卡因粉剂，但这全是因为康诺告诉他未来城的牙医那里可卡因大量短缺。没错，他也觉得这一说法有点可疑。是，他从中获利了——可是为什么不呢？没问题，未来如果有任何类似的情况发生，他会向未来城的代表及时汇报。哦，不，他从来没听说过康诺可能和昂斯洛有什么交易。看着药剂师满脸慌张的样子，这最后一个说法很是让人生疑，但是他的其他回答和未来城的调查结果多少一致。杰西握了握药剂师汗津津的手，离开了。

他们又片刻不停地向昂斯洛的店走了过去。

“我对你来的地方知道得非常少。”杰西说。

“你看过那些电影呀。”

“我怀疑那些电影到底透露了多少，又有多少故意没说。在未来城来这里之前，人们想象在未来每个人都会富有而快乐。未来城刚刚建成的时候，有一会儿我觉得事情可能真的是那样——没有战乱，最穷的人也比我们这里的工业巨子要富有。”

“也对，也不对，”伊丽莎白说，“大多数不对。”

“那你呢？你在那里算是富人吗？”

“我倒是希望我能说是。”

“那你穷吗？”

“大概也不能算穷。但是，我的大多数邻居都是所谓的‘贫穷的工薪阶级’。单身母亲打着两份工，透支所有信用卡额度才能付得起孩子的日托班。我们那一片的大多数人要是拿不到这个月的薪水，下个月就得搬到拖车里去住了。我稍微好一点儿——我在镜子这边工作时，报酬不错，这可帮了大忙。你为什么问这个？”

“我觉得我对你真的是一无所知。”

“我普普通通，”伊丽莎白从太阳帽帽檐下抬眼看他——她没系帽带，两根绑带松松地垂在她的肩膀上，“我对你了解得也不多呀。”

“比方说？”

“比方说，你把薪水都用到哪儿去了？以当代的标准来看，未来城的工资应该算是很不错了，不是吗？但是你看起来很节俭。”

“大部分寄去资助我妹妹了。”

“你提过她。菲比，是不是？”

“是。”

“她需要你的资助？”

杰西迟疑了，他说：“这说来话长，也不适合在白天里讲起——尤其不适合在今天这样愉快的一天里讲起。”

远望路一副旺季尾声生意萧条的样子，到处人烟稀疏，冷冷清清。一块木板钉在了昂斯洛商店的大门上，上面用粉笔写着“已结业”。昂斯洛大概已经离开未来镇了。他和镇上的其他商业巨头们交情不浅，但是被未来城调查足以让他在此成为不受欢迎的人。“别停下，继续走。”杰西说——从后门进去更容易。

这是他第二次来到这条远望路后巷。日光下，小巷看起来更丑了，但是远没有晚上看来那么危机重重。经过垃圾箱时，伊丽莎白不禁轻声地咒骂——一大堆琳琅满目的垃圾奔涌而出，包含了所有可以称之为“废物”的东西。其中最恶心的是一具马的尸体，被野狗啃得露出了骨头。杰西朝它丢了块石头，一大群苍蝇像一团嗡嗡作响的云一样飞了起来。“哦，我的天。”伊丽莎白捂住了嘴。

“你们那儿的动物从来不会死吗？”

“它们当然会死了！但是我们不会让尸体烂在大街上。”

“那样的话，城市生活一定会令人愉快得多。”杰西说。

昂斯洛店的后门也被木板封上了。但是杰西撬开过的搭扣依然开着，撬开封门的木板也并非难事。杰西拉开门，用木板撑住。然后他站在门槛上侧耳倾听片刻，以防屋内有人。

沉默。

杰西走了进去，伊丽莎白紧随其后，她看了看说 ：“这儿被清空过了。”

正如他们所料。所有的架子都空了。除了那盏杰西上次用过的布满灰尘的油灯外，简陋的桌子上也什么都没有。杰西正心想，晚了，什么都没了，这时，伊丽莎白发现了桌底下的那扇暗门。

那扇小小的暗门大概两尺见方，上面有一个简单的绳制把手。上次来时太暗了，杰西没发现这道门。他挪开桌子，拉了拉绳制把手。门开了，里面黑洞洞的。

“应该带手电筒的。”伊丽莎白说。

“点亮那油灯递给我。”

杰西趴在地板上，接过伊丽莎白递来的灯，朝着洞里望去。洞里传来一阵酸味。“不是地窖，”他说，“就地挖的洞而已。”

“洞里面有什么吗？”

“盒子。”

“什么盒子？”

“空盒子。好多空纸盒子。”杰西说着伸手拿了几个出来。

他把盒子放在桌上。伊丽莎白拿起其中一个看了看。二十一世纪造的盒子，彩印，大概一块金砖那么大。上面以粗体字印着“自卫用”，还印着“9mm，147 克”。

“空心弹，”伊丽莎白语带爱慕地说道，“每盒二十粒。下面有多少空盒子？”

“唔，我不知道那洞有多深。”

“天哪！你觉得只有枪支爱好者买这些吗？”

“枪支爱好者、纪念品收藏家、好奇的买家……要我说的话任何人都有可能，有钱就行，包括我们抓住的那个刺客。格洛克是完美的违禁品。你们那儿大部分的随身物品我们都理解不了，但是谁都知道怎么用枪。格洛克使用特殊的子弹，因此昂斯洛的顾客得时不时地回他这儿来购买补给——要是他们真会用买的格洛克的话。”

杰西正要接着说下去，却突然听到后巷里传来一阵嘈杂声。有人不小心被某个金属制的东西绊到了，然后又是一声低沉却紧急的“嘘”……

他和伊丽莎白互相看了一眼。什么都不用说，伊丽莎白便明白了他的意思。她转身躲在房间的一角，这样来人没法一眼就看见她。杰西环顾四周，看看有没有什么可以拿来做武器的东西。事出紧急，他拿起那盏油灯藏在了身后。

两个男人一前一后地从后巷走进来。大个子，穿着便宜的衣服。杰西没能认出他俩来。领头的那个虎背熊腰，大概有六尺高，拿着一把手枪。普通柯特，杰西心想，并非来自未来，却也能置人于死地。紧跟其后的那个男人拿着一根皮质短棒。

杰西伸出空着的右手作守卫状。左撇子的优势之一在于别人容易将注意力集中在错的那只手上。声东击西——父亲教他的有用技巧之一。带枪的那人朝着他冷笑了一声。杰西两眼紧紧地盯着那冷笑者，一边向前半步，将身后的油灯朝他砸去。

油灯狠狠地砸在了那男人持枪的手上，瞬间四分五裂，玻璃碎片深深地扎进男人血淋淋的前臂，但是他仍然握紧了枪没放手。杰西继续向前一步，抓住他受伤的手腕，狠狠一扭——那把柯特终于掉在了地板上。杰西恍惚记得听见一阵撕扯声，那一定是伊丽莎白试图撕开她裙子的尼龙扣去掏藏在裙子里的手枪。他朦朦胧胧察觉到另一个男人举起右手将那短棒向他砸来——但他什么都做不了。然后，他听到伊丽莎白的枪发出雷霆一般的声响，突然爆发出滚烫的火药，他的耳朵像火警一样叮铃作响。然后，就什么都没有了。

7

过了很久，他醒过来。

跟从噩梦里醒来相比，这不算太坏，但也绝对说不上令人愉快。杰西觉得自己不得不离开令人舒适的黑暗，开始执行某个讨厌而复杂的任务——虽然这个任务仅仅是睁开双眼而已。

“很久”仅仅是个直觉，但是他确实觉得时间已经过去了很久。他在一间干净而洁白的房间里，里面摆满了摩登、简洁、嗡嗡作响的仪器——这里必然是未来城。杰西躺在床上，右臂上接着一根连接一包透明液体的软管。他的脸上有着某种轻微的、震动的压迫感。

他合上眼，一小会儿过去了，也可能是几个小时。当杰西再次睁开眼，一个陌生人正站在他的床头，一个穿着白衣的女人。

“你是护士吗？”

“我是你的医生，库鲁姆先生。”

“我回到未来城了？”

“是的，请躺着别动。我们不得不给你上了镇静剂。你有哪里疼吗？”

她一提到疼，杰西就感觉到了。他点点头，于是痛得更厉害了。“我怎么了？”

“头骨骨裂，但是你恢复得不错，”那女医生轻击着手中的电子键盘，“要是疼痛变得难以忍受，请告诉我们，我们可以为你调整药的剂量。你得在这里再待几天，便于我们观察恢复情况。”

还没来得及问任何问题，杰西就又睡着了。药……他想。来自二十一世纪的止痛药犹如提纯的瓶装睡眠，直送他的血管，松软纯净如冬日初雪。

再次醒来。这一次，他问女医生的第一个问题是关于伊丽莎白的——她没事吧？

“伊丽莎白·德保罗？你们俩来的时候我们给她做了检查，她没受伤。”

“她知道我在这儿吗？”

“我没法回答这个问题。保安科的某位巴顿先生说，等你醒来他会亲自下来解释一切。你觉得你能见他吗？”

“没问题。”

“我会传话给他。”

结果，那天下午来的不是巴顿，而是奥古斯特·坎普本人。奥古斯特·坎普，亿万富翁，牙齿白得像象牙，笑容灿烂得像刚刚被封爵的乡绅。“杰西！你醒过来就太好了！他们这儿的伙食如何？”

午饭刚刚送到。“他们给了我吞拿鱼沙拉，还有某种叫作果冻的东西。”——既不是液体也不是固体，颜色也非常让人好奇。

“哇，操！你要是想要，只要医生一放你走，牛排也没问题！你为了我们把命都赌上了，我可得给你好大一笔奖金啊！”

“非常感谢，”杰西说，“伊丽莎白呢？”

“她没事儿。她开枪打死了其中一个杀手，然后从昂斯洛店里给我们打了个紧急电话。我们很快就到了——未来城在火车站那里有车子和一个紧急响应小组。你被全副武装的车队运走在镇上可是轰动一时呢，我们都可以收门票了！”

“杀手是谁？”

“据活下来的那个说，某个在芝加哥的古董商雇了他们。昂斯洛在未来镇的店面只是他生意的一小部分。他那个在芝加哥的中间人有着遍布全国的有钱客人。他们不仅要枪支，还有各种其他违禁品：电子设备、书、杂志，甚至衣服。昂斯洛收了钱，却没能交货——你一开始追查他，他就逃之夭夭了。于是那个芝加哥的中间商就派人来逼他履行合同。你和伊丽莎白不巧挡了他们的道。”

“那中间商现在可没生意可做了！”

“我们的人让他关了门。你可想象不到他那儿的存货里都有些什么！光是鞋子大概就够开一个他妈的新百伦鞋店了！我不得不开除了镜子那边差不多一半的检查员，还有好几个部门的高级经理，完完全全来了一次大扫除。”

“我很抱歉惹了这么多麻烦。”

“我的朋友，你可不用说抱歉。”

“你也给伊丽莎白奖金了？”

“比这更好！我们给了她六个月的带薪假！”

“不在未来城的带薪假？”

“她人在北卡罗来纳呢！”

他说的是二十一世纪的北卡罗来纳。“她走之前关于我可说了些什么？”

“你还在药物昏迷中时，她来过这里好几次。你的头可是挨了好一击。她非常担心你，但是她也急着回家去。”

“那是自然。”

“至于你，你不但会得到一大笔奖金，还会得到永久加薪。既然现在调查结束了，你可以搬回二号楼了，这次你可是扬眉吐气啦！”

“伊丽莎白休完假还会回来吗？”

“那就要看她了。”坎普说。

杰西搬回了自己在二号楼的老寝室。那房间一点儿都没变，变的是他在楼里的社会地位。

好多二号楼的雇员因为这走私案丢了工作，或者因此受到牵连——即使他们只是对发生的事睁一只眼闭一只眼而已。大家将这一切都怪罪于杰西。每天早上，就着早餐咖啡的是大家仇视的眼光，以前的朋友都突然不愿意再跟他说话了。因此，杰西自愿调去上夜班和巡视围栏，都是些一个人的工作。

巡视围栏是不招人待见的工作。但是，杰西喜欢新鲜空气，还有一个人静静思考的机会。入冬后的清晨越发凉意袭人，供应科给他配备了羽绒塑料外套和一顶巴拉克拉法帽——就像英国士兵在克里米亚战役时用来保暖的毛线帽一样。十二月初，一场风暴给整个围场铺上了一层厚厚的积雪，杰西不再开他的三轮车，代之以装了滑雪链的雪地车。在这样的日子里,巡视围栏所需的时间更长,但也更加没有意义。杰西觉得，这种鬼天气里，任何成功从联合太平洋站一路坚持走到未来城外围的人都应该被授予奖章。杰西在巡视的过程中常常会看到狼群的脚印。有一次，一只冷得浑身发抖的美洲狮隔着围栏和杰西两两相望。

每次出巡，杰西都有大量的时间来思考。他想着菲比，然后在脑海里构思着如何给她写信。回去以后，他会将这些想法都如实地在信纸上写下来——因为没有太多练习的机会，杰西的字仍然写得跟小男孩儿似的——然后和他的奖金一起寄给她。他想着那些从未来站运出去的枪支弹药。到底落于何人之手？有人用过那些枪吗？然后，他会想念伊丽莎白。然后，他会努力避免想念她。

大多数的日子，当他启程回未来城时，太阳已经垂在地平线上了。最后一道日光被云层吞没，或者化作耀眼绚烂的夕阳。他努力工作到精疲力竭，这本该帮助他入睡，但事实常常难以如愿。每当噩梦造访，他从梦魇中惊醒，就拧亮台灯，坐起身来。无法控制的想象力让他精神紧张，因此唯有坐等天明。

圣诞节过后，那些投向杰西的敌意终于慢慢地变淡了。杰西和其他二号楼的雇员一起，参加了在员工休息区举行的新年派对。所有没有值班任务的本地雇员都来了——所有的保安、所有的厨师、所有的管家、所有的服务员和女侍、所有的门童、所有的前台。大家都喝着酒唱着歌，某些人的狂笑和健谈多少暗示着来自未来镇的可卡因供给并没有完全消失。但是杰西一点儿都不在乎。一点小偷小摸多多少少是意料之中的事。但是所有人都知道，1877 年——这新的一年——可不只是新的一年而已。它是未来城的最后一年。十二个月以后的今天，这儿不会有彩旗飘飘，不会有五彩纸屑，不会有派对高帽和莺歌燕语。1878 年一到，这马戏团就会卷起铺盖离开了。

员工休息区墙上的电子钟指向还差十分钟到午夜。多丽丝·万德坎普出现了。因为为走私案爆料，多丽丝也多多少少变成了社交上的贱民。这一阵她和杰西一直在回避对方。“跟我跳舞吧。”她说，多少有点醉醺醺的。

她很美，一头不羁的卷发凌乱地堆在肩头。“你确定吗，多丽丝？”

“我宁愿和你跳舞，也不要没有舞跳。新年的时候我可不想一个人。和我跳舞，杰西，就今晚。你欠我呢。”

时针飞转，分钟变成秒，今日化为昨日。过去和未来之间即所谓现时，杰西心想。而现时则是他存在的地方。那也是所有人存在的地方。杰西将多丽丝挽在怀里，跳起舞来。

第二部
潜逃者

8

这小镇名叫石溪镇，但名字其实无关紧要。杰西知道，自己迟早会忘记这名字，就像他迟早会忘记这小镇本身一样。石溪镇是一个新英格兰小镇。它和这六个月来杰西经过的无数个新英格兰小镇相比都没什么特别。倒不是说杰西对新英格兰小镇有什么特别深的体会，他有的不过是一些零零碎碎的刻板印象罢了：阴郁的美国佬、刷白的屋子、禁酒的公理会教堂……但是，作为镇子来讲，它们往往看起来都还算令人愉快。尤其是这一个，尤其在这晚春明媚的早晨里。

下了车，欢迎杰西的是一阵鸟鸣。车站北侧的树上都是鸟，每一只都叫个不停。一时间，杰西觉得要是自己对鸟和鸟鸣多少懂一点儿，那该多好啊。他猜其中一些必定是麻雀,又问了问穿着制服的站长。“麻雀，”站长回答道，一边上上下下地打量他，“知更鸟、金翅雀、灶巢鸟……什么都有。”

石溪镇只有一条主街，四周都是小型农场，镇子外围有一家砖作坊和一家陶艺厂。一条河穿镇而过，磨轮沿河而建。火车站上充斥着混杂了饱经日晒的木料、杂酚油、煤烟和野花的气味儿。那站长是个长得方方正正的男人，大概比杰西要年长上十岁的样子。他穿着带金边的烟黑色羊毛制服。站长看了看杰西的帆布包，一脸不加掩饰的好奇。杰西向他询问镇上的旅店在哪儿。

“要长住吗？”

“大概只是一两天。”

“这样的话，摩根旅馆就可以啦。要是长住的话，科瑞塔·朗斯塔那里有按周出租的房间。就看你来这儿干吗啦。”

按照美国佬的风俗习惯，站长并不会直接打探杰西的来意。于是杰西说：“是这样，我其实是来找人的。也许您可以帮帮我？”

“这样的话就要看你找的是谁了。你是执法人员吗？”

“哦，先生，我不是的。我绝对没有恶意。有一家人在找他们的女儿，”这几乎是事实，“不是个女孩儿，是个成年女人。他们听说她大概在去年的这个时候来到这儿，一个人。”

“这个女人有名字吗？”

“她大概没有使用她原来的名字。”

“她惹了什么麻烦吗？”

“我无权泄露她离家的原因。我来只是想要告诉她，他们对她不计前嫌，而且希望她能回家——要是她愿意的话。我有一封给她的信，仅此而已。”

“你是她家人雇来的平克顿侦探吗？”

“我不为平克顿工作，但是确实是受她的家人所托。”

“唔，这可不关我什么事儿。”站长说。

“是我不该贸然相托的，谢谢您的时间。”杰西点了点他的帽子，打算离开。

那站长却又突然开了口：“这可真是不同寻常啊，一个女人家独自出行！”

杰西转身：“也许大家会对此有所印象？”

“我对细节一无所知，但是朗斯塔寡妇那儿确实有一个外来的女人，已经在她那儿住了一年多了。”

“那请问怎么才能找到朗斯塔太太呢？”

“向东，磨坊池塘的这一边。窗子上有个牌子。”

新英格兰人可真不坏，杰西想，比传闻中可要慷慨热情得多。要是在旧金山，杰西可得花钱才能换到这些消息。

他向那站长道过谢，出发了。石溪镇的主街是压土路面，白花花的地面上扬着一层浮尘。鸟鸣不绝于耳，微风像棉花一样轻柔。杰西所经之处到处都是镇上人的好奇眼光——透过反着光的理发店玻璃窗，从阴凉的干货店的门廊里。杰西无视这些打探的目光，一路向前。他肩头的包沉沉的，里面装着一套换洗衣服和一把手枪。他口袋里的钱够买两张去纽约的火车票。他衷心地希望自己能够用上所有这些东西，除了那把手枪之外。

走到额头上出了薄薄的一层汗，朗斯塔寡妇家也就到了。和周遭邻居家类似的新英格兰大屋：飞檐和山墙顶，长长的门廊上摆着柳条椅，椅子两端的巨大搪瓷花瓶里插着干了的香蒲，窗子上还挂着一块“有房出租”的牌子。杰西踏上吱嘎作响的门廊，敲了敲门。

门开了，一股地毯烟尘和地板抛光油的味道。一个头发灰白的女人上上下下打量了杰西一番，神情就跟那站长一模一样——这难道是新英格兰的标准欢迎礼吗？

“你好？”

“朗斯塔夫人？我的名字是杰西·库鲁姆。”

“你要租房间吗？”

“很抱歉，女士，不是的。我是来找您的一位房客的。”

“哪一位呢？”

杰西找的那女人姓斯坦奇——克莱尔·斯坦奇。她绝对不会用斯坦奇这个姓，但是也许她会用自己原来的名字，很多跑路的人都会这么做。

“她的名字叫作克莱尔。”

“你是她的亲戚吗？”

“不是，但是我和她有要事相商。”

“嗯，她在楼上，我可以看看她有没有空。你说你的名字是库鲁姆？”

“请您告诉她我代表她在城里的人。”

“哪个城市啊？”

“她会明白的。”

“那你在大厅里等吧。”

“谢谢您。但是天气这么好，我还是坐在这里等好了，如果您不介意的话。”对于他想向斯坦奇小姐传达的消息，在门廊上讲会给他们多一点隐私。

“随你的便。”朗斯塔寡妇说道。

杰西在其中一张柳条椅上坐下，看着街上人来人往，小镇生活在眼前一览无余。两匹骨瘦如柴的老马拖着一辆载货板车，一个男人坐在马背上。一个穿着皱巴巴的长裤、戴着柳条帽的年轻人快步走过，慌忙前往某处——不是为了钱，就是为了爱，杰西心想。

门“吱呀”一声开了，一个黑头发的女人走了出来。

“杰西·库鲁姆。”

“你从城里来？”她故作含糊地问道，以防自己有所误解。

“是的，我为未来城工作。”

“本地雇员？”

“是的，夫人。我已经在未来城工作快四年了。”

“你是来带我回去的？”

“斯坦奇小姐，我没有权利逼你做任何事。我只是个信使而已。”

听到自己的名字，她一阵慌张：“那你给我捎的信说什么？”

“我想您也知道，1877 年是未来城开放的最后一年。冬天一到，奥古斯特·坎普就会下令关闭镜子。大门一旦关上，就再也不会打开了。未来城不鼓励出走，但是如果您改变心意，我们也不会对您有任何处罚。如果您同意的话，我们将非常乐意出钱送您回去，并且绝对保证匿名。但是，时间紧迫，您必须做出选择。”

“所以说，这是坎普在尽他的责任？为了防止我的家人因为我出走而告他？”

据杰西所知，斯坦奇小姐已经在新英格兰住了好一阵了。但很显然，她来自未来的语言习惯还是没有变（至少在和他说话时一点儿都没变——杰西倒是希望她在和这里的美国佬邻居们交谈时，至少会更加小心一点）。“我对坎普先生的动机一无所知，但是这个承诺绝对是真诚的。”

就现在。她要是叫我走开——那一切就结束了，杰西心想，但是如果她开口的话……一旦开口，她大概最终会和他一起离开。

斯坦奇的视线越过街道，越过远处房屋的屋脊，越过郁郁葱葱的小山，停留在一朵悠闲游荡在半空中的云朵上。

“去年夏天，”她轻轻地说，“去年夏天有个卖避雷针的销售员来到了镇上……”

杰西深知此刻最好保持沉默。她的思绪在亲切的鸟语、狗叫、远处孩童的嬉笑声中无声地展开。微风轻柔，挂在门廊上的风铃默不作声，只在非常偶然之时发出清脆明亮的“叮”的一响。

“库鲁姆先生，我不知道您是否能理解这一切对我来说都意味着什么；是否知道在我来这里之前，我的生活又是如何。我在一个相对富裕的家庭里长大，父亲拥有好几家汽车用品连锁店，而我丈夫的事业甚至更为成功。因此，从一般的角度来看，算是生活优渥。家在曼哈顿，在马里布还有一座度假屋。丈夫还算不坏。当然他经常外出，也许算是个花花公子，还会被拍到和其他女人一起的照片——虽然他对此绝口不提。尽管如此，我们都还算喜欢对方。唯一的地方是，他理解不了我的……怀旧心。”

“怀旧心？”

“我是这么叫它的。人可以怀念某个自己从未到过的地方吗？反正我是会的，虽然这听起来也许非常不可思议。我是从结婚后开始有这种感觉的。我开始不可自拔地读历史，我猜也许可以说是鬼迷心窍吧。那时，奥古斯特·坎普还没有开始卖他的过去之旅。我最感兴趣的是美国历史——美国在有互联网、电视、汽车、电灯之前的历史。我读了许多历史书和旧小说，那些在一个半世纪之前就绝版了的书，”她笑了笑，却有些忧郁，“我收集实体镜和银版摄影，还有好多纽约和波士顿的老照片。我的丈夫常说我相当不正常——大概因为我不小心告诉过他那可能是我的前世——我想去找个灵媒问问，他却觉得我应该去看心理医生。”

“结果你去了吗？”

“结果我去查了我们家族的家谱。大部分的发现都很平常，各种来自欧洲的移民，都是近代，没什么意思。但是我母亲祖父的那条线则不一样，非常古老，就像一条金线一样一路回溯到古老的新英格兰。

人名、他们住过的地方……一切都让我感到无比熟悉，仿佛似曾相识却又不小心遗忘。有时候，我仿佛只要闭上双眼就能清晰地看到那一切——那另外一个世界：教堂的台阶、木制的走道、女人们穿着蓬蓬的裙子，一切都是那么栩栩如生，明亮而崭新。你能理解我的意思吗？”

杰西的父亲给过他一本童书——大概是某个喝醉了的客人丢在赵夫人那里的——书里有一幅海盗洞穴的插图，洞里堆满了琳琅满目的奇珍异宝。不止一夜，杰西想象自己偷偷潜入那洞穴，进入那个金银夺目的海盗王国。在那儿，红宝石和祖母绿作伴，没人会被妓女们假装高潮的尖叫声吵醒。在杰西的心里，那洞穴就是真的，甚至偶尔会比自己所在的真实世界更加真。“我想我明白你的意思。”

“当我听说奥古斯特·坎普的度假村，我一下子就被迷住了。它听起来既令人着迷，又不可思议。一切是那么的晦涩难懂——过去像书页一样紧紧地合在一起？疯狂，但却又是真的。”

杰西点点头。各大报纸曾经都对未来城的宣言表示了同样的怀疑——未来城宣称的一切不可能是真的！但是派出去调查谎言真相的记者们在回来之后却都宣布他们信了，还带着他们亲自搭乘飞行器的照片。

“我努力地不想这件事。即使对我们来说，在坎普度假村一周的花费也不是个小数目。我提到这件事时丈夫的反应是，这几乎跟去近地球轨道度假一样贵，白白浪费钱！我很失望，但是没反驳他。那年冬天，我们去瑞士度假。整个假期都非常尴尬——我们总是吵，滑雪对我来说无聊极了。泰伦斯总是说，当婚姻变得只剩友谊，时间就变得越来越慢。”

“泰伦斯是您的丈夫？”杰西问道。是？或者曾经是？还是将是？

时间旅行让“是”这个原本简简单单的词变成了纠结在一起的麻线团，剪不断，理还乱。

“是的。而且他是真心地希望我快乐，也知道自己在这方面做得不够好。因此，当我三十六岁生日快到时，他终于妥协了，为我们预订了这次旅行。那可真是个天大的惊喜！但是即使如此，当时我就知道自己会离开他。不仅仅是他，我还要离开我们所在的那个世界。我知道只要我有机可乘，就一定会付诸行动。我并没有刻意地细做打算，但是心里却暗暗地认定了这一点——如果你明白我的意思的话。”

“当然明白。”

“我们预定了‘春日纽约’的旅行套餐。真是让人激动啊！穿过镜子，坐上离开未来镇站的专车，看着旧日美国从窗边掠过——那些寂寞的小站、烟雾缭绕的小镇、没有摩天大楼的城市……当然，还有纽约！未来城带我们到纽约音乐学院听阿德琳娜·帕蒂，带我们去德尔莫妮科用餐——对了，我就是在那晚离开的。你知道吗？德尔莫妮科餐厅发明了龙虾纽堡。可是我讨厌龙虾，趁机借口离开。那家德尔莫妮科在布罗德大街上。那是个宜人的六月夜晚，我独自一人站在街角。我穿着外表和当地人一模一样的衣服——未来城特制，以防吓到本地人，但是用的是尼龙扣而不是纽扣和系带。你在听我说吗？”

“是的，夫人。”

“我的包里有钱——我之前做了些准备。整个世界就这么在我的面前展开，真是……美妙啊。至少当时我是这么觉得的，虽然很快也就学到了教训。孤身一人、没人陪同的女人在纽约是会被误认为娼妓的。租房、买火车票，甚至买衣服……一切都比我想象的要难上许多。我学会了装作是一个寡妇。因为，上帝啊，内战后到处最多的就是寡妇了。但是，这个谎圆起来并不容易。我得不断地完善自己的故事。我告诉别人我订婚了，但是我的未婚夫死在了韦恩斯伯勒。或者我会说，我和哥哥一起旅行至此，但是他不幸病死了。一有新情况，就得有一个新的谎言。最后，我终于一路来到了这里。我告诉自己，这个镇子不一样。我来这里是因为我有亲戚——也许你会说是先人——在这里。倒不是说我会贸贸然上前自我介绍，我只是想在这里扎根、自食其力。我可以加入当地教会，成为社区一员。这就是我的计划了，我以为这就够了，”她又朝着杰西笑了笑，笑容却一点儿也不快乐，“你知道《彩绘鸟》的故事吗？”

“不知道，夫人。”

“我在一本书里读过。一个男人抓住了一只鸟，在鸟的身上涂上了不同的颜色，然后他将鸟放走了。那画着彩绘的鸟试图回到原先的鸟群里去，但是鸟群却再也认不出它来了。其他鸟纷纷和它作对，最终把它杀死了。当然，我还活着；但是除此之外，库鲁姆先生，我就是那只鸟。不管我怎么努力，我总是穿不对衣服。大家都说我的口音奇怪——我说起话来就跟黑鬼或者乡下人似的。我和男人们说话的方式总是不得体，该低眉顺眼的时候我总是直直地盯着人看。我在错误的时间说错误的话。我有一千种微妙的方式说错做错，就像那只鸟一样。这也是为什么我孤身一人住在这租来的屋子里，总是孤家寡人，连朋友都没有。”

杰西等着她继续说下去。三个女人结伴走过屋前，阳伞打着旋儿，欢声笑语融入这温暖的春日之中。

“这儿的住户之一脸上有个肿瘤，大得几乎盖住了他的整个右眼。在我们那儿，他可以得到治疗移除肿瘤。我不禁害怕起来，要是我生病了该怎么办？一次简单的阑尾炎就可能要了我的命。一次高烧也可能致命。我打过预防针，但是如果疫苗过期了该怎么办？至于说我曾经满心期望的那种旧时代的纯真魅力——那倒是真的存在。真的。但是是以什么为代价呢？种族歧视、性别歧视、恐同……到处都是。仇恨爱尔兰人，仇恨意大利人，仇恨中国人——即使你都看不见什么中国人。欧洲远得跟月球一样，亚洲跟火星没什么差别。还有，我跟你提到过那个卖避雷针的男人了吗？”

“您只是非常简单地提及了……”

“去年夏末，我在窗口看见一个卖避雷针的男人来到镇上。卖避雷针的！你大概不能理解吧，但是对我来说，这可太新奇了——这就像是我在那些老书上读到的故事一样！他拉着一辆车，车的一侧用卷曲繁复的字体写着红色的‘雷电博士’字样。一群孩子紧随在他的身后。对他的生意来说，那可真是完美的一天啊：天气又热又闷，地平线上堆满了积雨云，雷雨就要来了。我实在是难以自控，冲下楼去看他。但是你知道这‘雷电博士’是一副什么模样吗？他是个双眼发黄、浑身发臭、穿着蓝色联邦军制服的老犹太人，跟乞丐没有两样。他要不就是烂醉如泥，要不根本就是疯了，口齿不清地念叨着。那群孩子大声地嘲弄着他。而他呢？他那饱经沧桑的样子看起来就像在全心祈求当时就有一道雷劈下来，让他当场毙命才好。”

“真让人失望。”杰西附和道，虽然他实在难以想象她对那个四处流浪的小贩到底能有什么期望。

斯坦奇夫人转身看着杰西，仿佛他才是令自己失望的那个人：“我的意思是，我接受你的条件。是的，你可以送我回未来城。越快越好。”

杰西是从 1877 年初开始追踪潜逃者的。

老板给他分配了这个任务，表面上说是对他的奖励，实则是想充分利用他的外勤经验。但是，这好歹能让他远离二号楼——大家对他的疑心还是没有完全消除。结果，他还挺喜欢这份工作的。短短几个月里，他去过的地方就比过去一辈子去过的地方还要多。不间断的旅行也有助于分散他的注意力。每天太阳一落山，他就累坏了，正好可以睡个好觉。

潜逃者是指从未来过来参加旅行团却中途脱团逃跑的人，他们原本的打算大多是在这个世纪一直待下去。没有人能强迫他们回去——未来城在 1877 年的美国没有任何法律上的权威——但是只要能找到他们，未来城就会许诺为他们提供免费的回程票，并对他们过去的行为既往不咎。大多数的潜逃者都跟斯坦奇太太一样，他们来这里是因为对过去有着某种罗曼蒂克的幻想。一旦接触现实，其中大多数人都愿意接受这回程票。还有另一类人，他们没有那么理想主义，留在这里是想靠“发明”某种他们在历史书上读过的仪器或者购买某支包赚不赔的股票而大大地赚上一笔。同样的，这里的现实生活让他们碰了壁；或者是他们终于意识到，即使赚了钱，在这个世纪他们也实在是买不到什么自己真正想要的东西。

当然，也有特例。在杰西出发去找斯坦奇太太之前的几周，他正在寻找一个叫作魏斯曼的男人。传闻说他经常光顾纽约德国区的小酒馆。魏斯曼大概五十岁，比一般的潜逃者都要年长，长着一张阴郁严肃的脸。据未来城雇的侦探所说，他频频造访这些酒馆是为了雇杀手。

杰西在剧院区附近的一间酒吧里找到了他。他来到魏斯曼的桌前，向他介绍了自己，告诉他自己为未来城工作。魏斯曼不动声色地点点头。“这样啊，”他说，“那就请坐。库鲁姆先生，我是不会跟你回未来城的。但是，我倒是可以请你喝上一杯。”

“谢谢。”杰西致谢，坐了下来。这间酒馆位于地下室，老旧的航海灯发出昏暗的灯光，微弱得就像是为满室的黑暗轻轻地挠了挠痒。铺满地面的锯末浸透了酒精和尿液。“……但是，你大概应该考虑停止你的计划。”

魏斯曼大概已经喝了一阵了。醉得还不彻底，但是已经有些摇摇摆摆了。他扭过头看着杰西，僵硬的脖子仿佛需要润滑油一样：“你觉得我在计划些什么？”

“让自己身陷险境，那是其一。”

“让自己身陷险境？”

“因为你不断地约见那些有犯罪记录的新移民，企图雇他们去杀一个在奥匈帝国的人，答应见到他的首级就付现金。”

至少魏斯曼没有企图抵赖这件事：“那倒是，这可不是没有风险的生意。”

“你找的这些人可不是什么好雇员，他们更有可能直接拿着你的钱逃之夭夭。到现在你还不知道吗？”

“我知道自己在做什么。我可不会被轻易吓倒。再说，我才不会随身携带现金呢。”

“也许如此。但是你的计划已经败露了，你不得不就此打住。这样的话，你还不如回家呢。未来城会提供免费的回程票，而且一句话都不会多问。魏斯曼先生，这可是非常慷慨啊。”

“你觉得我会就此轻易放弃吗？”

“买凶杀人即使在包厘街也是违法的。如果你不停手的话，我们有证人可以跟警察作证。”

魏斯曼点点头，依旧不动声色：“我猜，坎普如果想的话确是可以给自己花钱买正义。但是，我可没在这儿看见警察……你说呢？”

“门就在那儿，”杰西说，“你可以离开，消失无踪，我无权阻止你。但是，我们会确保谋杀不会发生。”

有这么一瞬间，魏斯曼看起来几乎像是相信了杰西，好像随时会起身离开。但是最终，他的神情变得更加坚定了。“你看起来像是本地雇员吧？关于我想杀的那个人，他们有告诉你任何关于他的事吗？”

“他在一个叫作布劳瑙的地方的海关工作，背景清白。但是如果我们的未来和你们的历史一样的话，他的后代会犯下滔天大罪。”

“所谓魔鬼的父亲。我倒是宁愿杀死魔鬼本人，但是还要过十一年他才会出生。因此，退而求其次也不算太坏。杀一个无辜的人，换回上百万条性命。如果杀他是种罪的话，我不下地狱谁下地狱？因此，我恳请你就此滚开，别多管我的闲事。”

“但是，你是不会成功的，”杰西耐心地解释说，“坎普已经写信警告了奥地利的官员。即使在那里，奥古斯特·坎普的名字也是响当当的。”去年，奥地利特使作为欧洲代表团的一员前来参观了未来城，他们当时受到的欢迎比格兰特总统少不了多少。在杰西看来，那可真是一群脾气暴躁的怪人。但是他们和其他的游客一样，对未来城的一切都不得不刮目相看——一个来自英国的勋爵甚至在直升机上晕了过去。“即使你找到愿意为你卖命的杀手，他们也会在杀手接近目标之前抓住他。”

“也许吧，”魏斯曼说，“但也许不会。”

“另外，坎普还做了一件事，也许你会赞同。”

“我很怀疑。”

“他警告了奥地利政府你会雇用杀手。但是他也警告他们，应该对你的潜在目标提高警惕，还附上了足够让他被海关开除的证据。他还说，这个男人可能会对他的仆人——克拉拉·波尔茨——有所不轨。”

“所以呢？”

“唔，你想啊。你为了阻止那个……”杰西想了想简报里的那个名字，“那个阿道夫·希特勒的受孕而愿意铤而走险，买凶杀人。但是，如果阿洛伊斯和克拉拉从未结婚，那么受孕就不会发生。即使他们最终还是成了亲，受孕的环境已经完全不同了。简单粗暴地说，性交的环境改变了，性交的结果也就不同了。”

“这有可能，”魏斯曼说，“我也想过这一点。也许坎普是对的，但万一他错了呢？阿道夫·希特勒是一把上了膛的基因枪，蓄势待发，而目标则是六百万条人命。我做不到只是‘希望’这把枪射不中目标。”

杰西渐渐地明白了，魏斯曼是不会被轻易说服的。也许他是对的。在那无法想象的未来里，几百万人会死去，但是未来城的展览却对此一字不提。

“好吧。”杰西说。

“你说什么？”

“好吧。我不会拿枪对着你，强迫你跟我回未来城。你做你想做的。但是，在我离开前你可以回答我一个问题吗？”

魏斯曼耸了耸肩，一脸狐疑。

“根据未来城所说，存在着数不清相似的世界和历史。这个世界有着相邻的世界，而那个相邻的世界又有其相邻世界，就像沙滩上的沙粒，无穷无尽。在每一个世界里，都有一个阿道夫·希特勒。最好的情况下，你也只能杀死其中的一个。那有什么意义？”

“这听起来倒像是奥古斯特·坎普的调调。但是，这个说法毫无道理。在希尔伯特空间里、一普朗克秒之外，就是另一个孪生世界，而那个世界又有着孪生世界。以此类推，犹如装满镜子的大厅。但是其中每一个世界又都是真实的，并且互相关联。如果现在我把枪塞进你的嘴里、一枪轰掉你的脑袋，这一作为会在希尔伯特空间的每一个子世界里都引起回应。”

“但是，在这个1877年里，你并没有轰掉我的脑袋。”

“那也是真实无虚、不可改变的。因此，在希尔伯特空间里的某个世界里，你活了下来；而在另一个世界里，你死了。如果是这样的话，我现在就杀了你，可以吗？”

“不，当然不可以。”

“是啊，那是因为此时此刻，因为道德的原因，这里有且仅有一个你。这里的你可不只是一个影子或者倒影，或者某种‘可能性’。你和我一样，真实无虚。同样的，这个世界也是真实无虚的。回到我来的地方——那个你们叫作未来的地方——有一些人理解这一点。我们认为，坎普将这个1877年变成了一个巨大的旅游景点——好像这里是某个闭塞落后的殖民地，我们这些人可以在沙滩上晒着太阳、喝着迈泰，一边放任当地人死于霍乱——这一作为是不道德的。我们中的一些人拒绝睁一只眼闭一只眼，任由坎普将这整个宇宙变成他的印钞机，”魏斯曼一口喝完面前酒杯里的酒，“也许我比大多数人要激进，但是这么想的并不仅仅是我一个人。我只是不介意做出更大的牺牲罢了。”

“我应该告诉坎普这些吗？”

魏斯曼站起身，身后的椅子晃了晃：“告诉坎普，他可以弯下腰来狠狠地抽自己！”他又说：“或者最好问一问他，到底是谁发明了镜子？”

一星期后，未来城雇的平克顿侦探汇报，魏斯曼订了一张前往汉堡的弗里萨蒸汽船票。要想把事情做好，杰西心想，你就得亲自动手。他搞不清楚到底自己希不希望魏斯曼的计划成功。一条相对清白的人命换回几百万条性命听起来并非完全不合理，但是换作谁是那可怜的老阿洛伊斯，都一定不会心甘情愿。也许，要是魏斯曼靠得够近，他可以一枪轰掉那人的睾丸，不用杀死他呢？

在回纽约的车上，斯坦奇夫人一路沉默，安静得有些哀伤。这倒是给了杰西足够的思考时间。杰西问道：“您说在离开纽约时，身上有足够的现金买衣服、车票，够付一年的房租？”

她漫不经心地点了点头。窗外，哈德逊河谷延绵不绝，陷入黄昏的夕阳中。车厢里弥漫着雪茄的烟雾。“看起来怎么都够了。”

“纸币还是金币？”

“纸币。”

“可以告诉我都是从哪里来的吗？”

“我告诉过你，在我来的地方，我的家族多多少少算是有钱人。”

“是的，夫人，您确实说过。我猜您带的也是纸币，否则带着整整一袋金币穿越镜子，您的丈夫也一定会注意到。”

“不仅仅是我的丈夫。穿过镜子就像搭飞机——你得经过金属探测器安检。一包金子一定会让警铃大作。”

“纸币更容易随身携带。”

“是的。但是我也没带你们的纸币。”

“那您的钱到底是哪里来的呢？”

这下她可犹豫了：“我宁愿不谈这个。”

“那样的话，我很抱歉提起这件事。我就是好奇。”

“如果一切都由我的话，我一定会全都告诉你。但是我不想让任何人惹上麻烦，”斯坦奇夫人犹豫着说，“我能说的就是，以二十一世纪的技术水平，你们的纸币一点儿都不难复制。”

“您是说那钱是假的？”

“这么说吧，我的钱从任何实际层面来讲和你们银行发行的纸币都一模一样。”

“这样的话您就促进了通货膨胀。”

“如果你留心的话，就应该知道这个国家正处于经济危机之中。那些‘金甲虫’[1]也许会不同意，但是要我说，在这大形势下，一点儿通货膨胀可算不上什么。”

这么说的话，唯一的问题就是到底是谁给了她假币。但是斯坦奇夫人对此闭口不谈。

杰西透过车窗看着缓缓涌入视线的河流。天色渐暗，哈德逊河波涛暗涌。就快到了。“如果您不介意的话，我还有一个问题。从您第一次听说奥古斯特·坎普的度假村到您实际过来这边，中间究竟时隔多久？”

“坎普的第一家度假村开业时，泰伦斯完全不愿意去。过了好几年他才回心转意。”

1　金甲虫（Goldbug），金融上对极端的黄金投资者或者极端的金本位制支持者的称呼。

“您刚刚说，坎普的第一家度假村？”

“啊，”她点点头，“他们要求我们不要跟本地人说这个。但是我们之间规则不一样是不是？”

“我想是如此吧，”杰西说，“其实这是个公开的秘密，传言到处都是。”——这么说也确实不假。在未来城确实有流言说坎普曾经开过通往其他宇宙、其他时间的度假村。但是那些知道真相的人对此传言既不肯定，也不否认。

“历史偏移本身不是问题，”斯坦奇夫人说，“但是坎普是通过把人带回我们所知道的过去来赚钱的。一旦未来城建成，当地历史就开始改变。因此，每隔五年，在当地历史变得面目全非之前，坎普就会关闭度假村。然后，他将镜子在一个全新的 1872 年或者 1873 年或者 1874 年打开——像处女一般闪闪发光的全新历史！这个在伊利诺伊的未来城是他的第二家。明年他会开第三家。”

这样的话——如果这是真的——曾经有另一个未来城存在，就存在于坎普口中的那些相邻宇宙中的其中一个。是否有另一个版本的杰西被未来城雇用、为他卖命呢？也许不会。杰西听说镜子很难做到完全精确——另一个未来城也许是在另一个杰西路过当地数月之后才出现的；又或者，当那个杰西到达未来城时，他们已经不缺人手了。但不管怎样，这都是一个让人困扰的问题。“我猜他必定从过去吸取了不少经验？”

“我想他一定是的。但他的敌人们也一定学到了经验。”

“那么，他的敌人都有谁呢？”

“这我就不大了解了，”斯坦奇夫人偏过头去，闭上了眼睛，仿佛打算小睡一会儿——又或者她想让杰西这么认为，“你会和我一起去未来城吗？”

“也许会，也许不会，”杰西说，“我去他们让我去的地方。”

他们来到了四十二街和范德比尔特交接处的中央火车站，车站里异常忙碌。杰西叫了辆马车送他们去百老汇中央大酒店。

奥古斯特·坎普的人检查并重新装修了这个酒店，那以后它就成了城里最好的酒店之一。据说，坎普向酒店所有人开出的条件实在是好得让人无法拒绝：他会在酒店里安装各种各样的新设备——带专用发电机的照明设备、改进过的取暖和防火系统、一个二十一世纪的厨房——以此换取未来城旅客对酒店四年的独家使用权。四年后，酒店的使用权就会回到酒店主手里。同时，未来城还会为他们提供超过十年所需的备用零件和燃料，保证那些设备可以正常运行。自那以后，报纸就开始叫这酒店“电力大酒店”，因为永不熄灭的灯光总是透过玻璃窗照得那八层楼灯火通明。人们会从几里开外过来参观这奇景。在气候宜人的夏夜里，汹涌而至的人群会一直堵到百老汇。

今夜，空气里依然带着早春凛然的寒意，但是酒店外还是来了不少人。杰西让马车从侧门走，以避开人流。他向酒店门卫出示了他的未来城工作证。那门卫仔仔细细地检查了一番，才让他们通过。来到酒店大堂，杰西将斯坦奇夫人托付给一位叫作阿莫斯·克雷的夜班人员。克雷也是本地雇员，一个高高壮壮的波托马克老兵[1]。他僵硬的右腿是在切斯劳维尔受的伤，因此，直到今天克雷还是不能原谅李将

1　波托马克军团（Army of the Potomac），美国南北战争中东部战区北方联邦军的主要军团。

军[1]。杰西有时会和他一起吃饭。杰西在一旁等着，克雷向斯坦奇夫人表示了欢迎——就像对待任何一位晚至的贵宾一样——又唤来一位服务员领着她去客房电梯。

“今晚可真不寻常，”等到斯坦奇夫人回房后，杰西才开口说道，“百老汇人可真多。”

“那都还不到一半呢。”克雷说。

“出什么事了吗？”

“我猜你还没看报纸吧？麻烦大了！哦，还有，那个你一直追着问的未来城女人，那个肩膀宽宽的女人。”

他说的是伊丽莎白·德保罗。“她怎么了？”

“她今天早上坐火车过来了，一起来的还有一堆未来城的大佬，奥古斯特·坎普本人也来了。”

9

值得警惕！关于“未来”的真相！

位于伊利诺伊平原之上、芝加哥城西南的未来城于四年前建成，随后激发了无数好奇心——对于我们自己未来的好奇心！对此好奇

1　罗伯特·爱德华·李（Robert Edward Lee，1807.01.19 – 1870.10.12），简称李将军，美国军事家、教育家，是美国南北战争时期南方军最出色的将领。自内战结束后，评论通常认为李在一定程度上是反对蓄奴的。他积极推进战后重建，在生命的最后数年则成为进步的大学校长。

心，未来城的所有者从未真正彻底满足过，却毫不介意对其进行利用和剥削。未来城的发言人——包括它的创始人奥古斯特·坎普先生——总是不遗余力地宣传未来科学和技术上的奇迹。然而，对于任何社会和政治相关的话题，他们则始终抱着一副无可奉告的态度，要求大众耐心等待他们向美国总统提交一份完整的报告。上周，这份报告终于交到了海耶斯总统手里。但是他们又提出，在1877年底前，该报告的内容必须被视为绝密。而同时提交的另两份据称包含了医学和工程学方面建议的报道，已经提交给编辑，准备发表了。

虽然坎普先生一直抱着无可奉告的态度，却阻止不了流言纷纷。曼哈顿的市民们有大量的机会观察那些所谓的“未来”来客以及他们的怪异举止。在这些人之中，黑鬼、东方佬、穿着男式衣服的女人们和白人男性公开地自由交谈。有人据此认为，在未来世界里，种族、性别间的差异已被消除，是一个极端理想主义的平等社会。其他看法则认为，这些异端激进的道德倾向必然源于彼社会过剩的物质财富。

直到不久前，这些猜想的真伪还都不得而知。但是，近期公布的几封寄给“美国妇女平等选举权联盟”的露西·斯通·布朗维夫人的信件似乎证明了此言不虚。这些信件相继发表在《妇女新闻》上。如果信件的内容属实，我们不得不说这些信件揭露了这所谓“未来世界”的某些骇人真相！

布朗维夫人宣称，从1876年9月起至今年3月间，她陆续收到了这些匿名信件。信件的作者自称是某位来自未来的访客，他在信中预言了数起近期或者将来会发生的事件。起先，布朗维夫人自然是视这些信件为玩笑。然而，随着信中对近期事件的预言被一一证实——其中包括了提尔顿先生和海耶斯先生之间的冲突[1]细节，以及最终协商而成的方案——她逐渐相信了信件的真实性。

这位署名为“说真话的美国公民”在信中宣称，布朗维夫人和其他数名极端分子乃是人类未来的先驱者——毋庸置疑，布朗维夫人视之为对自己的赞赏，这也最终促使她公开了这些信件。我们绝不可无视信件的内容！这些信件可能另有所图！我们的国家刚刚从巨大的分歧中存活下来，没有人愿意撕开旧伤口，但是这个所谓的“美国公民”却似乎另有图谋。信中宣称，战后南方数州的“吉姆·克劳法[2]”实质上只是将奴隶制换成农奴制罢了，这一宣言无疑会重新点燃种族矛盾的怒火，引起南北不和。信中还将女性享有选举权上升到道德进步的高度，这无疑会挑起丈夫与其妻女之间的不和。另外，信件宣称印第安人对其保留地应该享有最大程度的自主权，这彻底否定了我们军队的成就，同时可能将前总统本就值得质疑的所谓“和平政策”进一步推进到荒唐无比的地步。然而，与这些耸人听闻的断言相比，更可怕的是信中宣称有一天美国将承认男人和男人、女人和女人之间的婚姻。我们不得不说，如此荒唐的宣言必定不可能实现！虽然对来自未来的访客行为的观察很难完全打消我们对此的担心。

1　此处指1876年的第23届美国总统大选，此次大选的结果在美国历史上备受争议。提尔顿在普选中完胜海耶斯。选举人投票的结果为提尔顿184比165领先海耶斯，但是有20票选举人票为有争议选票。据此，国会达成了一个非正式的协议，只要共和党同意从南方撤军，就将这20票选举人票都给海耶斯，民主党也接受海耶斯为下一任总统。这一妥协直接将南方数州的权利交到了致力于让南方重新回到战前状态的所谓“南方救赎者”手中。由此，非裔美国人的许多公民和政治权利被逐年削减，美国族群关系的最低点由此揭开序幕。这也是后文伊丽莎白愤愤不平提到的历史之一。

2　吉姆·克劳法（Jim Crow Laws）为1876至1965年间美国南部各州以及边境各州对有色人种（主要针对非裔美国人，但也包含其他种族）实行种族隔离制度的法律。强制公共设施必须按照种族隔离使用，这样的区别对待造成了黑人长久以来在经济、教育及社会上的弱势地位。

传言说，类似的信件也寄给了与布朗维夫人相似的其他臭名昭著的激进人士，包括弗雷德里克·道格拉斯先生和伍德哈尔太太。但是至今为止，布朗维夫人是唯一承认收到信件的人。但是，也许我们应该感谢她将这些信件公布于众。如果信件的内容是伪造的，我们希望坎普先生或他的代表能够赶快出面澄清此事。如果信件的内容不幸属实，我们必须谨记坎普先生的口头禅——他们所代表的未来不一定是我们的未来！我们应该将对彼未来的知识视作警示，尽全力避免相似未来的发生！

杰西抿了一口橙汁，不小心洒了一滴在面前的报纸上，于是“发生”就变成了一个模模糊糊的墨点。

他还没有完全习惯在电力大酒店吃早饭。这里的早饭是按二十一世纪的风格来准备的：自助式，有蛋类料理、迷你香肠、培根薄片以及各式面包，各种闪着光的机器提供果汁和咖啡。杰西选择了果汁，因为果汁机看起来相对容易使用，但是他不时地瞄着使用咖啡机的游客，打算人一少就去试一试。他用餐巾纸擦了擦报纸上的橙汁，结果整整一段话消失了。一抬头，就看见伊丽莎白·德保罗站在他的桌边。

“我们又见面了。”她说。

杰西起身，膝盖撞在了桌角上：“伊丽莎白！”

“别慌啊！你介意我坐下吗？”

“当然不！我是说当然，请坐！”杰西说，“我昨晚找过你！”

她穿着牛仔裤、白衬衫——典型的二十一世纪平民打扮——没有带尼龙扣的裙边，没有未来城夹克。除此之外，她和那个在昂斯洛仓库里开枪射中想置杰西于死地的杀手的伊丽莎白并没什么两样，除了头发长了点儿。六个月，杰西心想——三个月在家，三个月在这里，在远离杰西追踪潜逃者之地为未来城工作。他几乎放弃了再见到她的希望。

伊丽莎白放下手中的托盘。里面是切片菠萝和一个羊角薯泥卷。“啊，前台告诉我了，”她说着在他对面的椅子上坐下，“但是我和坎普的人开会到深夜。最近麻烦特别多，我想你一定读到了。”

开门见山谈公事，伊丽莎白从来就不是热衷闲谈的人。也许她想让杰西觉得她从未离开过，杰西努力跟上她的步调：“报纸喜欢丑闻。布朗维的那封信真的惹了那么多麻烦吗？”

“是，可能会很麻烦。那个寄信的家伙——据坎普说大概是某个逃跑的孬货——让我们的生意越来越不好做了。你看到昨晚酒店门前的人群了吗？唯一的好消息是，他们没拿火把。”

“所以，那信里所说的都是真的？”

“我没读那些信，但是听起来像是真的。那也正是问题所在：你觉得要是这儿的一般人对我们的了解有你这么多，我们在这儿还会受欢迎吗？这也是为什么我们得小心该说什么，不该说什么。过去是另一个国家，友好的外交关系可遇而不可求。”

“这么说，坎普决定向大众隐瞒那些令人不安的细节？虽然情有可原，但是也许他不该这么做的。现在一切都公之于众了，人们可能会认为你们以自己为耻呢。”

“我们没什么可道歉的。没必要为更高的卫生标准和先进的科技道歉；我们的女人可以投票，黑人可以成为政治家，同性恋、双性恋和变性人士可以坦诚骄傲地做自己——我们对此更是无须道歉！”

杰西点点头。他刚到未来城时就知道这些了。他参加了一个为本地雇员准备的培训——以防他们不小心冒犯未来游客——同时排除那些固执于偏见、无法适应未来城开放宽容原则的潜在员工。“那没什么可耻的，但是不会帮你交到朋友。”

“你说得没错。也许沃尔特·惠特曼或者罗伯特·英格索尔[1]会支持我们。否则，我们大概会被踢出这个国家，还会被所有小报咒骂。这也是为什么坎普一直小心翼翼地什么都没说，直到这最后一年——最好能够等到年底。这些信件正是我们一直想办法尽力避免的。”

好多“你们”“我们”啊，杰西想。“那些信确实来得太早了。”

“那些信显然别有用心，大概是某个潜逃者想给我们找麻烦。”

“不同的政治企图心，不是吗？”

伊丽莎白一脸警戒的样子：“大概是。”

“某个觉得自己有道德义务来干涉我们历史的人。”杰西想着魏斯曼说道。

“某个痛恨坎普所作所为的人。某个希望警告非裔美国人、印第安人以及其他类似群体未来走向的人。”

“那未来到底会发生什么呢？”

“比方说，国会腐败促成了海耶斯上任。重建时期结束。南方的黑人由奴隶变成佃农，被迫带着铁链在铁矿和松节油营里干活，到死为止。种族隔离直到 20 世纪 50 年代才会被正式废除。美洲土著被迫逃到越来越小的保留地里，或者干脆被杀掉——因为‘只有死了的印

1　沃尔特·惠特曼（Walt Whitman，1819.05.31－1892.03.26），美国诗人、散文家、记者和人文主义者，被誉为“自由诗之父”。惠特曼被普遍认为是美国19世纪最伟大的诗人之一，他的诗作充满了个性鲜明的个人特征，大胆的描述在当时也具有极大的争议性。罗伯特·英格索尔（Robert G. Ingersoll，1833.08.11－1899.07.21），美国政治家、人权律师、内战退伍军人、自由思想演说家。

第安人才是好的印第安人’。你知道这是谁说的吗？菲利普·谢里登，尤利西斯·格兰特的好朋友，波托马克军队的少将，马上就要升任军队的将军了……”附近桌上的一位游客侧过头朝他们看，伊丽莎白压低了嗓门，“我可以一直说下去。”

“你说的我都信，”杰西说，“但是，这些信能帮上什么忙呢？”

“写信的人大概觉得，在信里公开宣布历史最终会批判这些事件，能给受害群体勇气。即使做不到这一点，这些信也会大大打击未来城的信誉，让人们质疑坎普口中的历史。”

“那倒是。”

“仅仅是几封信而已，世界上最便宜的武器。除此之外，鬼知道那作者还有什么其他打算。”

杰西再次想起了魏斯曼。魏斯曼的信念要求他杀死一个奥匈帝国的海关职员——也许我比大多数人要激进，但是这么想的并不只有我一个人。

“伊丽莎白？”

她咬了一口菠萝片："什么事？"

“再见到你真好。”

“我也这么觉得，杰西。”

至少她记得用他的名字。“你家里一切都好吗？”

“多多少少还行。”

“你的女儿嘉贝莉耶尔，她还好吗？”

“她还好。我是说，她身体健康，也记得我。我想那就算是好了吧。”——听起来比“好”还是要差了一点点。杰西想起他的未来城老板们经常说的一个词：次优。

“那你呢？”

“我从在昂斯洛店里挨的那一击里恢复过来了。”

“我听说了。即使在镜子的另一边，我也有留心关于你的消息。”

“自从那以后，我就一直挺忙的。”——忙着巡视围栏和追查潜逃者。

“忙是好事，不是吗？”

“忙有帮助。再见到你才是好事。”

伊丽莎白看了看表：“说到忙，我十五分钟后要跟队护送一个曼哈顿团……”

“跟队护送？”

这个曼哈顿团就是那个所谓的“春日纽约”套餐的一部分——几十个游客被装进一辆大型马车，从百老汇一路游行到朗埃克广场[1]，顺路游览附近纽约城里最光鲜的几条街道。“坎普一直在考虑是否该取消这个团，游客的安全第一。一路被一群种族歧视的暴民跟着，事情会很麻烦。”

“情况已经那么糟了？”

“暂时还没有，因此坎普批准了这次出行，但是他要求加强保安工作，还让我随行。我得去武器库领一把武器，所以……”

“我今晚能见到你吗？”

她的沉默比杰西预料的要长。“你知道，在未来镇时发生在我俩之间的事……再也不可以了。回到家里，我对这件事想了很多。我们之间的关系只能是一时的。你明白我的意思吗？”

“我猜我明白。”

“但是，如果你愿意的话，我们可以一起吃晚饭。他们大概还没

1 朗埃克广场，时代广场旧称。

告诉你吧，坎普想把你调去做他的私人保安，和我一起。我们很快就要一起离开纽约了。”

这消息就像一阵钟声，“哐哐哐”地在他耳边作响。钟声太响了，杰西一时无法理解它的含义，只是说：“再做搭档？”

“从某种意义上说，是的。”

“回未来城？”

“不，他们打算送我们去旧金山。”

下午的时候，杰西在呼机上收到消息，让他去坎普的顶楼套房。他乘着电梯一路来到电力大酒店的顶楼，电梯里还有一对夫妻，正在拌嘴——那懒散的吵架方式让人一听就知道他们已经结婚许久了。争吵的内容是到底谁是现任的美国总统。“格兰特，”那男的说，“我确定是格兰特，他的照片在宣传册里。”妻子不肯善罢甘休：“但是那是去年，然后又有了一次大选。我想是海耶斯？海耶斯你记得吗？”

总统其实应该是提尔顿的，杰西想。国会最终把胜利赠送给了罗斯福·海耶斯，因此南方的“自赎者”们获得了地方自治的承诺——这是信里批判过的事件之一——这是“白人联盟”和“红衫军”[1]的一次重大胜利，也是刚被解放了的黑人们的一次惨痛挫败。有人说这也是未来城不能吸引更多来自未来的深肤色游客的原因之一。而格兰特呢，他人在英格兰，和这些国内政治有着一洋之隔。

杰西在顶楼套房层下了电梯。去奥古斯特·坎普套房的路上，他

1　这里的“白人联盟”（White League）和“红衫军”（The Red Shirts）均为美国南部鼓吹白人至上的准军事化组织。

一共经过了三位带枪的保安，每一个都检查了他的证件。套房看起来非常棒，配备着来自未来的设备，包括一台咖啡机和门那么大的电视屏幕。窗户应该是正对着百老汇，但是窗帘已经放下了。坎普正在镜子前整理他的领带，他今天穿着二十一世纪风格的正装。

“杰西·库鲁姆，”他看着镜中的杰西说道，“见到你真高兴。谢谢你一路上来。你和伊丽莎白聊过了吗？她跟你讲过你的新任务没？”

“她笼统地提到过。”

“现在只能做到‘笼统提到过’啦。我可不想在晚餐时迟到。我们从新泽西把爱迪生请过来了。”

“爱迪生？”

“是啊，托马斯·爱迪生。你听说过他吗？”

“那个发明家？我在《莱斯利》上读到过。”

“电灯、留声机、电影……我们大概已经抢尽他的风光了。真是个可怜的家伙！我们半数的东西都是他发明的。但是，现在他大概很难申请专利了！因此，我希望确保他知道我们欠了他多少，更重要的是，确保这个世界知道我们欠了他多少！这才公平嘛。另外，我希望他能答应我们的邀请，到未来城来做个演说。我们可以再找个人——也许是尼尔·德格拉塞·泰森，或者比尔·奈[1]——反正是他们其中的一个来采访他。那就棒透了！”

1　两人均为美国现代著名的科学教育家：尼尔·德格拉塞·泰森（Neil deGrasse Tyson，1958.10.05－）是美国天文学家、作家、科学教育家，现任纽约罗斯地球与太空中心海顿天象馆馆长。2011年起，泰森更是接下了原来由卡尔·萨根主持的《宇宙》（*Cosmos: A Personal Voyage*）节目的新一季《宇宙大探索》(*Cosmos: A Spacetime Odyssey*）。威廉·“比尔”·奈（William Sanford “Bill” Nye，1955.11.27－），原为波音公司的机械工程师，后因主持《比尔教科学》而成为知名科学教育家和电视主持人。他还设计了火星探测器“漫游者”上的日晷。

“我相信一定会的。”

“你完全不懂我在说什么是吧？”

杰西发现坎普今天的心情前所未有地不好：“在我听起来，您是在说利用爱迪生先生赚些钱。”

坎普惯常的“我们大家都是朋友”的表情一下子就像晨露一样消失无踪了，但是一阵冷冰冰的沉默以后，他又笑了起来：“好吧，没错。坦诚相告的话，你说得确实对。部分对。但是我确实也觉得未来城对爱迪生有着道义上的责任。对不？”

“是。”杰西说。

“如果要正式记录在案的话。”

“理解。”

“还有一件事。我召集了一批人，建了一个高级别的保安小组，大多数时候会和我随行，但是任务并不仅仅是保护我。必要的时候，我需要有人能够深入社群——他们必须对未来城忠实，但同时又知道怎么在这个世界里恰当行事。我想你可以胜任。我说得对吗？”

“我猜我对这儿里里外外都算是熟悉。我追踪过好几个潜逃者，如果您需要我做的是这个的话。”

“到时候你就知道任务了。你对佩枪感觉如何呢？”

“我以前执行过需要配枪的任务。”

“在未来镇时你随身带着武器，但是你却没开火。”

“那时我没机会开火。坎普先生，我并不是所谓的神枪手，但是我知道怎么使用手枪。”杰西的父亲教过他基本功，另外他还向六大堂口的枪手刘松理学过枪支使用技巧。

“我们会对你额外做一些枪支培训。另外，我们会去西边。你是从旧金山来的，是吗？”

“我在那里长大。”

“这可能是个优势。你对那城市熟悉吗？”

“曾经很熟悉。”

“你去那里没问题吗？”

“我不明白您的意思。”

“你有法律上的问题吗？”

“您是在问我是不是个罪犯？”

“我是在问，如果有条子认出了你，我需不需要去监狱把你保出来？你过去犯过事吗？”

过去发生过很多事，但是杰西并没有通缉在身，至少据他所知没有。“没有。”

“嗯，很好。”坎普的领带显然达到了某种令他满意的状态。他从镜子前转过身来，拍了拍杰西的肩膀。“欢迎入队。伊丽莎白会帮你领好装备，还有其他任何你需要的东西。我们本周会离开曼哈顿。如果我可以说服爱迪生的话，也许周四或周五就可以启程了。”

“我们在找的人，”杰西问道，“是报道里那些信的作者吗？”

“等你需要知道的时候，”坎普说，“我自然会告诉你。”

伊丽莎白回来了，护送二十一世纪游客不受本地暴民伤害的任务顺利完成，她也毫发无伤。没什么大不了的，她告诉杰西说，没有人扔石头，最多是被瞪了几眼——“看起来大多数人都不在乎我们的道德到底有多腐败嘛。”

“唔，这儿是纽约，”杰西说，“他们容忍特威德老大都那么多年了，什么风浪没见过？”

他们没去地下室的员工餐厅，而是去了酒店的餐厅吃晚饭。二十一世纪风格菜肴。服务员递给杰西一份胳膊那么长的菜单，大部分的词看起来都不像英语。

“这里面有任何菜是羊肉吗？”

“偶尔嘛，也享受一下生活，”伊丽莎白说，“我来帮你点！”

“这是你们的风俗吗？”

“放心吧，你的男子汉气概不会因此受损的！”

她告诉服务员他们要两个加州辣汉堡，还有几个配菜。某个牌子的啤酒上来的时候冰得透凉，瓶口塞着一瓣柠檬。“吃吧！”她说。

“家里一切怎么样？”杰西实在想不出该说什么，于是又问了一次这个问题。

“你真的想知道啊？”伊丽莎白耸耸肩，“终于能和嘉贝莉待在一起真好。她长大啦，聪明又独立——这是好事。我妈妈把她照看得很好，我也很感激……”

“但是？”

“但是，爸爸去世后不久我妈就信教了，而且虔诚得几乎不健康，还加入了某个极端保守的教会，在嘉贝莉面前也住不了嘴。”

“那你信教吗？”

“不信。我是说，我对宇宙是怎么被创造出来之类的没什么强烈的观点。我不是极端的无神论者，但是，我不觉得诺亚方舟是真的，我也不觉得上帝痛恨同性恋和异教徒。如果嘉贝莉有一天决定加入某个教会，完全随她高兴。但是，我不想我妈妈教她那些她得在生物课上重新学的内容。因此，每天晚上嘉贝莉一睡下，我们就会吵。我妈总是那套‘你得帮嘉贝莉安排受洗’之类的老话，而我总是说：‘她才四岁，宗教对她来说有什么意义啊？’另外，嘉贝莉总是不停地问起爸爸。她大概知道他做了某件坏事，进了监狱。但是，就像有了坏牙似的，她总是控制不了要舔它——‘他做了什么坏事呀？他伤害我们了吗？为什么我不能见他啊？’”

“那你怎么说啊？”

“我尽可能以一个四岁小孩能够理解的方式解释给她听喽。但是，你知道最糟糕的是什么吗？我在家的最后一天，我们三人在小区里散步，我、我妈和嘉贝莉。嘉贝莉绊在路沿上，摔倒擦破了膝盖——小孩常有的事。但问题是，她哭着喊着奔向了我妈妈——不是她的妈妈，而是她的外婆！”

“这大概只是……”

“唔，我前前后后想过所有可能的‘大概只是’。大概她只是不习惯我在家——这才是最根本的！这也确实是问题所在。我觉得身处两难之间，左右不是人。我需要这份工作才能给嘉贝莉一个真正的家；但是，只要我干这份工作，我就不能给她一个真正的家。”

他们的晚餐送上来了。搅碎的牛肉做成的汉堡放在面包上，配以炸土豆和沙拉。这比杰西在未来城常吃的快餐版本要好多了，至少牛肉尝起来像是真正的牛肉。

“这是最后一年了，”杰西说，“你很快就能回去和她在一起了。”

“但是谁敢保证这最后六个月不会让一切都变得太迟了呢？到底过多久母女间的纽带就会过期消失？这也是为什么我……”

“诶？”

“没什么。你的汉堡怎么样？”

“不错，”杰西说，“味儿浓，又有点复杂，这些牛油果、洋葱什么的。”

“某种程度上来说，这汉堡可谓是集两个世界之精华：1877 年的美国牛肉——谷物喂养、完全没有药物添加剂——加上合乎二十一世纪标准的屠宰和冷藏。酒店的大厨和一个本地屠宰场签了直供协议。要我说，神户牛肉也比不上。”

“为什么呀？你们的牛贫血吗？”

“两个词：工业化、农场。倒不是说我有多么了解高档牛肉。大半的时候，我们家也和别人一样吃麦当劳。我妈不去教堂的时候是个玉米片和可口可乐爱好者。但是我努力让嘉贝莉吃够蔬菜。”

“如果她缺任何东西的话，”杰西说，“大概是来自妈妈的爱。”

他大概是说错话了，伊丽莎白瞪着他看了好一会儿，杰西希望自己没有彻底冒犯她。但是，她话锋一转：“我猜，坎普告诉你我们要去旧金山了吧。”

“说了，但除此之外就不清楚了。也许是追某个潜逃者，或许是那个著名的写信人，又或许不是。”

“你去旧金山没问题吗？我不知道你在那儿经历过些什么，但是很显然不是什么好事，让你留下了精神创伤。”

“你想知道吗？”

她皱了皱眉：“我不是在逼你说什么。”

“我知道。”

“我猜我应该这样问：不管当时发生过什么，会影响你的工作吗？”

坎普也问过杰西类似的问题，但是坎普对自己的背景没那么深的了解。可是伊丽莎白不一样。“我不知道，也许吧。”

“你在那儿有仇家？”

“是。”

“好，我很感激你的坦诚，这件事情我会保密的。但是，如果有什么我需要知道的，你会告诉我，对不对？”

“我保证。”

一小时后，他们把盘子里的食物吃得精光。伊丽莎白说：“我的房间在三楼。”

“他们给我的房间在四楼。”

“那我们这样就好。就跟我先前说的那样，那次在未来镇……”

“你是说在未来镇我们同床共眠的事？——按你们的习惯，坦率一点地说的话。”

杰西从没想过伊丽莎白也会脸红。一瞬间她仿佛成了通俗小说里的女主角。

“好吧，唔……我不确定我们是不是应该再那么做。倒不是因为不想，而是因为我俩之间不可能有未来。”

未来——这个简单的词究竟有多少含义啊？

“事情是这样的，”伊丽莎白接着说下去，却不敢看杰西的眼睛，“我回到家以后对这事想了很多。我告诉自己这么做是错的，对我俩都不公平。这是不够专业的行为。你明白吗？”

“嗯。”

“但是我们那么久没见面，现在见到你我反而有点不知所措了。”

“好吧。”

“就是这样？就这样，好吧？”

“我不知道该说什么。我想我大概没有权利期待任何事情。发生在未来镇的事对我来说是一个珍贵的回忆。但是我绝不会自大到认为我对你有任何所有权。”

服务员前来收拾他们的桌子。碗盘刀叉声嘈嘈切切宛如帝国崩塌陨落。他们叠起餐巾，签了单，然后沉默地走向电梯。路上，杰西看到阿莫斯·克雷冲着他挤挤眼，他只装作没看见。电梯门打开，他们按下了各自楼层的闪光按钮。

电梯到了三楼。开门。关门。

“你错过你的楼层了。”杰西说。

“我改变主意了。”伊丽莎白说。

10

布朗维的那些信确实给未来城惹了不少麻烦，好在坎普的声明——会在十二月公布真相——又为他们争取了些时间，未来城多少得以不受影响地正常营业。杰西想，大概大部分人都把来自未来的访客当作某种传说中的生物吧——就像《纽约太阳报》登的月球人一样，轰动 1835 年。传说中的生物理应拥有不同寻常、令人震惊的特质。否则岂不是令人失望？牧师和专栏作者也许会对此嗤之以鼻，但是其他人可不在乎。

未来城的火车在未来镇停留了一星期。一般来说，火车只会在此停留几个钟头，送别来自纽约的旅客，同时接上新一批前往旧金山的客人。但是，坎普需要更多的时间和经理们开会，制定应急方案。于是杰西和伊丽莎白一下子就闲了下来。这倒不是坏事。坎普给他私人保安队的每个人都发了一张两座楼通用的表演票。回城的第一晚，杰西就有幸和伊丽莎白一起去看了菲斯克合唱团[1]在未来城为时一周的演出的最后一场。菲斯克合唱团特意中断了欧洲巡演来到这里，因为未来城承诺为他们代表的黑人大学提供一笔非常可观的捐款。

杰西觉得表演挺不错的。当晚的观众——大部分是来自二十一世纪的游客——更是热情地起立鼓掌。之后，坎普本人来到舞台上，将一张巨额支票赠予乐团一名叫作卢登的低音乐手。杰西想，那支票上的天文数字大概足够菲斯克大学运作几十年了，看起来坎普确实非常慷慨。但是伊丽莎白说，今晚表演的录音给坎普带来的收入将比他捐出的总额还要多上许多倍。他们随着人群走出音乐厅，伊丽莎白问道："所以，你喜欢福音音乐？"

"啊，原来你们是这么称呼它的。我觉得还不错呀。"

"我都不知道你喜欢什么音乐呢。"

"其实也没什么特别的。我时不时地听些铜管乐，我不会任何乐器，但是我想我唱歌应该还可以。你呢？"

"我下载各种各样的音乐。"她语焉不详。

第二天晚上在二号楼的太阳马戏团表演里，杰西第一次听到了二十一世纪的音乐。但是，那表演中最引人注意的部分还是杂技，各种杂耍和舞台上的七彩灯光让杰西目不暇接，根本没有机会好好地鉴赏表演中的音乐。伊丽莎白告诉他，演出中的大部分音乐都是电子合

1　菲斯克合唱团（Fisk Jubilee Singers），著名的非裔美国人无伴奏合唱团，由菲斯克大学的学生组成。菲斯克大学始建于1866年，位于田纳西州纳什维尔，是一所黑人私人大学。

成的。听在杰西的耳朵里，那音乐就像一大群热情的昆虫在合奏。

第三晚，他们一起参加了一号楼的重头活动——托马斯·爱迪生和某位来自未来的著名科学家对谈。杰西一下子就忘了那个未来科学家的名字。而爱迪生在炫目的舞台灯光和观众的无限热情中显得多少有些不知所措。主持人一个劲儿地描述从爱迪生的创造中衍生的众多发明，这让爱迪生看起来更加一头雾水、坐立不安了。直到坎普走上舞台，手持另一张支票——“以支持爱迪生先生的未来发明”——那位发明家的情绪才明显地好转。

整个活动中完全没有提到《未来城对工程师的建议和意见》一书中可能包含的专利。就在几天前，这本书和《未来城对医生和药剂师的建议和意见》一起提交给波士顿的出版商印刷出版了。谁知道呢？也许更加安全的桥梁能够减轻道德上的不安？坎普借此成功说服了董事会，未来城短期内的安全运行不成问题，完全没有必要立刻撤离，前往旧金山的观光团将如期出发。当然如果有任何问题发生，这大概就是最后一团了。

在火车计划离开未来城的那一天，杰西决定绕着二号楼慢慢走上一圈。他走过底层展厅和高高的大堂，走过中央层的餐厅和剧院，走过健身房、恒温游泳池，走过水泥停机坪——西科斯基直升机安静地停在那儿，像一只金属蜻蜓一样闪闪发光。这里是他四年以来赖以生存栖息的迷宫，一场他帮助建造和维护的幻象。一旦坎普关闭镜子，未来城的所有剩余资产将统统归中央太平洋铁路公司所有。这城市依然会是一个吸引游客的景点，但是它的新主人将无法永远维持这一城市的运行。维持城市运作的机器将逐渐衰老，无法取代的零部件逐渐崩坏。直到有一天——杰西想，也许根本用不了多久——这整个巨大的宫殿将沦为废墟，猫头鹰会在载人飞行展览馆上筑巢，老鼠则在明日剧场的长椅下安家。

这思绪跟着杰西，尾随他乘马车穿过未来城大门，一路到达未来镇。在西行的火车上，杰西回望未来城，双子高塔犹如利刃，直直刺入黄昏的天际。他努力地将这一图像刻入脑海中，仿佛想将其永远占为己有。

“高兴点嘛！”伊丽莎白说，“来，我有东西给你。”

杰西从窗前转过身，一脸惊奇地望着她。她的手里是一个小小的盒子。“礼物吗？”

“这是我送给你的，所以大概吧，你可以叫它礼物。喏……”她把盒子抛给杰西，就像一心甩掉烫手山芋似的。

“这是什么？”

“其实没什么，就是一个旧的 iPod，外加太阳能充电器和一副还算能用的耳机。我在里面装满了从苹果商店下载的曲子。”

“曲子？”

“音乐。歌。”

“二十一世纪的音乐？”

“二十一世纪的，还有二十世纪的。我尽量选了些不同的音乐。”

“你从未来给我带的这个？”

“唔，是啊。等没人了，我可以教你怎么用它。”

“伊丽莎白……我都不知道该怎么谢你了。”

“这没什么的。”

“我可不这么想。”

“好吧，你喜欢就好。”

她想着我呢，杰西想，当她不在这里时，当她在她那不可想象的未来时，她想着我。——而他也想着她。这可既是好事，也是坏事。

未来城专车的引擎是坎普特地从未来运进来的，虽然是燃煤的蒸汽引擎，但是使用的材料和制作工艺是斯克内克塔迪机车工程公司目前怎样都无法企及的。专车车头大胆圆润的线条以及闪光的黑色涂层每到一处都能引来众人围观。而后面的旅客车厢也同样令人惊喜：全车都有电力供应，还配备了根据气候需要调节车内温度的制冷制热设备。卧车非常宽敞，餐车全天供应热食。所有的窗户上都装了特殊的防弹玻璃。遭受暴力袭击的可能性虽然不大，但也确实存在：来自苏族的威胁已经几乎没有了；有时，未来城甚至会雇些波尼族人来袭击列车，以此娱乐游客。但是土匪袭击的可能性并非为零，另外工会的麻烦也很常见。就在几天前，一次针对巴尔的摩俄亥俄铁道公司的罢工一路从西弗吉尼亚蔓延到马里兰州，波及所有途径坎伯兰的货运和客运。同样的历史在伊丽莎白所在的过去也发生过，但是要晚上好几个月——这正是专家所谓的“历史偏移”的典型例子。

但是，在杰西和伊丽莎白的心里，所有的麻烦都似乎存在于另一个世界。列车载着他们横穿西部平原——杰西觉得这列车快得像子弹一样，伊丽莎白却觉得这古董火车慢得新奇。每天早晨，坎普会和他们一起开个简报会。除此之外的时间，他们就没什么需要做的了。杰西和伊丽莎白都有个人专用的卧车间，但是他们总是在伊丽莎白那里一起过夜。那儿有一张钉在墙上的折叠床，勉勉强强一人大小，但他俩总能想出办法一起待在床上，任由火车驶过窗外的西部黑夜。

在缠绵的间隙，他们就聊天。在杰西看来，他们的对话仿佛是另一种性爱。车上的第三晚，怀俄明夜空中的繁星璀璨犹如海盗珍宝。杰西试着解释给伊丽莎白听，对他来说这对话就和她口中所谓的“干上一场”有着同等的意义。但是，这可不容易解释。

“在我年轻的时候……”

“你是说，你在妓院里生活的时候？”

车厢里的灯光调到了最暗。伊丽莎白盘腿坐在床的另一端。她穿着她的“内内”——棉质短裤、一件白色棉T恤——除此之外一丝不挂。杰西身上只穿着未来城发给他的内裤，内裤前部松松垮垮的襟翼勉强遮挡着他那跃跃欲试的男性私部。“那时我在赵夫人那里，”他接着说，“和其他同龄男孩儿相比，我算是看过不少女人的身体。我对女孩儿那里的了解就跟农夫家的孩子对母鸡的了解那么多。”

“哈！”

“赵夫人的姑娘们时不时地调笑我，直到我脸皮厚到不在意她们的嘲弄为止。女性的身体对我来说再无秘密可言。我知道每一个上门来的客人付多少钱，也知道他们付这些钱得到的是什么。父亲总是要求我对生意的底细要清楚，无知才是最大的危险。但是，异性对我来说倒不是完全没有秘密可言……”

伊丽莎白点点头，等着杰西继续讲下去。火车沿着轨道“吱嘎吱嘎”地前行。几番缠绵过后，杰西早就忘了时间。大概早就过午夜了吧，防弹玻璃外是漆黑的夜空。杰西接着讲下去：“那些女孩儿其实都不是中国出生的。旧金山大部分的中国劳工都是男人，修铁路或者在矿里工作，女人很少见。赵夫人自称来自广东，她一路经过新西兰到达加利福尼亚。大部分为她工作的女孩儿都出生在田德隆为六大堂口服务的妓院里，母亲大多是白人妓女。赵夫人为她们穿上廉价的丝绸裙子，起个歌女似的名字，然后教她们说某种中国城的方言来取悦客人。事实上，她们私下里大多说英语。其中有些人甚至完全没有中国血统。我记得其中的一个女孩儿是个来自楚来布斯科的混血儿，取名叫作莲花。星期日下午或者妓院歇业期间，我常常路过她房间门口，看见莲花和美玲一起，除内衣之外全身一丝不挂，打牌或者补袜子，以某种从不会在顾客面前使用的语调说着笑话，聊着天。这样的时刻她们从不会让我加入。我猜，这才是她们唯一可以真正自由做自己的时光吧。除此之外，她们可谓是一无所有，连她们双腿之间的部分都不是自己的。她们可以毫无顾忌地朝一个十二岁的男孩儿张开双腿——只要他有礼貌地请求，也别自以为是——那对她们来说根本不算什么。真正的亲密统统是另外一回事。你了解我说的意思吗？”

“我想我懂。”

“她们最不会轻易与人分享的其实是那些私密的瞬间。而我真正渴望的恰恰是她们不会和我分享的——我对那种亲密的渴望就像一般男人渴望‘干上一场’一样。倒不是说我对性不感兴趣，但是我想要的不仅仅是她们轻易公开售卖的东西，我想要的是那种无法强迫一个女人付出或出卖的真正的亲密感。”

伊丽莎白的脸慢慢严肃起来：“那么，你觉得你找到了吗？”

“没有，我也不敢奢望。但是我想，大概这是为什么……”

“什么为什么？”

“为什么这一切……”——这昏暗的车厢、两人赤诚相见的身体——“这一切对我来说像是一份珍贵的礼物。”

伊丽莎白沉默不语。杰西担心自己冒犯了她，或者让她觉得尴尬了。他从来没有对谁谈过这些事，因此觉得自己格外笨拙。在他的经历里，接触得最多的就是妓女、寡妇以及其他做工的姑娘。除了住在诺布山的阿碧姑姑以外，他的社交圈里就没有任何主流人士了。他刚要道歉，伊丽莎白开口了："那些女孩儿……"

"我很抱歉，我不应该谈到她们的。"

"不是啦，但是你说到她们的方式……杰西，那些女孩儿还活着吗？"

伊丽莎白总是能听出他的话外之音。杰西只能坦诚相告："有几个还活着。"

"我们应该谈谈那个。"

也许她说得对。但是，杰西非常不愿意谈起这一话题——罗斯科·坎蒂、赵夫人的妓女们以及最终发生在他妹妹身上的事——他实在是不愿意强迫伊丽莎白听那些旧金山田德隆区的悲惨历史。但是，有些事她必须知道。也许，此时此地就最适合谈这些往事——在一列飞驰于沙漠暗夜中的摩登火车上。

但是，窗外的墨黑已经渐渐转为深蓝，地平线从远处的黑暗中慢慢浮现出来。拉勒米高原。肥沃的平原已被抛在身后，前方唯有深紫色的高山。杰西还没来得及再张口，埋在他们层层叠叠衣服下的呼机就响了。火车慢了下来。伊丽莎白手忙脚乱地套上衣服，冲了出去。

11

"情况有变！"坎普说，"我刚刚下令大家全面撤退。"

透过专车的防弹玻璃，可以看见窗外广阔的怀俄明平原上太阳已经升了起来。杰西跟着伊丽莎白快步走向坎普的私人车厢，瞥见蓝色的天空和褐色的土地都染上了点点红斑。但此刻这一切都无关紧要，坎普所在的车厢没有窗户，只是一个通透的长方形房间，四壁装满了各种电子设备和显示屏。杰西知道他们乘坐的火车和未来城及其旧金山、纽约分部之间保持着畅通的联系，坎普一定是通过这些设备收到了什么坏消息。此刻，随行的安全人员全都挤在这里，一共二十来个人，大多穿着制服，腰后别着自动手枪。安全队里大多是男人，又都很高，杰西不得不扭着头，透过这光头黑鸭舌帽的森林看着坎普。

“计划是将列车就近停在下一个火车站，和旧金山来的另一辆回程列车会合，”坎普宣布，“午饭后，我们就开始将游客转移到东行列车上。我需要你们协助此次转移行动。再说一遍，我不想见到任何人恐慌。要是有人问，就说是和联合太平洋的法律纠纷。我们正在打印给游客的情况说明——所有人都会得到无偿全额退款。如果有人抱怨，我需要你们尽可能地做到和善耐心，但是日落前所有人都得登上回伊利诺伊的火车。有问题吗？”

只有一个显而易见的大问题，杰西心想——但是没人敢开口问。

“那好，”坎普说，“我们还需要从火车站回收一些设备，因此需要有能力的人来帮忙搬运。详情都在查韦斯和艾伯斯坦那里，他们会组织相关的队伍。现在大家请到火车站大厅去领取自己的任务。清楚了吗？”保安人员纷纷朝出口走去，坎普又说，“伊丽莎白和杰西，请留一下。”

车厢再次变得空荡荡，只剩下他们三个人了。坎普一屁股瘫在椅子里，他看起来累极了，整夜没睡的样子。当然杰西也整夜没睡，但是原因完全不一样。伊丽莎白说：“我们可以和其他人一起搬运设备。”

“你们来不是干那个的。游客会回未来城，疏散需要时间来安排，我们还是会去旧金山。”

杰西说：“你打算告诉我们到底是怎么回事吗？”

“这不是什么秘密。即使是也不会很久了。报纸又他妈的发表了一封布朗维信件。信中声称我们来1873年时携带了大量伪造的银行账票，用来收购两家濒临倒闭的银行——联合信托公司和E.W.克拉克。因此，我们来这儿以后所做的一切——建宾馆、修铁路、收购地产——用的都是假币。”

“这是真的吗？”

坎普长长地看了杰西一眼，说道：“为了证明我有多么信任你，我会告诉你某种程度上这是真的。但是问题是，这又有什么大不了呢？我可以为我们所做的一切做辩护。但是，我是不会得到这个机会的。几个小时候内，所有克拉克或者联合信托的存款人就会排起长队，要求取空他们的账户。要是幸运的话，我们也许不会触发第二次经济危机。但这次大家是无论如何都不会放过我们啦。这可真是他妈的典型！统统玩儿砸了！大崩盘！彻底无可挽回！而且，这还不是最糟糕的……”

“还有更糟糕的？”

“水牛城的铁路工人几天前开始罢工——他们拉了信号灯的闸，往铁轨上泼油，又用铁叉和州军队干了一仗。警察抄了罢工领袖的家，搜出好几打格洛克和一堆子弹。至少有一把格洛克被用在了某次埋伏袭击里。那次袭击里，军方死了十五个人。”

“昂斯洛的枪？”

“大概是通过他在芝加哥的中间人弄来的。但是大家都只会怪罪未来城。”

“我们去旧金山是去协助疏散工作吗？”

“是，但是你俩有个特殊任务。我们需要去那儿找几个潜逃者。”

“其中一个是布朗维信件的作者？”

“别着急啊。其中一个确实是那写信的混蛋，但是其实覆水难收——事到如今，能不能阻止他对我来说一点儿都不重要。他在镜子这边是死是活关我屁事。但是，他身边还有另一个人，某个深受他影响的人……”杰西害怕坎普又要陷入一阵闷闷不乐的沉默，但是他又开口了，“……那是我的女儿。我需要你们帮忙找到我的女儿。”

他们所在的这个火车站是为了向未来城专列供应水和燃料而专门建立的。未来城将他们的供应线路建在这深入怀俄明荒野的地方，就是为了防止好奇之徒不必要的骚扰。杰西觉得，这片土地是如此空旷而壮美：延绵不绝的高原，间或裸露的红色砂岩，大片大片印花般的绿色水牛草和黄色野花。天际，高耸的群山隐约可见，犹如一张褪色的银版照片。即使在明媚的春日阳光下，空气仍然凛冽清新，仿佛沾上了西部冰川的寒气。

未来城在这里建了一幢楼。但这楼和伊利诺伊的双塔完全不一样，就是一座矮而宽的掩体，建在一幢铁皮顶的木制小楼旁。掩体旁还有一座高高的钢塔，上面装着某种伊丽莎白称作“微波中继器”的东西。除此之外，这儿还有一条柏油路，几百码长，但是尽头却什么都没有——伊丽莎白说这是一条飞机跑道。但是到底有没有飞机从这里起飞降落过呢？她要么是不知道，要么干脆就是不肯说。坎普让杰西和伊丽莎白去掩体里的某个房间读取任务相关的档案——里面大部分的信息都是关于坎普女儿的。但是，拆除仪器发出的巨大噪音让人难以集中注意力，伊丽莎白建议他俩拿着资料去屋外找一个安静的地方，砂岩山头上一块长着绿草的小丘看起来正合适。

杰西读了又读，过了快一个钟头，终于不得不向伊丽莎白坦白，资料里有太多他不理解的地方。

“这样啊，”她说，“其实没什么特别复杂的。梅西·赛蕾菲娜·坎普，二十八岁，坎普和他第三任妻子的女儿……”

“这么说，坎普离过好几次婚？”

“有钱人、结了几次婚、花瓶妻子……非常老套的故事了。他一共有五个孩子，梅西是他最近一次婚姻的独女。虽然资料里没有说，但是我在《人物》杂志上读过，他一向很宠这个女儿。一路上的都是贵族学校，从斯坦福退学之前，她读的是医科。聪明、擅长运动、爱读书。从青少年时期起，非常热衷于政治。参加过多次左翼示威游行，还曾经在加拿大待了一个多月，利用自己的家族名声和知名度为某个原住民保护运动摇旗呐喊。”

“原住民？”

“印第安人。总的来说，她非常理想主义，和那些不在爱马仕和颇特女士购物的人站在一条战线。换句话说，她是和普通人站在一起的叛逆贵族。你听得出来故事会怎么发展吗？”

“她成为改革者，也许是为了惹父亲生气？”

“也许。很明显他们之间闹翻了。但这倒不能说明她不是真心实意地向往改革。”

杰西点点头。

“为了我们的任务，”伊丽莎白说，“记住重点——她热衷于政治运动，使得她和某个叫作西奥·斯特隆伯格的人有了联系。”

“他是荷兰人？”

“出生在克利夫兰，所以说肯定不是。”

“这个西奥很可能是布朗维信件的始作俑者？”

“关于这个，资料里有一个附录……”

“我没读到那儿。”

“西奥·斯特隆伯格年近四十，一直活跃于各种政治运动。他有一个政治科学的学位，在加利福尼亚的某个社区大学里教过书。他写过一本叫作《新霸权主义》的书，发起过关于竞选财务法律法规的草根政治运动，因为公民抗命多次被捕。说实话，算是挺有胆识的一个家伙，除了学术左派还有自己的一群追随者。也许有点儿救世主情结，但倒不是一个完完全全的冒牌货。你跟得上吗？”

“多多少少……”

“几年前，西奥·斯特隆伯格和奥古斯特·坎普有了交集。在坎普开始卖未来城门票之前，西奥就一直反对将镜子的科技转让给私人企业，而且，他可不仅仅是上街游行或者写篇义愤填膺的博客。坎普的第一家镜子度假村开业后，西奥曾经试图偷渡过去。”

“他失败了？”

“他成功地穿过了镜子，但是还没离开未来城就被抓住了。未来城以未经许可擅闯侵权和危害他人安全的罪名告了他，西奥被判了缓刑。等到坎普的第二家度假村——也就是我们的未来城一开业，西奥又故伎重演。”

“但是第二次开业，安全工作应该会更加谨慎，不是吗？”

“是的，但是西奥也不笨，而且他也有有钱的支持者。他乔装为背景清白的付费游客通过镜子来到了未来城，和梅西·赛蕾菲娜·坎普一起。”

“他们一起过来的？”

“梅西辍学后就和西奥·斯特隆伯格有着零零星星的联系。他们之间的关系时断时续，而且也许不仅仅是柏拉图式的。”

“坎普知道这件事多久了？”

“资料里没说。但是坎普已经快有十年没跟梅西通过话了，因此有一阵没联系也不奇怪。而且直到最近才有人发现西奥·斯特隆伯格潜逃在镜子的这一边。我猜，枪支走私案里的某些证据也许指向了西奥和梅西，他们可能多多少少涉及其中。”

杰西点点头：“对坎普来说大概是个打击吧。他叛逆的女儿潜伏在此，想要带她回家却又时日无多。”

“很显然，他觉得梅西在旧金山，而且相信我们可以及时找到她。但是你说得没错，门就要关了，她在错误的一边。”

“你觉得她打算留在这里吗？”

“以她的背景来看，大概不会。但是西奥也许会想留下，而她可能会想和他待在一起。”

“你觉得梅西是因为对西奥·斯特隆伯格有感情才来这里的，还是因为她对父亲的叛逆？”

伊丽莎白犹豫着。杰西猜也许这里面有着某种更深的缘由，某种坎普不愿意透露又没有记录在资料里的缘由，某种连伊丽莎白都不愿公开讨论的缘由。

“她也许有其他的动机，”伊丽莎白最终还是开口说道，“不是所有的理想主义者都是假冒的。”

“我在东部的时候，有个潜逃者告诉我，应该问问坎普这个问题。他说我应该问坎普，究竟是谁发明了镜子，”杰西停了停，但是伊丽莎白却一言不发，“这个问题的答案和梅西的动机有关吗？”

“我不知道，也许有吧。我不应该谈论这个的。”

“是这样啊……”

伊丽莎白站起身，掸了掸裤子上的灰尘：“也许晚点再谈。到时候你也可以告诉我为什么你那么害怕旧金山。”

日过中天，东行列车到站了。杰西和伊丽莎白协助游客们登上回程车，护送他们回到被分配的车厢里。杰西遵照他在未来城学到的规则，悄无声息地从一群紧张的二十一世纪游客间走过。坎普已经向众人宣布了他们必须返回伊利诺伊，并且承诺退款和提供相应的补偿。但是即使这样，气氛还是有些紧张。

“就跟他们直到现在才发现这里不是个巨型主题公园似的。”伊丽莎白说。

“他们来这里不就是为了观光吗？”

“对于其中一些人来说没错。但是大家来这里的原因各有不同，好奇心、炫耀、无聊……谁知道呢！如果有人觉得来1877年是为了经历纯真年代的美国，坎普也绝对不会公开反对。但是一来这里，现实往往会打碎幻想。不管是微小的细节，比方说街上满地的马粪，还是大事情，比方说童工或者致命的结核病和黄热病。说到黄热病，明年你最好离新奥尔良远一点……”

“明年？”

“密西西比河谷死了超过两万人——至少在我们那里事情是这样的。我来之前在维基百科上查过这事儿。”

车站上，穿着橙色背心的铁路工人指挥着客车车厢轰隆隆地换了新车头。东行列车变得更长了，而载着坎普和他的人去旧金山的列车则短了许多。

杰西心里惦记着那座作为车站的掩体，里面的电子设备和仪器已经都拆了出来："镜子关上后，这儿会发生什么？"

"这里的一切都会成为联合太平洋的财产，就像未来城其他的供给线和微波中继站一样。"

"坎普有钱到可以将这一切弃之不顾吗？"

"其实就是一个水泥盒子和一座铁塔而已。况且坎普也不会无偿地把一切交出去，交接时铁路公司会付给他一笔转让费。"

"付金子？我猜。"

"即使在未来，金子也总是有用的。"

"不像假币。"

"唔，也许那才是未来城真正的生意模式，"伊丽莎白说，"点纸成金。"

日落时分，载满游客的列车离站了，一时间搅起一阵黄土。坎普下令所有和他一起西行的员工必须在火车蒸汽机预热成功后尽快上车。空气里凉意渐起，繁星缓缓点亮夜空，杰西跟着伊丽莎白一起回到列车上。

第二天，当列车缓缓驶过西部荒野时，杰西决定告诉伊丽莎白关于杀手罗斯科·坎蒂的事。

还好他们有的是时间。奥古斯特·坎普一头扎进了他的私人车厢，表面上埋头工作，但是杰西猜他正在努力给身体灌满酒精，企图让失去女儿这一可能性变得多少可以忍受。表面看来，坎普绝对不是沉溺酒精的那种人，但他其实是个小心又狡猾的酒徒——杰西心想，就像父亲一样。

“你爸爸是个酒鬼？”伊丽莎白问道。

空空荡荡的乘客车厢里，他们坐在原本仅供付费客人使用的软绵绵的椅子上。窗外，洪堡早已让道于阿卡利沙漠，又逐渐变成内达华山脉——深深的峡谷和隧道时不时地将列车沉入深邃的暗影，湖水则将阳光锁在蔚蓝之镜中。

杰西思考着眼前的一切以及未来所蕴含的意味，开口说道：“父亲是个复杂的人。他个子大，如果需要的话，他也是个斗士。但他又是个文化人，教我认字读书，还督促我反复练习。没错，他确实喜欢喝酒。他一直努力不让酒精削弱他的身体，但是日积月累地饮酒确实逐渐消耗了他，直到他最后一次遭遇罗斯科·坎蒂……”

“跟我说说罗斯科·坎蒂的事……”伊丽莎白说。

“他是个……罪犯。”

“具体说来呢？”

“从某种程度上来说，坎蒂并没有什么特别不寻常的。没人确切知道他到底从哪里来，但可以确定的是，他嘴上还没长毛就在砂矿里工作了。干这种营生，只有两条路可以选——祈祷好运或者遵循弱肉强食的游戏规则。罗斯科选择了第二条路，而且他也颇擅此道。一出道，大家就对他敬畏三分，因为他生来就天不怕地不怕，刀不离身，又笼络了一帮追随他的党羽。二十五岁时，罗斯科在普莱瑟维尔坐拥两座液压矿——由于某些令人生疑的原因，这两座矿的前矿主不得不将它们拱手让于罗斯科。但是坐等收钱可满足不了罗斯科日益膨胀的野心。于是，他带着令人生畏的名声和充实的银行账户来到了旧金山。通常来说，他这样的人会在赌场上或者酒杯里一掷千金，但是罗斯科没有——至少没有沉溺。他真正想要的并不是金钱，而是金钱为他带来的影响力。他常说，想让傻瓜为你跳舞，金钱可比手枪有用得多，”杰西抿了一口那瓶写着“冰露”字样的纯净水，“你们那儿有这种人吗？”

“你是说有暴力倾向的自恋狂魔？哈，当然有。”

“你们是怎么处理这种人的？”

“要是他们太过火，就把他们关起来。”

“我完全同意罗斯科·坎蒂应该被关起来。要是他生在纽约或者波士顿，也许早就被关起来了——或者当选市长——但是旧金山不是那种地方。旧金山本来就是个无法无天的城市。”

“狂野边疆，淘金小镇。没错，我了解。”

“在旧金山，只要你能全身而退，不被抓住，那就不算犯法。罗斯科·坎蒂很快就意识到，他那下三滥的做法虽然不受爱看歌剧的上流人士待见，但除此之外他到哪里都可以作威作福。他用现金铺路，买下很多妓院，很快杰克逊路上一大半的窑子和鸡窝要么归了罗斯科所有，要么不得不定期向他进贡。他一路可是树敌无数。对于敌人，罗斯科可谓不择手段。被他打败的仇家最终都现身田德隆的后巷——喉咙被割开，舌头从喉咙的开口里拉出来。”

“西西里领带。”伊丽莎白表情扭曲。

“罗斯科不是西西里人。传说他的父亲是波兰人，四九年随着淘金潮来到加利福尼亚，是个瘸子。”

“我是指你说的那种死法。”

杰西望向窗外，火车在绵延的山道上盘旋驶过，下方狭窄的山谷布满黄松和土褐色的灌木，头顶上的天空蓝得像玻璃釉一般。“赵夫人向杜邦街上的中华会馆交保护费。那可不是欺诈，他们提供真正的保护，保护我们不受罗斯科·坎蒂的威胁。”

“那不是你爸爸的工作吗？”

“罗斯科才不怕他呢。父亲可以随时把毛手毛脚的水手摔出门去，但他只有一个人。罗斯科对六大堂口多少有些顾忌。他大肆收购窑子，堂口一注意到就派了个人到赵夫人那儿看场子。那人名叫刘松理，比我大不了几岁，却已经是个有经验的‘斧头仔’了。”

“斧头仔？”

“堂口的打手，武将。你可明白？松理总是随身携带一把锯短了手柄的斧头，藏在中式长衫的袖子里——虽然他对美国人的穿着打扮一点也不陌生。罗斯科·坎蒂对松理这样的杜邦街杀手有所敬畏，因为他自己也是杀手一名。松理所在的堂口隶属三邑公所，是月和会的一部分。他们的势力范围在杜邦街和杰克逊，主要经营些小赌馆、鸦片馆，还有一家不错的中华戏院。只要月和会罩着我们，罗斯科就不敢怎么样。”

“那到底是哪里出了问题呢？”

“是这样，赵夫人可不是一般的妓院老鸨。在旧金山的中国人里，女男比例大概连一比十都不到，而女人又大多是奴隶。但赵夫人不一样。来加利福尼亚之前，赵夫人靠一路奋斗跨越了大半个世界——至少她是这么告诉别人的。她和那些堂会里的广东男人并非来自同一个地方，她说的中国话要文雅很多。赵夫人妓院里的女孩儿大多是混血，而顾客大多是白种男人。那些堂会头头对她是又敬畏又不屑，赵夫人对他们也一样。因此，罗斯科每次找麻烦，月和会保护费的价码就水涨船高，而赵夫人可不会默默接受。从堂会的角度来看，即使赵夫人一声不吭全额付款，这也不是什么好生意——再怎么恨罗斯科·坎蒂，惹上一个白种男人总是有风险的，尤其是像罗斯科这样的白种男人。因此，罗斯科最终意识到，最简单的办法就是和三邑达成一致。”

“你们完全没想到这个可能性吗？”

“可能性一直都在。刘松理警告过我们，但这唯一的警告来得太晚了。”

即使在明亮的天光下，讲述后来的事情还是异常困难。杰西知道，面对伊丽莎白，自己是无论如何都开不了口的。他转身看着窗外，视线停留在远方分隔天地的白日之上。

“事情发生的时候，我人在中国城。那是一个星期四的晚上——热，零星下了几点雨，将将沾湿街面和领口。夜晚我大多在赵夫人那里和父亲一起工作。我的块头已经和他一样大了，差不多和他一样强壮，而且我速度更快，但是也许没有他那么能威慑人。那晚生意清淡，因此赵夫人让我去三邑的鸦片馆为店里的鸦片付钱。”

“所以那不只是妓院，也是个鸦片馆？”

“来赵夫人店里的白人相信，没有鸦片就不是正宗的中国窑子。但是严格地说，我们不是鸦片‘馆’：要是有顾客坚持要抽上一点儿，我们不介意卖给他。很多店里的女孩儿也喜欢时不时地吸上一点儿，让她们工作时稍微好受些。另外每天关门之后，赵夫人也不介意吸一点儿。”

“但是你没有？”

“我相信洁身自好是一种武器。它让我面对敌人时更有优势。我不沾染这些不是因为什么道德原因，我这么做就跟随身携带手枪一样。”

“是这样啊。”伊丽莎白说。

“那晚，我正在回赵夫人店里的路上，刘松理从一条侧巷里探出身，把我拉过去。他的衣服上沾满了血。有些血是他的——他的脸上被划了好几刀，袖子也被划开好几个口子——但是大部分的血应该是别人的。他紧张得几乎说不出话来，不断地哀求我不要回赵夫人那里去。松理的英文很好，但此时却是中英夹杂，眼睛也跟发了疯的狗一样转个不停。‘罗斯科的人……’他说，‘人太多了！’他实在是太紧张了，变得言不达意，我只得不断追问——我父亲怎么样了？菲比怎么样了？松理告诉我：‘我和你父亲一起，我们杀了几个人。但是人太多了！他还在那儿！菲比也在！’”

杰西感到一只手搭在了他的肩膀上，那是伊丽莎白的手。她正试图安慰他。杰西心生感激，但是知道一旦屈服于这温情就再也讲不下去了。窗外，一只秃鹫在山谷之上盘旋，宛如狂乱的思绪。

“我离开他，向赵夫人那里跑去。大门已经被坎蒂的人团团围住了。都是白人，从矿里一路跟随坎蒂至此。他们和杀手一样全副武装，手持切肉刀，腰上别着手枪。楼上窗户里飘出滚滚浓烟——是一个女孩儿的房间——烧焦的烟灰味一路传到外面来。我没法避开坎蒂的人从大门进去，只能找小路。我沿着侧巷里的一条水管爬上楼，穿过一家商店的屋顶，从阁楼的窗户爬了进去。首先经过的是赵夫人的房间。她已经死了，喉咙被割了开来。我对流血并不陌生，但是我从来没见过这么多的血！很明显，这是仇杀——报复我们所有的人，因为我们挡了坎蒂的道。

“我的袖子里藏了一把布伊刀——这是松理教我的。我不是‘斧头仔'，但也懂得不要空手出门的道理。除此之外，我还有一把带皮质刀鞘的短刀，藏在胯上的暗袋里。但这就是我所有的武器了，连对抗一小撮坎蒂的人都不够，好在这时大部分的杀手都在楼下。我忍无可忍，朝着菲比的房间走过去。菲比在转角的房间也是父亲收藏私人物品的地方，里面放着他的书和一些纪念品，包括他的《吉本斯》和《天路历程》。我经过几个房间，房门开着。其中的好几个房间里女孩儿都在——全死了，而且死得很惨。我目不转睛地看着，因为我根本就停不下来，虽然此时我想帮也帮不上她们什么了。

“父亲的房门开着，我听到里面有人在。我试图轻手轻脚地慢慢靠近，但事实上，我正像溺水一样疯狂地大声喘气。我探头看了看，一下就无处遁身。坎蒂在那儿，他像摔跤手一样牢牢地抓住父亲，他的割脂刀紧紧地贴在父亲的喉咙上。两人直直地朝我看过来。

“世界一下子变得悄无声息。我看见父亲的眼睛向左边瞟了过去。我知道他一定是吓坏了，但他不是那种会在紧要关头惊慌失措无所适从的人。他在试着告诉我什么。

“坎蒂说：‘小孩儿，你不如进来好了，反正你也跑不掉。’

“我走进门。坎蒂的一身打扮荒唐透了，那绿得像甲虫翅膀一样的背心、学生帽和一身紧得过分的燕尾服都是他的最爱。他浑身是血，满脸的血迹像鲜红的雀斑点点。他意识到我是父亲的儿子，咧嘴笑了起来。

“我意识到父亲正在用眼睛暗示我注意房间角落里的衣橱。我知道不能盯着它看。那衣橱不大，大小像一个竖直摆放的轮船衣箱。每次赵夫人家出事，菲比就会躲在里面。她现在一定就藏在那里，在黑暗里努力不要哭出声来。

“‘你最好把刀放下。’坎蒂对我说。

“那把布伊刀就握在我的右手里。我傻到差点儿将它换到左手去——坎蒂不知道我是左撇子。既然他已经看到了那把刀，它就没什么用了。我用右手慢慢将刀放在地板上。

“‘现在，离它远点儿。’坎蒂说。

“我向一旁挪了两步，靠在房间里唯一另一件真正的家具旁。那是一张写字台，上面有一个抽屉，我知道父亲一般会在抽屉里放一把上了膛的手枪。也许枪还在。

“火从房子的另一头蔓延开来，靠近屋顶的地方浓烟弥漫。我听见自己求坎蒂放开父亲。坎蒂说：‘唔，但我为什么要答应你呢？我到这儿就是来杀他的呀。你看着！’说着，他用那割脂刀划开父亲的喉咙。此时，父亲的目光仍然集中在我身上，死亡的阴影从他的眼中划过。血喷薄而出。坎蒂又补上一刀，隔着父亲的衬衣从肚皮直直划到肋骨下。三粒骨质纽扣滚落在地板上，咔啦啦像骰子一般。一起落下的还有父亲的内脏，他伸出双手，却无法接住纷纷落下的脏器。父亲倒了下来。

“我再也控制不住自己，从口袋里掏出那把小刀，右手将刀举到面前，指向罗斯科·坎蒂。他一脸欢天喜地的样子，目不转睛地盯着那刀，仿佛那是世间最有意思的事情。然后，他就着血染的背心擦了擦血淋淋的割脂刀，笑了起来。‘上呀，小孩儿！’他叫嚣着，‘上啊！来杀我啊！趁着你家老头还热着，杀了我啊！上啊！’”

杰西意识到自己在大叫。还好车厢里没有其他人，只有他和伊丽莎白。伊丽莎白稍稍畏缩了一下，却也没作声。

火车打了个弯儿。太阳光像手指一般一一点拨排排座椅。

“我挥了挥手中的小刀，像是在寻找最佳的攻击角度一样——也许那确实是事实——但是，我的左手藏在身后，酝酿着它自己的主意。当坎蒂终于不耐烦，开始反复催促我时，我的左手已经打开了写字台的抽屉，摸到里面那把枪。

“我不确定枪里到底有没有子弹。但是，没必要白白亮出枪来。我拔出枪时，坎蒂几乎已经压在了我的身上。一按扳机，枪就在我的手里跳了起来。”

伊丽莎白说：“你朝他开了一枪。”

“我打中了他。”

话一出口，杰西感到心中一阵空虚，就跟事情发生时他的感觉一模一样——就像一场单调无趣的反高潮。罗斯科捧着大肚子，尖叫着跌倒在杰西父亲的尸体旁，在地板上滚来滚去。他连心爱的割脂刀也顾不上了，杰西一脚就把那刀从他乱舞的手里踢了出去。

“菲比躲在那衣橱里？”

“是的。”

“她没事吗？”

“不完全，”杰西停顿了一下，“罗斯科的打手们进来时，菲比努力跑开了，但是其中的某个人还是砍了她一刀，也许就是罗斯科本人。她丢了一只眼睛。”

“但是她活了下来？”

“是的，她活了下来。”

“坎蒂呢？”

“那些打手一听到枪响就都冲了上来。我带着菲比从后窗逃走了。火势蔓延得非常快。坎蒂中了一枪又身陷火海，我以为他一定活不成了。”

“但是他活下来了？”

“听说是。”

“你觉得是真的吗？”

“我不清楚他到底是怎么做到的。但是，更奇怪的事情也会发生。”

“那……菲比呢？”

“我希望能够很快再见到她。”话已至此，杰西觉得他对此事以及其他任何话题都已无话可说，但他发现伊丽莎白正瞪着他看。杰西问她：“怎么了？”

“你的手……”

杰西的双手平放在膝盖上。但是他的拳头攒得是那么紧，指甲深陷在皮肉中，鲜血流了出来。

杰西到洗手间里清理了一番。客车车厢的洗手间同样奢华得荒唐。等他回到伊丽莎白身边时已经冷静了下来。

他们起身到餐车用餐。餐车里只有几个人，都是坎普的安全人员。招待杰西和伊丽莎白的是一个本地雇员，本来已经习惯了伺候来自二十一世纪的有钱人，此时却因为即将失去工作而显得惴惴不安。窗外，太阳躲在山峰之后。杰西没觉得饿，于是就要了和伊丽莎白一样的晚餐，牛排、沙拉和啤酒。伊丽莎白说：“你说你不喝酒那事儿……”

“我不是滴酒不沾。但我绝不会傻乎乎地喝到不省人事。”

“你这么说让我感觉好多了。”

“因为我喝啤酒？”

“因为这让你显得更像个人类。”

“否则呢？”

“其实没什么大不了的。唔，你知道这是我们在车上的最后一夜了吗？明早我们就到旧金山了。”

“是啊。”

“去帮忙紧急疏散。另外，一旦我们搞定坎普女儿那件事……”

“……你就要回家了，我知道。我们不用太担心这些。”

“我想也是。”

“我可以问你一件事吗？”

“当然。”

“在你来的地方，有一个像我一样的人。活过，又死去。如果未来城从未出现，那就是我的人生。是这样吗？”

伊丽莎白愣了一下：“说实话，我谷歌过你几次。”

“我不是很清楚那是什么意思。”

“就是查历史资料什么的。但是你的名字从没出现过。”

“没有关于我的记录吗？”

“没有。我很抱歉，杰西。我想你一定觉得怪怪的。”

“你有心去查已经让我感到很荣幸了！我不会因为没有留下记录而觉得可惜。许多比我更加高尚的人活过又死去，却从未被人注意。能够成为他们其中的一员并不是什么坏事。”

侍者将他们的沙拉端上来。杰西说：“我还有一个问题。”

“尽管问。”

“我问过一次，那是关于镜子和发明人的问题。”

“啊，好吧，”伊丽莎白说，“坎普不喜欢我们谈论这个，但是我想我俩之间的关系早就超越那些条条框框了。杰西，这个问题并不简单。

首先有官方的说法，然后是事实真相，最后还有与此相关的阴谋论。”

“告诉我事实真相。”

“我也想，可是我也不知道到底什么是真的。”

“那官方的说法是什么？谁又是这里的官方？”

“官方的说法是，镜子的科技诞生于一个叫作‘达帕’的研究计划。达帕是一个为军方做前沿科学研究的机构。据说达帕在研究超高能激光时偶然发现了某种被书呆子们称作‘本体论希尔伯特空间中的物质转化’的方法论。对于这个我和你一样一窍不通。简单来说，他们发现了某种奇怪的新物理，但是很可惜却不能在实际运用中将其武器化。因此，他们将这方法论的核心拿出来，供民间研究和潜在商业化使用。目前为止，唯一成功将其商业化并且盈利的只有奥古斯特·坎普。坎普的人发明了将希尔伯特转化规模化的技术并申请了专利，这技术让他们能够将来自我们宇宙的大型物体传输到类似我们过去的宇宙里。”

“所谓的镜子。”

“没错。”

“但不是所有人都接受这个说法？”

“唔，即使以二十一世纪的眼光来看，镜子也很奇怪。它不是火箭。火箭非常容易理解——即使是登月火箭，也不过是国庆节烟火的放大版罢了。但是镜子到底是什么？旅行到某个过去，却又不是我们真正的过去？前所未闻！因此，许多另类理论纷纷诞生，大部分都有外星人或者魔鬼参与。但其中的一个理论引起了很多注意。它是这么说的：‘9·11’过后不久……你知道‘9·11’吗？”

“极端主义者攻击纽约。”杰西根据他从游客口中听到的多多少少推断了出来。

“‘9·11’之后，国家安全局和本地的种种安全机构都纷纷加紧盘查有可疑证件和旅行历史的人。据说，两个没有固定住址的家伙被几个机构同时亮了红灯，带进来问话。结果发现他俩并不完全是人类！他们差不多只有五英尺高，身份证件全是假的，在审问中什么都不说——某些传言还说他们即使被折磨逼供也不吭声。调查人员根据他们的行踪一路追查到他们的住处，却在地下室里发现了一样更奇怪的东西——某个版本的镜子！据说达帕受命对此科技进行逆向工程，简单地说就是把它拆开来，研究它到底是什么，工作原理又如何。真是奇迹！这次他们大获成功。你听得出这个故事的指向不？”

杰西说：“你是说，来自你们某个版本的未来的人去了你们那里。他们的人被拘留了，而他们的镜子则被扣押下来。”

“啊哈！”

“你觉得这里面有事实的成分吗？”

“也许没有，但谁知道呢？对这个故事的某些传言说，未来来客在扣押中死了。另一些传言说，他们被关在政府的秘密机构里——51区什么的。就像大多数阴谋论一样，没有太多的证据可以证明什么。最实际的佐证来自某份国防部的高级别机密档案，掺杂在几年前某个举报人泄露出来的一叠文件里。档案里的用语非常含糊，它谈的也许只是普通的恐怖分子，而不是某个来自遥远希尔伯特空间的后人类矮人。”

“所以说那个故事从来没得到完全肯定，也没被完全否认？”

“至少据我所知如此。”

“那为什么有个潜逃者让我问奥古斯特·坎普到底是谁发明了镜子呢？”

“我猜也许就是整你吧，或者就是想整一整坎普。你说的这个潜逃者，他有什么政治企图吗？”

“他打算阻止某个名叫希特勒的男人出生。”

“上帝啊！那么他确实有政治企图。就像我们那儿大多数的反镜子运动参与者一样，这些有政治意图的潜逃者大多对阴谋论非常上心。他们认为，坎普知道事实真相，却选择默不作声，同时榨取镜子科技为自己的利益服务。”

“那个旧金山的潜逃者——西奥·斯特隆伯格——他同意这种想法吗？”

“他希望能被人重视，因此试图远离那些特别疯狂的理论，但是他并没有完全否定这一切。”

“那梅西·坎普呢？”

“她是记录在案的相信者。”

晚餐过后，杰西跟着伊丽莎白回到她的房间。这是他们在火车上的最后一晚，杰西想，也许该谈一谈在旧金山可能遇到的危险。但是门一关，伊丽莎白就将手指放在嘴唇上：“说得够多了。我现在只要音乐。你带着那个我给你的 iPod 吗？”

杰西把 iPod 从他的工具包里拿出来。伊丽莎白用一根导线将它和墙上的一个插口连在一起。杰西说：“这里有音箱吗？”

“在天花板里。”

“你来的地方所有的火车都这么豪华吗？”

“才不是呢。我们今晚过的可是前百分之一的人的生活。”

击鼓声。伊丽莎白调高了音量。杰西惊叹道：“这是来自你们年代的音乐！”

“来自我的年代之前。我有个在新罕布什尔教流行音乐理论与历史的叔叔，人特别酷。我年轻的时候他经常给我寄 CD 和下载的音乐，因此我听各种各样的东西。”

“我们听的这个音乐，你喜欢吗？”

她解开衬衫的扣子：“这可是经典。亨德里克斯，《轴：像爱一样勇敢》。”

“好大声！”

“本应如此。”

“昼？像爱一样勇敢？”

“‘轴’。”

“爱很勇敢吗？”

“我不知道。也许吧。闭嘴脱掉衣服，我们来看一看它到底勇不勇敢。”

第三部
未来锁城

12

杰西正睡得香甜。

一阵急切的敲门声，杰西醒了过来。

仿佛已经沉睡了几个月一般，杰西过了好一会儿才回过神来。火车一动不动。“一定是到站了，”他想，“那这儿应该就是奥克兰长码头了。”窗外的风景平实无奇，只有缠绕在一起的电报线、某种醋酿苦酒的广告牌，以及灰暗平淡的天空。但是，某种动物般的直觉告诉杰西，他到家了，或者说至少离家很近了——就在旧金山湾旁，一趟渡轮就能回到市场街。

杰西心里一紧。

伊丽莎白在他身边醒来，起身问道：“发生什么事了？”敲门声越来越急。杰西刚刚将短裤穿上，门就飞一样地被推开了。门外过道上站着奥古斯特·坎普，一脸的不耐烦。他将手里的报纸扔在杰西的脚下：“这下我们都玩儿完了！”

坎普的行为真是让人忍无可忍！他怎么能不等女士穿着完毕就这么闯进来！杰西真想一把将坎普扔出去，还好伊丽莎白及时按住了他的肩膀。他强忍着怒火，将报纸捡了起来。是昨天的《观察家报》。“出什么事啦？”

“边读边哭吧。你们俩在一块儿正好。八点在火车站咖啡厅开会。杰西，之后我还有事找你。”

四年前，未来城的建筑师重建了这一侧的火车站，将它变成一个由玻璃天窗和霓虹灯森林构成的闪闪发光的拱廊。往常，未来城火车一到站，这里就挤满了来自二十一世纪的游客。今天这儿却像一座鬼城，没几个人，只有稀稀拉拉的几个未来城雇员和几十个跟着坎普一起过来的安全人员。杰西在咖啡厅里的一张空桌旁坐下，翻起坎普丢给他的那叠报纸。让坎普大动肝火的那则新闻报道就在报纸的头版，标题写着“大量未来枪械遭缴获”。杰西仔细地读完，把报纸递给伊丽莎白。

她满脸不快地扫了一眼那专栏 ：“写的是在水牛城发现的那批格洛克？”

“那是其中的一部分，还有其他的。”

“从哪儿？”

“唔，邮局发现了寄给内兹珀斯的约瑟夫酋长的包裹里藏着未来自动手枪。内兹珀斯人最近本来就躁动不安——他们很快就要被从爱达荷州的保留地迁走了，但是他们并不想放弃部落的领地。在你来的地方，这事儿最后是如何收场的？”

“我不知道。我对历史懂得不多，但我猜最后大概没有什么好下场。”

“包裹里只有一把格洛克，外加一弹夹的子弹。但是据说里面还有一封信，警告内兹珀斯人他们会在克里尔沃特河附近的营地里遭到攻击。[1]”

“就像那些写给布朗维的信一样？”

---

1 内兹珀斯人是北美的一支原住民部落。约瑟夫酋长（1840.03.03－1904.09.21）原名山雷（Hinmatóowyalahtq'it），是内兹珀斯人瓦洛厄群体的首领。文中信件里提到的事件暗指内兹珀斯战争，参见前文注释5。

“有人说，那信是出于同一个人之手。一把手枪没什么大不了的，但是那警告信可能会给内兹珀斯人制造真正的优势。你觉得这听起来像是西奥·斯特隆伯格的所作所为吗？”

“在我们那儿，强迫一群原住民集体从保留地迁出是违背人权的。因此，确实有可能。那除此之外呢？”

“这还不到一半呢。一把类似的枪支从路易斯安那州卡多县的一群黑人共和党手里缴获。枪里没有子弹，也没开过火，但是国会打算借此弄出个丑闻来。没人知道那把枪是不是随信而来，因为所有涉案的黑人没等接受审问就都被私刑绞死了。”

“上帝啊！”伊丽莎白惊呼道。

“除此之外，还有劳工纠纷。自从巴尔的摩和俄亥俄实行减薪后，铁路工人就一直有所不满。坎伯兰线已经好几天没开了。马里兰州的州长叫来了国民警卫军，军队在巴尔的摩受到攻击。据某些消息来源说，又有一把未来手枪牵涉其中。事实真相并不清楚，但是政客纷纷指责未来城对此负有责任。有流言说他们想发通告拘捕奥古斯特·坎普，但是没人清楚到底谁有权这么做。”

仿佛听到了自己的名字似的，坎普出现在餐厅里。他踏上咖啡厅的一张长椅向众人发话。杰西和伊丽莎白趁势挤进坎普面前的人群里。他首先简短地讲述了目前的情况，和杰西从《观察家报》上读到的差不多。“目前我们没有迫在眉睫的危险，”坎普说，“但是情况只会变得越来越糟，而且情势可能会发展极快。我们的纽约分部在两天前接到了疏散撤退的命令——密西西比以东的所有职员都已经回到未来城，或者在回城的路上了——但是在旧金山我们还有身处险境的工作人员。护送他们安全回城是现在最高的优先级。”

从旧金山到奥克兰最直接的方式是水路，要么乘坐定时出发的渡轮，要么搭乘未来城的专用蒸汽渡轮“未来号”。一般来说，游客们坐渡轮进入旧金山，会住在海狼角公路旁的未来城宾馆里。昨天，那里所有的游客都已经被疏散了。但是未来城还有些员工驻守在弗森街的码头上，他们需要在周三早晨前到达奥克兰站，因为坎普说了“那是最后一班回程火车”。

两天的时间！在这么短的时间里找到并救出坎普的女儿，简直是不可能完成的任务！杰西看了看伊丽莎白，她正满脸震惊地摇着头。

坎普给安全小队的各个小组分派了任务，宣布会议结束。人群解散后，他来到杰西面前说道：“我在东边走廊一角的一个多功能室设了临时办公室。你跟我来。”

伊丽莎白说：“坎普先生，我……”

“不，你不用。只是杰西。你可以在这里等我们。用不了多久。”

杰西跟着坎普走进那临时办公室，里面空空荡荡，只摆着一张桌子和一把椅子。桌椅均为二十一世纪造，不带装饰，完全是粗暴的功能性物件。两个男人都没坐下。坎普开口道：“杰西，你领未来城的薪水已经有四年多了，是吗？”

“差不多。”杰西说道。

“你很清楚你的工作合同就快到期了？”

“是的，先生，很显然是这样。”

“一直以来，我们给你的薪酬都很丰厚，不是吗？”

“是的。”

“你也存了些钱？当我们关闭镜子时，你不会就此一文不名，是不是？”

“我想我应该没什么问题。”

“你的合同明确规定了如果你能够为未来城工作至期满，未来城将付给你一笔遣散费。你担心会拿不到这笔钱吗？”

说实话，杰西完全没想过这一点。有鉴于最近未来城金融欺诈的传闻，杰西想也许自己确实应该考虑一下。他对坎普说：“你一向说话算话。”

“我派你和伊丽莎白去旧金山找我的女儿。目前，这是你唯一的任务。我知道伊丽莎白不会有什么问题。她是一个忠诚的雇员，也想在回家后拿到属于她的奖金。我对她想要什么确信无疑，因此可以相信她。但你则是另外一回事。这儿是你的家。而现在被认出是未来城的雇员可是一件危险的事。因此，你可能会想，离开岂不更容易？尤其考虑到目前沙地上的麻烦……”

沙地是市政大厅门外的一片没整过的地。找麻烦的人经常在那儿聚集，煽动是非。杰西问道：“沙地上有什么麻烦吗？”

“昨晚，那儿举行了一次大型集会。一群操蛋的流氓拿着火把和木叉一直走到了中国城前。今晚或者明天情况可能会更糟。”

“几个科尔尼的人[1]可吓不倒我。”

“我相信你，杰西，这也是为什么我选择你来执行这次任务。但是，人类天性如此……因此，我想给你看这个。”坎普拉开抽屉，从中掏出一个系带皮包，松开带子，露出里面闪闪发光的钱币——大多

1 丹尼斯·科尔尼（Denis Kearney，1847－1907）是美国加利福尼亚州19世纪末的工党领导人之一，以针对华人移民的排外主义和种族歧视言论而出名。

带着鹰或者双鹰的标志。“金子，”坎普说，“不是支票，不是银行账票。这就是你的遣散费，杰西。如果你带梅西回来，这就都是你的了。清楚吗？”

杰西看了看坎普，又看了看那包，想着自己到底是被贿赂了还是被侮辱了，大概是两者兼而有之：“完全了解。”

“很好！我要你记得一清二楚，追踪潜逃者的规则变了。找到梅西，带她回家，自愿或者不自愿都行。我不在乎你是不是违法，或者需不需要伤害什么人。我要的是她平安无事地登上最后一列回未来城的火车。你能做到吗？”

“那西奥·斯特隆伯格呢？按规矩，我需要向他提供回程机会。”

“我在乎个屁。我哪点说得不清楚了？去他妈的规矩！规矩是用来保护付费顾客的！规矩不是用来保护那个该死的斯特隆伯格的！”

沉默。杰西隐约听到一阵滴答声。那大概是来自坎普的腕表。就像皮包里的双鹰一样，坎普的腕表大概也是金子做的。“我了解了。”杰西说。

“那就好。我们互相了解就好。这样的话，我们这就去给你找身衣服。没时间可以浪费了。”

一小时后，杰西登上未来号渡轮，坐在伊丽莎白身旁。他盯着船尾的水浪，渡轮缓缓驶离奥克兰渡口。

坎普给他发了一个印花布的旅行包，里面装着两把格洛克、子弹、一对泰瑟电击枪、无线电，以及一批光电手榴弹——看样子坎普是觉得西奥会跟他们搏上一搏。穿着未来城新发的裤子和棉衬衣——全身上下都太新、太一尘不染了——杰西不禁觉得自己分外扎眼。伊丽莎白扯了扯用尼龙扣扣上的日裙，大概是因为那裙子对她来说实在是太贴身了吧。她转身问杰西："这一身有没有让我的屁股看起来特别肥啊？"

"没有。"

她笑了起来："我开玩笑啦。抱歉！"

"是吗？我看过那些游客留下的杂志。未来的女人们看起来瘦得像得了结核病的骡子一样。"

"那些是时尚模特。"

"你不像她们。"

"呃，是吧。"

"你要丰盈……圆润很多。"

"好啦，谢谢你。抱歉我多嘴啦。"

太阳明晃晃的。春日的风踢着水面，激起波涛重重。未来号拉响了号角，汇入众多船舶组成的河流——其中大多数是载满了旅客和货物的渡轮或者货船，但未来号上的乘客只有杰西、伊丽莎白以及屈指可数的几个未来城本地雇员，他们此行的目的是去旧金山的几个据点将剩下的未来城员工顺利地送上归程。伊丽莎白变得有些紧张。渡轮穿过飘向山峰的阵阵煤烟，她用力抓紧了帽子，又回过身来问杰西："你觉得能成吗？我是说，我们能找到梅西吗？"

"找到她大概没什么问题。但是在最后一班火车离开前找到就是另一回事了。"

"你知道怎么开始吗？我完全没头绪。"

"我有几个主意。"杰西说。

伊丽莎白陷入一阵沉默，直到一条座头鲸在渡轮的右舷边浮出水面，一股短暂的兴奋跃上她的脸庞。大概在她的世界里，鲸鱼同野牛和北美旅鸽一样罕见吧！杰西从包里摸出伊丽莎白给他的 iPod，戴上耳机，回忆着怎么命令这机器播放音乐。他想听《轴:像爱一样勇敢》，传到耳中的却是《电气女士》——来自同一个作曲家的一套完全不同的音乐。未来号缓缓地停靠在弗森街岸边，一曲《重交通穿镇而过》在耳中辗过，宛如蒸汽引擎和钢桶的和鸣。这沙哑而奇异的音乐与码头上的繁忙景象融合在一起，竟有种浑然天成的感觉。然而杰西还是小心翼翼地摘下耳机收了起来，以免被任何本地人看到。

上了岸，一个看起来有些慌张的未来城雇员带着他们穿过繁忙的码头来到大街上。一辆双人马车已经在那儿等着他们了。杰西接过缰绳，不一会儿，他俩就身陷马车与手拉车的洪流之中。伊丽莎白问道：“杰西，我们这是去哪儿？”

“加利福尼亚街诺布山。”

“那是哪儿？”

“我妹妹住的地方。”

“我们去见你妹妹？”

“是的。”

“你知道我们在赶时间是吧？”

“我知道。”

“这么说你妹妹能帮我们找到西奥和梅西？”

“她也许能，”杰西说，“以某种方式。”

13

伊丽莎白觉得，以她对杰西的了解，他这么做一定有自己的道理。但是她也知道，杰西在自觉时机成熟之前，是不会多做解释的。因此，她尽量让自己放松，什么都不想。一路上，拉车的老马兴致高昂地连声放着响屁，小车仿佛是松松垮垮地拼凑而成，痛苦地沿着陡坡前行。一路上的建筑倒是很有看头，到处都是奇怪的老式旧金山建筑，尤其是在他们离开随地乱吐烟叶的下三流街区进入诺布山的上流社区以后——到处都是各种带石制角楼、尖塔、瞭望台和山墙屋檐的宽敞大宅。这里大概会是建筑学学生的天堂吧！伊丽莎白有些迷惑，杰西那个从小在妓院里长大的妹妹是怎么住进这个有钱人的社区里的？

杰西一边哼着某个版本的亨德里克斯《重交通穿镇而过》，一边将马车停在这些石制奇观中的一座旁边。伊丽莎白非常惊讶，杰西竟然十分喜爱亨德里克斯？她原先还觉得他会喜欢西部或者乡村音乐呢——比方说经典的迪伦——但是他的音乐品味显然充满冒险精神！伊丽莎白暗自庆幸自己为杰西下载的音乐足够多元化。谁知道呢？没准他会喜欢肯伊·威斯特或者泰勒·斯威夫特！可惜自己是看不到了。明天或者后天就是他们在一起的最后一天了。

她不喜欢想这些。原因之一在于这让她意识到自己的处境是多么危险。她将是离开坎普的 1877 年的最后一批人。不管这次任务结果是好是坏，她老是觉得自己仿佛身处火场，不到最后一刻不能离开。回家的路是那么的长，沿途是大山、沙漠和恶民，充满艰难险阻。在那个家里，嘉贝莉耶尔正在等着她，或者正在慢慢地忘记她。

她想起在军队时教官教过她的——一步一个脚印。也就是说，别一下子想太多，专注于面前的挑战，让别人来担心战略问题。这样也好，目前她的问题是梅西·坎普。但也许其实是杰西，以及他那个去拜访旧金山亲戚而不是立刻开始搜索的决定？

杰西开口说道："菲比住在这儿。她和一个叫作郝瑟的女人一起住在这里——阿碧盖尔·郝瑟。我提过她吗？"

"很显然，没有。"

"阿碧是我父亲的妹妹，我的姑姑。"

"你有个有钱的姑姑？"

"阿碧姑姑是个寡妇。她的先夫郝瑟先生是郝瑟施密特奥戴特公司的合伙人之一，一家在瓦肖山谷的矿业公司。他出事时正在弗吉尼亚城周边的一个矿井里视察工作，一根蒸汽管道爆炸，他被烫伤致死。那是 1868 年。阿碧姑姑继承了他的遗产，但大部分都在七三年的经济危机中消失无踪了。她还是这座大屋的所有人，也一直努力地撑着这个门面。但事实上，她比田德隆的人富裕不了多少。父亲死后，我带着菲比来投靠她。"

"我不想多管闲事，但是如果你爸爸有有钱的亲戚，他怎么会沦落到在妓院里做保安呢？"

"那时候，父亲和阿碧姑姑之间几乎互不通话。但是每隔一阵子，他会送我们来这里住上一段时间，有时甚至长达一个月。这大概是他在用自己的方式告诉我们，生活不仅仅是困苦艰难吧。阿碧姑姑也努力给我们提供受教育的机会，对此当时的我并不懂得感激。但是她有个很大的图书馆，我一直很喜欢。"

"我猜这是你的语法要比其他本地雇员好上不少的原因吧。你确实不像是在贫民窟里长大的孩子。”

“父亲从没有轻视对我们的教育。我们从小到大受的教育算是不错了。”

“我绝对没有看不起人的意思！”

“阿碧盖尔·郝瑟是个信基督教的女人。为人有点儿顽固，但是思想算是开明，心也不坏，有自己的原则。我告诉过她一点儿关于你的事——你可别把她吓坏了。”

杰西将马车驾到大屋前，停了下来。伊丽莎白成功地爬下了车，竟然没让她那一身夸张的大裙子给绊倒。她看着杰西走到门前，举手敲敲门，却猜不透他的心情究竟如何。有时候，要是你抓对时机的话，杰西就是一个真人版的表情符，充满了喜悦或者愤怒。但此时，他的脸上完全是一片空白。他敲了五下门，等了差不多一分钟。伊丽莎白整了整她的遮阳帽，享受着脱离了山下城市腐臭的微风。一个拿着掸子的亚洲女人出现了——那应该不是郝瑟夫人——她打开门，看见杰西一下子就瞪大了眼。

“你好啊，苏怡。”杰西说道。

苏怡脸上的喜悦只持续了一瞬间，立刻转成同等的担忧和惊讶：“杰西，是你！快进来！”她说着，又扫了伊丽莎白一眼，大概是在说“不管你是谁，你也赶快进来吧！”

门厅里又凉快又安静，充足的阳光透过乳白色的玻璃照进来。大厅一旁的侧桌上放着一个水晶花瓶，里面装着切花。苏怡身形小小的，她踏在橡木地板上的脚步声让伊丽莎白想起落在棕榈树叶上的水滴。“我这就去告诉郝瑟夫人你来了。”苏怡应声消失在走道的阴影里。一会儿，杰西的姑姑就从大宅的深处走了出来。

"阿碧姑姑。"杰西说。他显然心情复杂，即使多加掩饰，伊丽莎白还是听出他声音里的微颤，"我很抱歉，没能提前通知您我会过来，来不及寄信过来。"

阿碧盖尔·郝瑟又高又瘦。她穿着一身黑色的丝棉裙，看起来四十多岁的样子——以 1877 年的标准来说不算年轻啦——但是她的眼中充满了某种警醒的活力，伊丽莎白一下子就喜欢上了她。"杰西！"她叫着杰西的名字，抱住他，"真是个惊喜！绝对欢迎！你还带了个朋友来！"

"这是伊丽莎白·德保罗。伊丽莎白，这是我的姑姑，阿碧盖尔·郝瑟。"

"这样啊，"伊丽莎白努力应答着，"呃，真是很高兴见到您。"她想自己一定通不过礼仪测试，但是阿碧姑姑真诚地朝她笑了笑。

"这就是你信里告诉我的那个姑娘啊？"

"是的。"

"德保罗小姐，我可是真的非常高兴见到你呢！一位来自二十一世纪的女人！我都不知道该说些什么……我都有些不知所措呢。"

"不知道该怎么才好的人是我！您可以叫我伊丽莎白。"

"谢谢你，伊丽莎白。我是阿碧。快进来吧，来厅里坐。"

阿碧领着他们来到一间较小的屋子里，屋里摆满了椅子和华丽的餐具橱。"杰西，我知道你想见菲比。她在自己的房间里练小提琴。苏怡可以去叫她过来。"

"暂时不用，"杰西说，"我一会儿就去见菲比。我需要您派苏怡去城里走一趟。我知道这听起来很无理，但事出紧急。"

“去干吗？”

“去找刘松理。”

一阵沉默。阿碧说道：“事情真的到这地步了吗？“

“唔，我不知道，但也许是的。您在信里从没提到过罗斯科·坎蒂并没死。”

“是的，我没提，”阿碧说，“我们当然知道。但我不想让这件事困扰你。”

“他找你们麻烦了吗？”

“直到去年他才现身。我有朋友帮我监视地产市场，他们留意到坎蒂又开始大肆购买城里下三流街区的地产，就跟他中了你一枪之前一样。然后，刘松理又传话过来，说坎蒂回到田德隆了，和他的一群跟班住在一起。他很少在公共场合露面，也没有涉及任何新的谋杀案。如果他真的知道任何关于菲比的事，我们就是完全被蒙在鼓里了。当然假如有任何麻烦的苗头，我一定已经写信通知你了。”

“阿碧姑姑，他是怎么活下来的？他可是在肚子上狠狠地挨了一枪——抱歉我说得这么直白。”

“你不用道歉，关于这件事你大可直言不讳。我不知道他是怎么活下来的。更小的伤杀死过更好的人。我只能说，那大概是老天爷开玩笑吧。”阿碧从矮桌上拿起一个铃铛摇了摇，苏怡应声而来，“苏怡，你让兰德尔开车送你进城走一趟好吗？我们需要和你的哥哥谈一谈。”

“你要我去找松理？”

“是的。”

“要带他到这里来？”

“是的。事情紧急，不要磨蹭，快去快回。”

苏怡急急忙忙地走了。杰西看了看他的姑姑，清清嗓子说："也许我应该去见菲比了。"

"去吧。我猜虽然过了这么多年，你还记得她的房间在哪儿吧，杰西？"

杰西转过身去。

"我们有危险吗？"

"您是知道的，阿碧姑姑，我是不会把危险引到这里来的。我一直将这里和我生活中的其他方面隔开……"

也和我隔开——伊丽莎白想。

阿碧又问："那你有危险吗？"

"暂时还没有。"杰西说。

伊丽莎白听着杰西的脚步一路上楼，片刻又有小提琴旋律传来，那一定是杰西打开菲比的房门。随后一切转为沉默，留下伊丽莎白和阿碧在大厅里，努力地避开对方的目光。伊丽莎白觉得自己应该说些客套话，但是想了半天也只挤出一句："感谢您让我来您的家。"

阿碧微笑："我可没法把你丢在门外啊。杰西在信里说过你的事，伊丽莎白。杰西开始在未来城工作后，我也一直有读关于未来城的故事。但是我做梦都没想过有一天会和一位来自二十一世纪的女士会面！听说你是个士兵，是真的吗？"

"是的，我参过军，没错。"

"那你上过战场？"

"我在信号情报部，因此没有真正地上过前线。我驻扎的伊拉克基地受过几次迫击炮攻击，但没什么特别严重的。那是好几年前了，现在我就是个平民。”

“你在大选中投过票？”

“是的，当然。”

“听说有黑人当选美国总统，是不是？”

“当了两届总统。”伊丽莎白小心翼翼地说。

“请不要误解，我对此并不反对。在嫁给郝塞先生前，我一直支持废奴。我读过道格拉斯先生[1]的著作，也很关注妇女权利相关的争议——我非常仰慕斯坦顿夫人[2]，虽然我并不同意她对于十四号宪法修正案[3]的反对，”说到这儿，阿碧停了停，“你明白我的意思吗，伊丽莎白？”

“我想我明白。”

“我是说我不害怕未来。”

“嗯。”

“即使未来有让人害怕的地方，比方说同性婚姻——杰西在信里提到过。那当然有些奇怪，我猜教会也不会赞同，但是我想我明白其中的逻辑。事实上，我有个表弟就……但那就说远了。我想说的是，

---

1 弗雷德里克·道格拉斯（Frederick Douglass，1818－1895），著名非裔美国革命家、演说家、作家。从马里兰州的奴隶生活中逃脱后，他成为废除奴隶制度与社会改革的领袖，终生争取黑人权益，为美国废奴运动代表人物之一。

2 伊丽莎白·卡迪·斯坦顿（Elizabeth Cady Stanton，1815－1902），生于纽约州，是美国女权运动的先驱领袖之一。曾于1848年提出美国第一个要求妇女选举权的运动纲领，她也是一个优秀的作家及演说家。

3 美国十四号宪法修正案于1868年7月9日通过，涉及公民权利和平等法律保护，最初提出是为了解决南北战争后昔日奴隶的相关问题。但是，该修正案也第一次将性别加入了美国宪法。该修正案称，任何年满21岁的男性公民享有投票权。这是第一次宪法规定男性——而非女性——拥有投票权。之前，仅有州立法律限制女性的投票权。因此，伊丽莎白·斯坦顿批评道：“如果‘男性’这个词就此加入宪法，我们至少需要一个世纪才能把它拿掉。”

伊丽莎白，我认同你。”

“谢谢。”

“但是，我不知道你会不会认同我。啊，如果我实话实说的话，我不知道你是不是应该认同我，尤其如果杰西跟你讲过我的事……”

“他并没有提太多，郝瑟夫人……我是说阿碧。”

“我的人生真是应了那句话，为陌生人提供庇护要比为家人提供庇护容易得多。我的大哥艾尔——也就是杰西的父亲——在我三岁的时候和家里闹翻了。艾尔比我大十五岁，从来没有人明确地告诉过我他和家里闹翻的原因，但逐渐地我明白了那是因为他娶了一个父母认为‘不够正经’的女人为妻。那就是杰西的母亲。艾尔为了他心爱的女人放弃了继承家业的机会。也许很愚蠢，也许很勇敢。但是从小到大，我受到的教导一直都说那是不可接受的，而我也从来没有提出过任何质疑。即便艾尔曾经联络过父母，他们也没有告诉过我。”

“那可真是刻薄。”

“确实是刻薄，但事实上我从来没这么想过。对我来说，艾尔仿佛身染某种神秘而不可言说的疾病死去了。我没和他通过信——说实话，也没怎么想过他——直到我嫁给了郝瑟先生。我们订婚的消息在《波士顿每日广告报》上登出后，我收到报社给我转来的一封贺信。那是艾尔寄来的。他对我表示祝贺，并告诉我他的妻子已经过世了。他还说他人在旧金山，而我有一个侄子和一个侄女——杰西和菲比。他还给了我一个可以给他写信的地址。”

“那你呢？”

“惭愧地说，我没回信。我太要面子了，又太幼稚，一心扑在新婚贵妇人的生活上。好几年就这么过去了。郝瑟先生在波士顿有个家，但是生意需要他经常去西部出差，让我很是烦恼。于是，我们最终决定搬到加利福尼亚去，虽然搬家一路上非常辛苦。搬到这里后，我第一次认真地想了想关于艾尔的事。我清楚地知道，他给我的那个地址从这里骑马一会儿就到，并且声名狼藉。知道这些让我的良心非常不安。最终，我给他写了封信。那一定是相当唐突。但是我想让他知道我已经搬到了旧金山，同时希望我的侄子和侄女一切安好。”

“他给你回信了？”

“几乎立刻就回信了。信中他求我帮个忙。他说杰西和菲比都非常健康，但是需要教育和一个得体的生活环境——这是他没法给他们的。他想知道能否让他们和我一起住。”

“那可是不小的一问啊。”

“我从没听人这么说过——但是没错，确实是‘不小的一问’。我对此很烦恼，郝瑟先生怎么也不同意。但是一个月后，郝瑟先生就去世了。我们在城里没有其他的亲戚。因此，我终于听从了良心。我没法让那两个孩子就这么搬进来，像我自己的孩子一样。但是，我可以让他们时不时地过来住一段时间，特别是在艾尔觉得有必要的时候。过了几天，他带他们来见我。第一次他们就在这里住了六个星期，度过了夏天里最热的那段时间。”

“一定很奇怪吧——过了那么多年，再见到你的哥哥。”

“何止奇怪，简直让我心有余悸。艾尔的生活极其不易，他衣服破旧，一嘴酒气。我们简短地交谈了一阵。那以后，即使我们偶尔通信，也总不怎么亲密。但是，我努力让自己这么看，哥哥是个好人，只是道路不同罢了。他对孩子们的爱实在是再明显不过了。送他们来这里时，离开时他几乎哭了出来。”

“那你和杰西、菲比相处得可好？”

“一开始他们都有些不知所措。我也是。但是最终，是的，我们相处得不错。虽然缺乏管束，但他们天生的好奇心弥补了所有的不足。但是，伊丽莎白……”阿碧低下头，放在膝盖上的双拳捏得紧紧的，“我可以为他们做得更多呀……”

像阿碧这样的女人有着独特的身体语言，她的头和双手在俯仰起伏之间透露出独特的女性化的愤怒和愧疚。伊丽莎白觉得自己是无论如何都学不来，也读不透的。但是就她看来，阿碧的懊悔确实是真诚的，于是她说：“我听杰西说，菲比现在住在这里？”

“从她父亲被谋杀的那天起，她就住在这儿了。”

“当杰西带她离开那着火的……房子以后？”

“杰西和刘松理带她来了这儿。我找了个医生来治她。”

“刘松理，那个堂口的杀手？”

“他是杰西的朋友，苏怡的哥哥。那可真是可怕的一天啊！菲比伤得很重。我找来的那医生是个老兵，见过各种各样的伤，但他见到菲比后还是被吓到了。他尽可能地帮她缝合，但是没法挽救左眼了。杰西随后就离开了旧金山，因为他担心坎蒂的人会追杀他，也不愿意将那些人引到这里来。他能在未来城找到份工作完全是运气——我是说，菲比和我的好运气。我从郝瑟先生那里继承来的所有投资都在经济危机中蒸发了。要不是杰西每个月给我们寄钱的话，我们的生活将非常困难。”

“但是你雇得起苏怡？”

“那是杰西答应刘松理的。一份工作，没错，但更多的是西式教育。作为交换，松理会利用他在堂口的位置为我们留心任何潜在的威胁。

如果坎蒂的打手开始寻找菲比或者杰西，松理会通知我们。我们也可以通过苏怡和松理取得联络。”

“就像现在一样，”伊丽莎白说，“你觉得为什么杰西要找松理？”

“我都不敢问。你知道些什么吗？”

她们的对话被一阵脚步声打断了——杰西和菲比下楼来了。

伊丽莎白以为杰西的妹妹一定是一副害羞且深受创伤的样子。但是菲比一走进大厅，她就知道自己错了。菲比直直地向她走过来，又伸出手。伊丽莎白握了握菲比的手。菲比说：“你就是那个从未来来的女人！”

“你可以叫我伊丽莎白。”

“谢谢你！我是菲比。”

菲比的头上斜戴着一块蓝色的丝巾，遮住她左边的侧脸。她的嘴唇上方仍然露出些伤疤。但是，菲比健康的右眼显得既活泼又有神，她笑得非常真诚。

“很高兴见到你。”伊丽莎白说。

“你从未来而来？”

“是的。”

“那你一定坐过飞行器，是不是？”

“菲比，”阿碧打断她说，“你打算审问我们的客人吗？”

“哦，我很抱歉……”

“没问题的，”伊丽莎白说，“是的，我乘过几次飞机。”

“哇！那真是神奇！”

“你慢慢就觉得习以为常啦。至少，大多数人是那样的。不是所有人都喜欢坐飞机的。对于我来说，总有这么一瞬间，我会望向窗外，意识到：‘哇！我正在三万英尺的高空，横跨爱达华或者什么其他地方呢！’”

“我想我一定会和你一样，”菲比说，“对了，传言是不是真的？你们的人在向印第安人送武器？”

阿碧一脸震惊。但是伊丽莎白觉得这个问题并不算过分，因为满报纸都在说这个，于是她说：“其实不能算是‘我们的人’。那些枪是通过未来城非法运进来了。”

“但是难道你们不支持内兹珀斯人吗？看杰西信上写的，我猜你们大概会呢。”

“我对这个了解得不多。但是在我们那儿，大家多多少少都同意印第安人在这件事上吃了大亏，其实比吃了大亏还要糟糕。但是我不觉得给他们送枪会有什么帮助。”

“显然有人不同意。”

显然如此，伊丽莎白想。

“也许，”阿碧说，“我们可以聊一些比较没有争议的问题？菲比，为什么你不跟伊丽莎白说说学小提琴的事儿呢？”

于是，菲比就开始了，而且一说就停不下来。她诉说着上课的艰难，暗示由于她脸上的旧伤，学着以正确的方式握琴总是困难重重。在这滔滔不绝的独白中——或许正是因为这漫长的独白——菲比渐渐显得没有那么自信了。她的双肩紧缩，声音带着颤。最终，阿碧不得不说：“谢谢你，菲比。”

菲比一下子沉默了，一副心灰意冷的样子。

“有机会我很想听听你拉琴呢！”伊丽莎白说。菲比一下子就又高兴了起来。

“你会乐器吗？”

“不，我不会。我喜欢音乐，但只是听。”

“未来的音乐是什么样的？”

“唔，有好多种。你可以问杰西。他今天听了些呢。”

菲比将那只好眼转向杰西：“那怎么可能啊？”

伊丽莎白说：“我给了他一个可以播放音乐的仪器。就在他的口袋里。”

“我可以看看吗？”

杰西一脸警戒：“我不觉得……我是说，里面的那些音乐……”

“我们又不一定要放亨德里克斯，”伊丽莎白说，“我在 iPod 里装了各种不同的音乐。来，给我！”

杰西皱着眉头将 iPod 递了过去。伊丽莎白看了看歌单。她选歌的时候考虑到了杰西的品位——或者至少是她想象中杰西的品位——但是她也存了一些具有代表性的音乐。只要是流行一时的金曲，即使不是她的个人最爱，也大多囊括其中。但是，到底哪首歌才适合 1877 年的少女呢？伊丽莎白想，自己在这年纪时听了很多 LL Cool J 和墓园三人组——那大概不是很适合。[1] 一时间没有更多的想法，她选了 Lady Gaga 的《生来如此》。伊丽莎白对这首歌只有隐约的一点儿记忆，但是记得它节奏欢快向上、充满了活力，而它的歌词对菲比来说也够含

1　LL Cool J为美国饶舌歌手、演员詹姆斯 · 托德 · 史密斯（James Todd Smith，1968 －　）的昵称。这个名字是“Ladies Love Cool James”（女人都爱酷詹姆斯）的缩写。墓园三人组（Cypress Hill），美国加利福尼亚州的著名嘻哈乐团，被认为是20世纪90年代初西海岸饶舌和嘻哈的主要开拓者之一，乐队也非常高调地支持医疗和休闲使用大麻。

蓄，不会一不小心吓到她。

“你得把这个戴在耳朵里，”伊丽莎白说着，将耳机递给菲比，“我可以教你。”

又一阵沉默，大家都愣住了。有这么一会儿，伊丽莎白完全不明白是怎么回事，过了一会儿才醒悟过来——想要戴上耳机，菲比必须先将面纱摘下来。

最终还是杰西发话了：“没关系的。伊丽莎白知道发生了什么。她上过战场，菲比，她什么都见过。”

菲比说：“真的吗？”

“是的。但是如果你不想的话，不用勉强的。”

“不是的！我想听音乐！”菲比麻利地摘下头纱，揉成一团放在膝盖上。“这样就好，”她坚定地说，“怎么样？你见过更糟糕的吗？”

伊丽莎白曾经到兰施图尔去看望一位朋友，那是美军在德国的一个非常大的医疗基地。那个人的名字叫菲利浦，是个宪兵。迫击炮的弹片将他的右臂和脸上好大的一块都削掉了。手术救了他的命，但是他得做好多轮的塑形手术。“是的，”伊丽莎白语调平和地说，“我见过。好了，你看这两个小小的塑料东西，放进你的耳朵里。”

菲比脸上的伤一看就是来自一次恶意的攻击。从伤疤的数量和形态来看，菲比差点儿就被削去一整块头皮。她空空的右眼眶恢复得不算很好，留下了好多疤痕组织，填满整个伤口。“好奇怪啊，”她说，接过 iPod，“它是怎么知道你点哪里的？”

“我也不知道。你得去问那些极客去。唔，我是说，得问专家。”

“你是说你也不知道它是怎么工作的？”

“我知道怎么用它，也大概知道它的原理，但我不是电子工程师。

就像……你大体上知道什么是蒸汽发动机，对吧？但是如果我问到某个闸或者活塞的作用的话……”

“是这样啊，我明白了。不过还真是奇妙啊！”

“我会把音量——声音的响度——放得比较低。你可以自己调整。”

“我会听见什么？”

“就是一首歌，没什么特别的。一首在我们那儿曾经很流行的歌。”

伊丽莎白按下播放键。

首先，声音能被记录下再播放出来就让菲比觉得非常新奇。她坐得直直的，张大了嘴，一动不动。然后，大概过了一分钟，她的手指开始动起来——伊丽莎白猜，她大概在数拍子吧——她张得大大的嘴逐渐变成一个乐在其中的微笑。歌播了四分多钟，没有人说话。等歌放完了，菲比一脸乐不可支的样子：“啊！太神奇了！但是它停了？”

“如果你喜欢的话，还可以再放一遍。”

“可以吗？”

伊丽莎白教菲比该怎么操作。这一次，菲比闭上了眼睛，一边用她的勾扣鞋点着地打拍子。阿碧凑到伊丽莎白跟前说：“她看起来很喜欢听呢。不知道我可不可以……”说着她做了个戴耳机的手势。

“当然可以啦，”伊丽莎白说，心里想着 iPod 的电池应该撑得下去。

她转向杰西，心里惦记着他包里的另一个电子设备——那台无线电，他们和在奥克兰长堤的坎普之间的唯一联系。时间又过去了一个钟头，找梅西·坎普的事却一点儿进展都没有。她很快就得进行例行汇报了，到时候她该说什么呢？但是，一看到杰西脸上的表情，她就停住了。

倒不是说他有很多情绪溢于言表——杰西依然戴着他的那副石头

面具。但是，伊丽莎白对他足够熟悉，一眼就注意到杰西正绷紧下巴飞快地眨眼。此刻，他的心中一定有千头万绪吧！再见到妹妹的喜悦？因为菲比对音乐如此喜爱而心生欢喜？但也一定有着黑暗的一面！他自己的创伤？或许是内疚？菲比也许需要用一辈子的时间来学会应对罗斯科·坎蒂对她所做的一切，但是杰西也需要用一辈子的时间来学会应对没能保护好菲比的内疚。

因此，最好闭口不谈奥古斯特·坎普和那该死的无线电。至少目前暂时不提。

至少等刘松理来为止。那是几小时以后的事。

14

发生在菲比身上的变化让杰西既欣喜又担心。

脸上的伤痕倒并不是个意外。失去右眼当然让人心痛，伤口愈合得也不够好，但是这些都不是让杰西担心的主要原因。真正让杰西担心的是潜伏在菲比身上的那种紧张感。她常常一开口就停不下来，要不就一声不吭，笑起来更有些歇斯底里。杰西想，这是不是就是伊丽莎白所说的 PTSD 呢？杰西自己就因为遭遇罗斯科·坎普而深受其害，菲比天性敏感，那么她遭受的创伤会不会更加严重呢？据伊丽莎白说，治疗 PTSD 可不容易。

想着这些，那久已埋葬的怒火仿佛要死灰复燃，那随着时光淡去的记忆又变得历历在目。杰西深陷其中，当苏怡领着刘松理进来时，他几乎惊得从椅子上跳了起来。那些在未来城度过的日夜一下子荡然无存，杰西觉得自己又变回了那个妓院里的男孩，和堂口的斧头仔一起游荡街头。

阿碧姑姑起身："菲比，你跟我来，咱们去厨房帮忙。伊丽莎白，你想加入我们吗？"

"不，"没等伊丽莎白开口杰西就替她回答了，"她得留下来。"

松理一从前门进来，杰西的姑姑和妹妹就从后门离开了。杰西上上下下打量着这个旧日好友：松理已经长成个男人了！比杰西想象中还要健壮，一身肌肉。他一向对穿着上心，随着年岁增长，品位也似乎越来越好了。今天，他穿着一身及膝的双排扣大衣、罂粟红的背心，系着驷马车结的领带，编起来的辫子一直垂到腰间。要是他随身带了刀具或者手枪的话，都把它们巧妙地隐藏起来了。杰西迎了上去，握住了松理伸出的手。

刘松理看了伊丽莎白一眼，问道："这女人是谁？"

"她为未来城工作，"杰西说，"我也一样。"

"我对此有所耳闻，"刘松理的遣词造句正式得刻意，"这么说，她可是来自未来？"

"没错。"

"我以为她会穿裤子或者抽雪茄呢！"

"雪茄就不必了，"伊丽莎白说，"但是没错，我真希望自己带着牛仔裤。"

"她在场我们可以有话直说？"

"是的，没问题。"

"不需要顾忌什么？"

“嗯。”

“不会被打扰？”

“哦，我倒是希望不会。”杰西说道。

“那好。杰西，你找我来，是想谈罗斯科·坎蒂的事？”

“是，”杰西说，“但不仅如此。”

“还有什么其他事吗？”

问到这里，杰西从旅行包里掏出一把格洛克19，放在阿碧姑姑闪闪放光的柜橱上：“你见过这样的手枪吗？”

刘松理盯着那把手枪：“真是个有意思的问题。”

据松理说，他也不清楚罗斯科·坎蒂在挨了一枪之后到底是怎么活下来的。但一定是挺危险的，因为烧了赵夫人的妓院后，坎蒂大概有三年都没露面。当他再次露面，带着一伙来自萨克拉门托的穿条纹球衣的小流氓重新招摇过市、整合他在旧金山的财产时，看起来可是清瘦苍白了许多。据堂口里和他打过交道的人说，坎蒂的枪伤让他一直受到慢性疼痛的困扰，还不得不穿特地去芝加哥定制的疝带。但是这一切都没有改变坎蒂的本性，虽然他确实以某种微妙的方式有所变化。过去，坎蒂对自己的恶行常常是一副扬扬得意的样子，但是这个新的罗斯科·坎蒂却有所不同——他以更加理性的方式有条不紊地迫害他的目标，很少流露出任何感情。松理说，他还是会亲手把敌人开肠破肚，但是现在，划开仇人的咽喉时，坎蒂显得既职业又冷静，就像宰牛的屠夫一样。

但是这一切都不代表坎蒂忘了杰西·库鲁姆。一回到旧金山，坎蒂就宣布，要是有人找到杰西，或者知道杰西的行踪，他都会提供一笔丰厚的奖赏。“他料到你早晚会回来的，”松理说，“就跟狗改不了吃屎一样。一路上有人认出你了吗？”

“我刚刚到。”

“坎蒂在城里到处都有眼线。如果你打算留下来，记住这一点，尤其是如果你打算留在这里的话。”

“我不会留在这里的。”

松理一拍脑袋：“你回来不仅仅是为了罗斯科·坎蒂，是吧？”

“没错。”

“他只是让事情变得更复杂了？”

“希望仅仅如此。”

“我刚刚告诉你的，苏怡就可以告诉你。我以为你叫我来，是找我帮忙一起对付坎蒂。但看来并非如此。那么，你叫我来到底是为了什么？”

杰西没出声，只是看了看放在一边的手枪。松理说：“啊，这个。我可以拿起来看看吗？”

“请便。”

松理拿起格洛克，手指远离扳手。他在手里掂了掂枪的分量，又瞅瞅弹夹，欣赏着那金属的工艺：“真不错。又精巧又危险。未来城的东西？”

“你见过吗？”

“没有亲眼见过。”

“那你听说过？”

松理缓缓地点点头：“我不应该提起这个的。但是没错，小汤姆就有一把。六大堂口的其他头头也都声称各有一把。”

杰西看了一眼伊丽莎白，她脸上的表情复杂，应该是某种惊喜和

“哦我现在明白了”的混合。“是最近的事吗？”

“不是很清楚。我是在一个月前听说的。”

“他们是怎么弄到那些枪的？”

“不知道，没人肯说。怎么了？你要我帮你查查看吗？”

“我在找把这批枪弄进旧金山的那个人。”

“那我就得再问一次为什么了。你和他有什么过节？”

“他不属于这儿，松理。他得回他来的地方。”

“所以说，你现在是个赏金猎人喽？”

“未来城的赏金猎人，也可以这么说。”

“未来城可谓危在旦夕啊。你没太多时间了！”

“确实是。我不想老是利用我们的友谊来强迫你为我做更多的事，但是……”

刘松理说：“你可不是我的朋友！”

杰西一惊：“你说什么？”

“老实说，杰西·库鲁姆算我的什么人呢？我有很多朋友。他们大多数人都知道，请我帮困难的忙可是不明智的。但是，你不是我的朋友。虽然你现在年纪大了，但是对我来说你还是那个下三滥的窑子保镖，长着铁一样的蛋蛋，肩膀壮得像水牛——又自大又没脑的田德隆狗屎一块！你要我冒着摧毁事业和名声的险，去多管闲事打探那些只要看我不顺眼就能随时一刀砍了我的人？我可不会为朋友做这个！再说，真朋友才不会开这个口呢！只有像杰西·库鲁姆这样天杀的混蛋才会开这个口！”说着，他终于忍不住笑了起来，“而除了杰西·库鲁姆之外，我还真不愿意为其他什么人卖这个命呢！”

谈话很快就变成了纯粹的男人间的互相恭维和惺惺相惜，伊丽莎白于是转身离开了房间。她把格洛克放回旅行包里，带着整包仪器离开了。

阿碧·郝瑟的宅子很大，但是伊丽莎白猜，其中很多房间一定已经闲置或者弃而不用了。据观察，大宅里只有两个仆人，苏怡和一个中年黑人兰德尔——他在送苏怡去城里回来后短短地露了个面。家里只有两个仆人，在诺布山这儿应该算寒酸了的吧。何况阿碧和菲比还要去厨房帮忙一起弄晚饭，在大户人家这肯定不常见。

伊丽莎白回到门厅，从包里拿出那笨重的无线电收发报机，按下按钮联系奥古斯特·坎普。那边，坎普一定已经等了很久了。无线电发出一阵平哑的哔哔声，接通后没有任何延迟就传来了坎普的声音："伊丽莎白？你们在哪儿？"

"我们在诺布山这里。"

"你有什么要汇报的吗？"

"我们有所进展。"

"那是什么意思？"

"我们有了些线索。"

"你们找到梅西了？"

"还没有。但是我们有线报指向那个到处发放格洛克的人，很可能是西奥·斯特隆伯格。"

"你确定梅西是和他一起吗？"

"我们是以这个作为假设开展行动的，但是目前还不能完全确定。"

"你们多快能查出真相？"

"这就要看我们的线人了。我想可能要等到明天了。"这估计其实极度乐观，但是伊丽莎白觉得坎普此时可能承受不了真相。

一阵沉默。沉默是如此之长，伊丽莎白差点就以为无线电出了问题。“是这样的，事态有所发展，”坎普终于开了口，“出大乱子了。到处都是铁路罢工，朝铁轨泼油，弄坏信号灯。芝加哥的工人出于道义也开始支持罢工。而且更糟糕的是，海耶斯开始召集联邦部队来拘捕我并占领未来城。”

“他们做得到吗？”

“在我们完成疏散前？不，不会。我们会守住未来城的。但他们将一切都变得更加困难了。多亏那天杀的西奥·斯特隆伯格，联邦内的所有报纸都怪罪我们煽风点火，引发了一场劳工争端和种族战争。我不得不让最后一班回芝加哥的火车今天下午就出发了。”

“你说什么？”

“别担心。时机一到我有其他的办法接你们出来。”

一时间，伊丽莎白脑子里的唯一念头就是嘉贝莉耶尔。隔着几千里的物理距离和一个半世纪的希尔伯特空间，她和女儿之间的距离比他们一路越过的内华达山脉和峡谷都要宽。而现在坎普告诉她，他刚刚拆了她回家的最后一座桥。

“其他的方法？”

“你放心，我绝对不想留在这里。我一定会送你回家的，伊丽莎白。你和梅西。我保证。但是首先，你得找到梅西。”

杰西和刘松理互相道别，而反反复复盘旋在伊丽莎白脑海中的则是坎普的那句话。那个堂口的男人看都没看她一眼。他大概觉得非常困惑吧！这个衣着奇怪的未来白种女人在这场充满枪支和暴力的游戏里到底扮演着什么角色？伊丽莎白想了想，发现其实自己也不是很明白。

她正要将和坎普的对话告诉杰西，还没开口晚饭就要开始了。那可真是一顿漫长的晚餐——苏怡每上一道菜之前都要仪式一番，而杰西对每一样都选择性地赞不绝口。说实话，对于伊丽莎白来说，所有盘盘碗碗看起来都是某种汤加上几轮不同的煮的东西。“其他的办法”——坎普的声音反复在她的脑海里回旋。天光暗下来，苏怡过来为他们点亮煤气灯——这也让伊丽莎白心有不安，这些小小的明火壁灯仿佛是某种灾难的前奏。然后，阿碧谈起了未来。她的语调是那么的虔诚，仿佛在谈论希腊神话中的某个神圣石窟一样。阿碧说：“我想有些人迁怒于未来城，是因为信件泄露出来之后，他们觉得自己被批判了。但我觉得这不公平。如果说真有所谓的道德进步的话，那么，未来为我们送来道德上的告诫不是理所应当的吗？”

对于阿碧来说，也许她是想恭维未来城，或者至少表明自己深明大义。但是这听起来也实在是太像奥古斯特·坎普雇写手写出来的高调谎话啦。伊丽莎白忍不住说道：“我并不想告诫任何人……”

“哦，我当然不是说你，伊丽莎白。我想说的只是，比如说，妇女权益……”

“先打住。好吧，你说的确实有部分没错。我可以投票，这很好。我们没有黄热病，也不会因为有人偷了匹马就把他吊死。但是，说我们那儿是道德的乌托邦？啊，不，我很抱歉！”礼貌的谈话应该就此打住，但是一时间伊丽莎白觉得自己失去了对语言的控制力，完全停不下来。记忆中无数的周五夜晚，女友夏奈儿过来看她——那时嘉贝莉耶尔还是个睡婴儿床的小娃娃——她们会一起喝上几杯葡萄酒，甚至点一根大麻烟（小心翼翼地躲在洗手间，风扇开到最大），一起抱怨伊丽莎白坐牢的丈夫或者夏奈儿在沃尔玛那份低阶经理的工作。她们互相抱怨着，直到所有的愤怒最终蒸发消散，化成大笑和眼泪。“是，没错，我当过兵。但是你绝对想象不到一个女人在军队里都得应付些什么破事儿。无时无刻！有时候只是些烦人的破事儿，有时候则会变得更糟糕，有时候则坏透了。另外，要是你想投诉，那就他妈的祝你好运吧！我是个老兵，也是个单身母亲，这是我在这里的原因——不是因为我喜欢室外下水道或者吸煤烟，送我来这里的这份工作是我负担我和嘉贝莉耶尔的破屋子和日常用品的唯一办法，交过税后大概还能存下一笔钱，让我考虑能否搬家远离我出狱后的疯狂前夫。哦，说到监狱，我们那儿有的是——但是你可不会听到坎普说起。我们那儿也有战争，倒不是什么可怕的大型战争，取而代之的是无数小型战争，持续了一年又一年，什么结果都没有。没有胜利的战争，什么胜利都没有。哦，要是你退伍回家后需要帮助，那祝你好运，因为老兵医院……他们……呃……”

杰西和阿碧姑姑正瞪着她看，菲比也是。连苏怡也怔怔地站在佣人的门道里，一动不动。一瞬间，伊丽莎白说话的欲望消失无踪。

“我很抱歉，”她决定闭上嘴，“我是说，很抱歉我语出不逊。”

沉默。

沉默带着重量，一时间伊丽莎白觉得自己刚刚的那一番长篇大论仿佛是大规模杀伤性武器。最终还是菲比开口了：“杰西在信里说过，在未来即使最优秀的人在遣词造句上也比我们习惯的要自由很多。他这么说时，我还觉得挺有喜剧效果的呢！”

“唔，算是吧。但即使有喜剧效果也不应该在晚餐餐桌上这么来。

我非常非常抱歉，今天发生了太多事。”

“杰西在信里经常提他在未来城听到的各种奇怪说法。不是吗，杰西？”

“只有那些放得上台面的。”杰西僵声说道。

“我可记得呢，”菲比说——很明显她正想方设法让伊丽莎白觉得好受些，伊丽莎白对此也心存感激——“比方说，智能手机、电子游戏、酷、土。伊丽莎白？”

“怎么了？”

透过面纱，菲比的脸庞绽开一朵巨大的笑容，一直延伸到那如纸般苍白的疤痕上。“我觉得你很酷，”她说，“我觉得你棒透了。”

15

一大早，杰西准备动身进城。他把来时的那部小车留给了兰德尔，转而借用阿碧姑姑的那辆大马车，还从马房里牵了两匹马出来。

虽然昨晚很可能是他和伊丽莎白在一起的最后一夜，他俩还是分开来睡了。没办法，阿碧姑姑对男女关系的看法虽然还算摩登，但也不是百分之百有弹性的。另外，杰西也不确定伊丽莎白是否真的想要他陪伴。坎普令最后一辆东行列车提前发车的消息让伊丽莎白非常紧张。她显然很担心自己被留在镜子的这一边。有顾虑是理所应当，但它让伊丽莎白变得阴晴不定。杰西问她睡得怎么样，她说：“不怎么样。床倒是很舒服，但是这大宅子……阴森森的墙纸，到处是各种小铜像，看起来就像每一部好莱坞恐怖片里的闹鬼大宅一样。”

杰西怎么都不明白，为什么伊丽莎白会这么想？阿碧姑姑家是那么宽敞舒适，怎么可能闹鬼呢？在他心里，闹鬼什么的不总是发生在降神仪式或者欧洲古堡里吗？但是，关于那些铜像伊丽莎白说的倒是没错——杰西记得楼梯上那座母狼乳婴雕像[1]就总是让他心有不安。

他希望伊丽莎白的判断力没受新情况的影响。说实话，他不是很清楚她在这儿到底能帮上什么忙。她用起枪来倒是利落——他亲眼见过——但是在他们要去的地方，女人可不受欢迎，也会让他俩显得形迹可疑。但是他又不可能不带着她。坎普派她来的原因有很多，其中之一就是监督杰西，保证杰西完成任务。

杰西和姑姑、妹妹道别，说很快就会回来看她们。也许他会。但是现在首要的任务是找到梅西·坎普小姐，将她送还给她那有钱的父亲。那以后——除非他想一辈子都活在恐慌中——他必须清理自己和罗斯科·坎蒂之间的过节。

然后，他才可能考虑所谓的未来。不是未来城的未来，不是有着飞行器的未来，而是他自己的未来。

如果他确实有未来的话。

1　著名的“母狼乳婴”（Capitoline Wolf）铜像讲述的是罗马建立的故事。传说罗马国王被其胞弟阿穆里乌斯篡位驱逐，儿子被杀死，女儿西尔维娅与战神马尔斯结合，婚后生下一对孪生兄弟。叔叔得知此事后，处死了西尔维娅，并下令将孪生兄弟放入篮筐扔进台伯河里淹死。谁知篮筐不但没有沉没，反而漂到河边，一只母狼将两个孩子衔走，并用狼奶喂养他们，兄弟俩后来被一位猎人拾去抚养。两兄弟长大成人后，智勇双全，力大无穷，终于杀死了阿穆里乌斯，为母报仇雪恨。兄弟俩在众人的帮助下，在母狼喂养他们的台伯河畔大兴土木，建起一座城市，并以他们的名字“罗慕洛”命名，后来慢慢演化成“罗马”这个名称。今天罗马的城徽图案就是一只母狼伴着两个男孩。

杰西约了刘松理正午在杜邦街上的饰品店里见面。

杰西整了整宽檐帽，遮住自己的脸。驾车经过这车水马龙的加利福尼亚大街，让他觉得异常脆弱和暴露。在未来城待了四年以后，旧金山的大街小巷看起来既熟悉又陌生。车近中国城，他几乎觉得会看见年轻的自己从街巷里穿梭而过。那些朱红的大门他全都认识，那些地窖里的雪茄厂和挂着熏鸭猪头的饭店食肆，那些可以买上几块钱鸦片的小烟馆、吵闹的中国戏院、弹簧锁大门后的赌馆——这片看似异国的土地却是他的家乡。旧金山，你超越了地域，就像未来城超越了时间一样。

小报写手总是大肆宣扬它的肮脏，但是日光下的中国城并不是特别危险，也吸引了大量白人游客。杰西将车停在约定和松理会面的饰品店附近。他一下子就后悔了，也许他们应该约在某个杰西不那么容易被认出来的地方——比方说，悬崖小屋或者伍德沃德花园？好在饰品店的生意够忙，一对白人男女混迹其间也不会很扎眼。那店主——一个辫子垂到腰间的老年男人——看到杰西后朝他点点头，转身对他那同样老迈的妻子说了几句话，消失在一道珠帘后。杰西听出他们用的是杜邦街的方言。一会儿，珠帘被掀开了，刘松理示意杰西和伊丽莎白进去谈。

帘子后是一个小小的房间，里面摆着一张简陋的桌子和几把破烂椅子。刘松理出于礼节为伊丽莎白拉出一把椅子，然后又跟昨天一样，一脸狐疑地朝她看了看。

“我和小汤姆聊过了。”他说。小汤姆是他在三邑公所的老板。

“手枪的事？”

“没错。他自己就有一把。而且他知道那枪是从哪儿来的。六大堂口的头头每人都收到了一把枪，随枪寄来的还有一封警告信，信中说六大堂口必须团结一致，因为我们将受到来自科尔尼党派和警察的联合攻击。”

这正是杰西希望在城里找到的线索。他的这一希望建立在三个假设上：第一，西奥·斯特隆伯格人在旧金山。第二，西奥喜欢将格洛克寄给他认为受压迫、处于危机边缘的群体。第三，旧金山的华人群体正符合条件——科尔尼的人已经连续好几年找中国人的麻烦了。因此杰西推断，西奥很有可能会寄枪给六大堂口。

但是，如果西奥仔细掩盖他的行踪的话，这一切都没什么用。于是，杰西接着问道：“然后呢？”

“你觉得要是没有更多的信息，小汤姆会浪费时间和我白费唇舌吗？我告诉他，有个未来城的人想找那个寄枪的人。”

“你提到我了？”

“没提名字，但是我总得告诉他些什么。小汤姆本来就好奇，收到那把枪后，他的好奇心一下子就起来了。像你一样，他也想知道那枪是从何而来的。”

“他找到答案了？”

“没错。”

“他知道怎么能找到西奥·斯特隆伯格？”

“是的。而且他一下子就将西奥·斯特隆伯格和那些报纸上的信件联系在了一起。他没有继续追查下去，因为小汤姆觉得搅和未来城的事，对他没什么利益可言。”

“我不在乎小汤姆想什么。我们要的人是西奥。你能给我他的地址吗？”

“提个价钱。”

“这是什么意思？”

“想要找那个人，你打算拿什么和我们交换？”

“一般来说，这样的消息什么价格合适？”

“你提个价钱，我会回去告诉小汤姆。要是他同意的话，就会把他知道的都告诉你。”

“我可是一无所知！我完全不知道堂口老板想要什么。无意冒犯，但是我认识的中国佬不是打手就是歌女。”

伊丽莎白开口了：“这个小汤姆，他喜欢他的格洛克吗？”

松理一脸不屑地看了看她说：“我猜他喜欢。”

“他想再要一把吗？比方说，我们可以再给他一把来自未来的武器，一把不一样的。你觉得他会同意吗？”

“你有这样的东西？”

“是啊。”

刘松理看了看杰西。杰西想起旅行包里的物件，猜伊丽莎白指的是泰瑟电击枪。杰西成为未来城保安时接受过电击枪训练。在他眼里，电击枪可没什么了不起的。

“告诉小汤姆，我们会给他一把 X3 手持电击武器，以此换取西奥·斯特隆伯格先生的所在。你可以告诉他那是加利福尼亚唯一的一把 X3。”

松理一脸怀疑：“真有这种枪？”

“是的。”

“你什么时候可以交货？”

“他同意的话随时都可以。我们当然希望越快越好。”

“那对我们也好。和科尔尼派交手的事可不只是说说而已。昨晚，沙地上就聚集了好大 群人，喊着烧光中国城。今晚事情可能会闹得更大。这样吧，两个钟头后，回这里见我。”

杰西的怀表是奥古斯特·坎普为了这次任务特别送给他的。这表外观看起来就跟廉价的怀表一样，但它内里其实是电子的——也就是说，这表其实是靠计算来计时的。比起传统怀表，它要可靠许多。但是作为伪装的一部分，它和一般怀表一样嘀嗒作响。离开首饰店的时候，杰西看了一下时间，过两小时再见面——松理是否也拥有一块同样可靠的表呢？

伊丽莎白和她的假裙子斗争了一番，成功地爬上马车。杰西驾车载着她离开了杜邦街，来到邻近市场街布料店旁的某条无名小巷里。那巷子比马车宽不了多少，但好在能为他们提供些许隐私。砖墙挡住了阳光，空气清凉，仿佛是被阴影锁住的晨雾一般。待在这儿没人能看见他们，因此可以自由交谈。杰西说：“这里的一切对我来说就像你所说的双重曝光一样。”

“什么意思？”

“你教过我什么是双重曝光——两张照片被冲洗在同一张相纸上。”

“我知道什么是双重曝光，但和这里有什么关系吗？”

“这些街道对我来说就像双重曝光一样，看起来既熟悉又奇怪。你明白我的意思吗？也许不是这个地方有问题，也许我才是问题的所在？也许我才是那张双重曝光的照片——既是在田德隆妓院里长大的男孩，又是未来城的雇员。”

“这么说的话，我们都是双重曝光。”

“是吗？”

“这都是拜未来城所赐。上次我回家的时候——在北卡罗来纳——我觉得自己完全不属于那里。我是说，天哪，虽然这么说也许很不客气，我当然不属于这里——但是我也不觉得自己属于那里。”

“昨晚你在晚饭时说的，关于未来的那些事儿——未来真的那么坏吗？”

“我只是受不了阿碧看我就跟看来自乌托邦的大使一样。其实我不该多嘴的。”

“但是，事情有你说的那么坏吗？”

“我不知道。看情况吧。不一定那么坏，但肯定不是天堂。”

“我在很久前就这么觉得了。如果你来的那个世界真的是个天堂，你才不会枪法那么好呢。”杰西想了想，希望自己的措辞不会显得特别情绪化或者冒犯到伊丽莎白，“这么说，你不是来自乌托邦的大使，而杜邦街也绝对不是什么失乐园。但是，我还是很高兴，你能来这里看到我从小长大的地方。伊丽莎白，每个人都是自己所在世界的产物。两座城市造就了我——未来城和旧金山。我很感激，你在这两个地方都存在过。”

她脸上的表情让杰西怀疑自己的话语还是过于感伤了。“你知道吗？”伊丽莎白的声音轻柔，可她所说的却仍然让杰西大吃一惊，“会有一场大火。”

“你说什么？”

“在旧金山。所有的这些建筑，杰西。所有的！首先是地震，然后是大火。”

“真的吗？”

“真的。”

“什么时候？”

“1906 年。我想大概是四月，但是不能十分肯定。我来之前应该再谷歌一下的。但是二十九年后，要是你还在这儿，记得休个春假！”

杰西转过头。他身边的砖墙上贴着一张科尔尼党的传单，今天下午他已经在好几个地方看见这传单了。传单上写着今晚在沙地上将有一次大型集会。一旁则是另一张中文写成的传单。杰西读不了中文，但认出那是一封宣战信。

“也许等不了三十年了，”杰西说，“大火很快就会烧到这里了。”

回到饰品店，店主招手让杰西和伊丽莎白穿过珠帘来到后室，刘松理已经在那里等他们了。松理的表情严肃，杰西担心他带来的也许是坏消息。

他说：“你们随身带着那枪了吗？”

伊丽莎白从旅行包里取出泰瑟电击枪。电击枪是个奇怪的武器，不能置人于死地——只能短暂地让人失去行动能力——却足够让那人记恨你一辈子。在杰西看来，这绝对是它的致命缺点。但是，他对松理却什么都没说。松理一见电击枪，就瞪大了眼睛。大概是因为电击枪吓唬人的外表吧——黑黄相间，带着尖尖的利齿，随时准备向外吐出毒液。

松理在手里掂了掂那枪，杰西则向他解释了枪的原理。“它不需要子弹。”杰西说，但他对电击枪需要充电这一点却绝口不提——在未来的半个世纪内，这都几乎是不可能的。松理听着，说道：“我的雇主告诉我，只要武器是真的，就可以进行交易。”

“当然是真的。不可能比这个更真了。”

“唔，”松理说，“既然你这么说的话。”

“那么，你可以告诉我们去哪里找西奥·斯特隆伯格吗？”

“小汤姆顺着那带枪包裹的来路找到了它的源头，你问的就是这个，是吧？”

伊丽莎白开口问道：“在这个年代，你们是怎么追踪包裹的？”

“靠收买呗，当然还有威胁，”松理说，一边再一次既困惑又不屑地看了伊丽莎白一眼，事到如今这眼神对他来说可是家常便饭了，“还能有什么办法？”

“那他到底藏在哪儿呢？”杰西问道。

“小汤姆很吃惊，那包裹的主人就住在蒙哥马利街上、市场街南边的一家酒店里。不是城里最坏的酒店，但是绝对不是最好的。那男人已经在那里住了一年多了，跟他一起的还有某个据说是他妻子的女人。”

“汤姆或者他手下的人找过他吗？”

“我的雇主是唯一知道这件事的人。一开始，他派人监视那酒店，希望能够了解更多信息。但是，那男人和他的妻子总是形影不离。他们会离开酒店外出用餐，或者漫无目的地散很久的步，或者去剧院。那男人经常寄包裹出去，却从没收到过任何包裹。除此之外，他总是及时地付房租。小汤姆觉得，找上他的门既不会给自己带来任何好处，还可能惹上麻烦。那人听起来像是你们要找的人吗？”

“很有可能。我们只需要一个地址。”

刘松理递来一张折叠的纸条。杰西接过来放在口袋里。

生意做完了。松理将电击枪放进随身的包裹里："如果我是你的话，以后暂时不要露面。小汤姆问了很多问题。"

"你透露了什么吗？"

"除非万不得已。我告诉他，我认识的某人受未来城所托，寻找一个逃犯。那人找到我，让我帮忙交涉，达成这笔交易。我报了个假名字。但是一定让他很好奇了。过来的时候我可能已经被跟踪了。你要记住这一点。"

"那没什么关系，"至少杰西是这么希望的，"很感谢你帮这个忙。"

"总会有风险。但是，风险无所谓，只要大屋不受牵连就好。"松理口中的大屋就是菲比、阿碧姑姑、兰德尔和苏怡在加利福尼亚大街上的那个家。

"很好。"杰西站起身说道。

"我给你带来的东西，你满意吗？"

纸上写的那个地址确实有可能是假的，但是杰西猜小汤姆不至于胆大到敢骗未来城的雇员。那么，也许会是一个陷阱？虽然三邑公所不喜欢罗斯科·坎蒂，但他们之间确实有过生意上的来往。但是，如果需要相信任何人的话，刘松理是可以信赖的。杰西对他说："我欠你的。"

他们再次握了握手，更像是老朋友，而不是在做生意。然而，松理依然是愁眉不展的样子。杰西问："松理，你有没有什么危险？"

"不会比你多。今天，堂口所有的打手都在磨刀做准备。天黑后不要在这里停留。"

松开手，松理转身朝伊丽莎白弯腰致意："很高兴认识你。"

"我也是。"伊丽莎白说。

杰西将马车停在市场街的马厩里，和伊丽莎白一起向纸条上的那个地址走去。那酒店就在离市场街不远的蒙哥马利路上，是一座三层的小楼。正如刘松理所说，这酒店远远比不上奢华的格兰德大酒店——对于年轻时的杰西来说，格兰德可能是世界上最好的酒店了。它更比不上更新、更豪华的皇宫大酒店，那是在杰西不在时新修建的。这所谓的皇家酒店要老旧很多，布置和设施都没那么优雅，虽然算不上简陋，但至多刚刚值回住在这里所需的费用。酒店的大堂闻起来像教堂加厨房，充满上了油的木头和水煮大白菜的气味。坐在酒店前台的是一个光头男人，留着蓬松的灰胡子，有一双冷冰冰的眼睛。他扫了杰西和伊丽莎白几眼，又看了看杰西手里的旅行袋，仿佛在说他们的出现给自己添麻烦了一样。光头男人开口问道："先生，需要为您和太太订房间吗？"

他开的价格显得有些高，但是租一间房是最简单的上楼理由。再说了，他们花的可是坎普的钱，又不是自己的。杰西不想将真名留下，因此写下了"约翰·康姆斯托克及夫人"。他注意到伊丽莎白僵硬的肢体语言——等待的时候，她习惯性地扫视空荡荡的大堂，仿佛敌人会随时冲进来一样，警惕得如同狩猎的狮子步步逼近猎物。

"所以，我们要敲门吗？"伊丽莎白支走那个一脸失望的老门童，一边上楼梯一边问道。根据松理的情报，西奥和梅西所在的房间在三楼。316 号房。"或者我们直接撞开门？"

"敲门好了，"杰西说，"看看会怎么样，如果有人在屋里的话。"

到了三楼，杰西从旅行包里掏出一把枪，上了膛。伊丽莎白也做了同样的准备，同时用她巨大的裙摆挡住手中的武器。316 号房门外，杰西将包放在脚边不远处，以防万一。他看了伊丽莎白一眼，伊丽莎白点点头，示意一切就绪。就看现在了，杰西心想。他左手握着手枪，右手握拳敲了敲门。重重的四下。

过了好一会儿。门锁一阵声响，房门朝里打开了，屋里是一个年轻的女人。梅西·坎普！她就跟档案里形容的一模一样，也和照片吻合。她很高，就像很多二十一世纪女人一样。她身穿一条毫无特色的浅黄色日裙。她的金发比一般的女人要短一些。脸型对称得完美，皮肤也超自然般光滑。“有什么事吗？”

杰西说：“您是梅西·坎普小姐？”

“你一定来自未来城，”她转身喊了起来，“西奥！他们来了！”

他们进屋，将门在身后关上，亮出武器以防万一。但是西奥·斯特隆伯格完全没有反抗。“你们以为会怎样？”他指指杰西的手枪说，“枪战吗？你们用不上这个。”

“希望用不上。但是我会暂时拿着它。”

梅西和西奥站在房间长长的窗户前，就像在照片里一样。西奥·斯特隆伯格，传说中劣迹斑斑的魔鬼！但是他本人看起来却像蜂鸟一样纤弱无害。他很瘦，因此穿在身上的衣服显得空荡荡的。没留胡子，一头黑发，一脸紧张的样子。和梅西一样，如果你独自在大街上和西奥擦肩而过，绝不会多看他一眼。但要是他俩走在一起，一眼就会被看出是从未来来的——一副完全没有干过重活的模样，太过完美，一点疤痕印记都没有，就像是橱窗里的假人模特。

房间的高台上摆着一只皮质旅行包，包敞开着，几乎装满了，大多是女士的衣物——那大概是梅西的行头。“你们打算去哪儿吗？”

“是的，”西奥语气轻快地说，“打算回家。”

伊丽莎白不能完全确定他的言下之意，于是说道："我们是来这里护送你们回去的。"

"那可太好了。"西奥说。

梅西接着说："我们预料到父亲会派人来。没想到你们花了这么多时间。我们在这儿的事情都做完了，随时可以跟你们走。"

"要是再晚一天，我们就错过了，"西奥说，"我们觉得必须赶在西密西西比铁路罢工关闭之前出发向东去。"

伊丽莎白说："你是说你们愿意跟我们一起回去？"

"我们不想滞留在此，从来没计划过。因此，当我们听到消息说……"

"什么消息？"

西奥看看梅西，梅西看看西奥。西奥指了指椅子上那份翻开的《观察家报》。杰西将目光从他的两名囚犯身上挪开，瞄了一眼那长篇报道的大标题：

联邦军队围困未来城

虽然他俩表面看来很是友善，伊丽莎白可不买他们的账。要是西奥表现出任何一点反抗的意图，她会非常乐意将他的手腕给扣起来。但是现在，她把那两人留给杰西，拿着发报机进了隔壁房间。

她想象无线电信号从蒙哥马利一路飞向奥克兰，如轻捷的鸟儿一般飞过海湾，将一艘艘船只和渡轮都甩在了身后。她想起马可尼[1]。在

1 古列尔莫·马可尼（Guglielmo Marconi，1874.04.25－1937.07.20），意大利工程师，专门从事无线电设备的研制和改进，1909年诺贝尔物理学奖得主。1877年时他刚刚3岁。

1877 年，即使他已经出生，大概还只是个穿着短裤到处乱跑的意大利男孩吧。要是她能够成功回家去，也许可以自由自在地谷歌他一番。

一个陌生的声音回答了她，告诉她稍等一下。然后，一阵杂音——那是从遥远星辰一路旅行而来的宇宙射线——占据了频道，直到坎普的声音传了过来 ：“伊丽莎白？你那边什么情况？”

“我们找到她了。”

一阵沉默，然后 ：“哇，谢天谢地！感谢上帝啊！伊丽莎白，这真是千钧一发啊！我可不是吓唬你！”

“西奥也在这儿。他们都说愿意回来。没做任何反抗。”

“西奥是个大骗子，千万不要信他。尤其我的女儿现在还受他影响。”

“了解。但是我假设你要我们将他俩都带回来，是吧？”

“当然，但是梅西是重点。切记。”

“会的。”

“嗯，好吧。这边的事态有点儿混乱……”

“上报纸了，”伊丽莎白说，“围城的事。”

“我们会处理的。没有听起来那么坏。那些狗屁记者，一大半时间都在胡说八道。海耶斯确实派了一支步兵堵在未来城门口。某个被开除的本地雇员向芝加哥的小报泄露了格兰特差点遇刺的事。本来最近就事多，国会和媒体又决定火上浇油、大肆宣扬一顿。但是，我们还是有些位高权重的朋友的。我保证我们会安全回去,但是时间紧迫。”

“那下一步是什么？”

“我们需要处理奥克兰这边本地的敌对势力。未来城的大多数地产和码头目前被警察控制，因此我们目前依靠当局不知道的秘密私人基地工作。把你们弄出旧金山会有点困难。今晚九点，我们会派一艘无名船前往市场街的码头。细节还在安排。你们可以在原地坚持几个钟头吗？”

伊丽莎白不是很确定，杰西和堂口的交易可能已经捅了马蜂窝。但是，她又很难想象职业杀手受人之托冲进来血洗皇家酒店：“我猜我们可以暂时原地不动。”

“在无线电旁待命。一旦得到消息，你们就出发。你们离码头有多远？”

“杰西大概会更清楚，马车什么的。我猜大概半个钟头，三刻钟的样子？”

“好的，知道了。杰西的话，告诉他一旦你们把梅西带上船，他就会得到他的奖金。他不需要一起过来。一旦我的女儿回来了，他的工作就完成了。那也会是你最后一次见他。你明白吗？”

“明白。”她说，一边又痛恨着坎普非逼她说出口。

杰西可不大喜欢留在酒店里等待坎普命令这主意。他的敌人们知道这个地方，保镖男孩的全部直觉都在告诉他，向前进，躲进阴影里。

但是，命令就是命令。他受人所雇，他的雇佣合同还有几个钟头就结束了。坎普，或者未来城的某人会递给他一个装满双鹰金币的包，和他握握手，然后就再也没什么了。他又会变成一个自由人。伊丽莎白会回到她的女儿身边。他的余生——现在看起来就像一个巨大阴郁的空白等待着被填满——终于可以再次开始了。

与此同时，他们完全无事可做，只能坐在酒店房间的窗边，看着阳光缓缓滑过柯普感冒咳嗽药丸的广告牌。一天至此，旧金山城的正派市民开始逐渐回到各自舒适的家中，而其他人——其他的大多数人——则开始为天黑后的营生做准备。伊丽莎白隔着房间坐在西奥和梅西的对面，手枪放在腿上，一脸不想说话的样子。但是杰西渐渐开始觉得无聊了，他觉得完全没必要掩盖对那两个潜逃者的好奇心。在追踪潜逃者的工作中，他和其中的很多人聊过天，也不觉得他们低人一等。因此，当西奥问起他“你究竟是怎么找到我”时，杰西坦诚地回答说：“未来城查到你人在旧金山。大概是因为你包裹上的邮戳。”

“那倒是意料之内。我们也没特意躲藏。但是你们是怎么找到皇家酒店的？”

“和某个六大堂口的人聊了聊。他们一般喜欢把生意对象的来龙去脉都调查得一清二楚。”

“啊，是这样啊。但是你是怎么将我和六大堂口联系上的呢？”

“你一般会将武器寄给受压迫的人。在这儿，有两群这样的人——中国佬和雇工。我在中国城有认识的人，于是就从那儿着手。如果不行的话，我大概就得找个科尔尼党的人聊聊了。”

“要是我没有将枪寄给他们任何一伙人呢？”

“那我们就不会这么快找到你。你也就回不了家了。”

“唔，”西奥尖声尖气地说，“你有两处错误。第一，我绝对不会将武器寄给科尔尼党人。丹尼斯·科尔尼口口声声说他是一心为了劳工阶级，实际上他就是个种族主义混蛋。在我们那儿，科尔尼的人袭击了华人，杀死许多无辜的人。现在看来，同样的事也会在这里发生。第二，我完全不想在镜子关闭后留下来。要是奥古斯特·坎普以为我想留下来，他可完全没搞懂我到底是想干什么。”

“他认为你回家后会有很多法律上的麻烦。”

“他当然可以告我，但是最多也只能以微不足道的罪名来告我——偷运危险品、未经许可私闯未来城之类的。我从未来城偷运进来的武器都是通过合法途径购买的；没有任何法律规定在这里我拿那些武器可以做什么、不可以做什么。我是说，坎普自己也运武器进来了，发放给他的安全人员。他们说去年在未来镇，有个本地人就被未来城工作人员开枪打死了。坎普会对此负责吗？不，才不会呢——回去之后，在法律上他完全不用负责。而且，他真会想告我吗？一旦他告了，我的呈堂证供就会被记录在案，公布于众。我倒是希望他去告。但我想他才不会那么蠢呢。”

杰西听西奥提起未来镇上的事件，没做任何反应。伊丽莎白也没有。但是，这却让杰西想起了另一个问题。他问道：“我听说有些格洛克最终送到了错误的人手里？”

听到这个问题，西奥脸上的道德优越感一下子就消失了：“我的供应链里有不那么可靠的人。我不得不和本地人以及未来城的低阶员工合作。那些枪本来应该仅仅起象征作用的。一把枪，一个弹夹——戏剧性地向收信人证明我确实来自未来，我的警告是真实无虚的。但是，我从没想过偷运更多的武器进来。”

“也就是说，有那么几把枪被偷偷卖掉了？”

“显然是这样的。”

“私人买家？”

“我想是的。”

“包括那个想杀尤利西斯·S. 格兰特的人？这也是你急着离开 1877 年的另一个原因吧？”

西奥什么都没说。

窗外的街上，阴影更加浓重了。空气凝结，天空呈现出蓝墨水般的色彩。一辆马车从蒙哥马利大街上蹒跚驶过。时不时有人经过，朝酒店打量几眼。杰西对伊丽莎白说：“太多人知道这个房间号码了。反正我们在楼上有个房间，我们应该上去。”

他有些担心伊丽莎白会说他过于偏执——二十一世纪的说法，用来形容无理由的恐惧，而且据说在那边非常普遍。但是她点点头说：“好主意。”

梅西·坎普看了看她的包：“我可以很快就收拾好……”

杰西说：“不用，你用不上这些了。再说，我们需要轻装上阵。”

梅西想了想，耸耸肩。务实的态度，杰西心想。片刻之后，他们就到了楼上那间几乎一模一样的房间里。杰西看了看他的怀表，已经过了一个钟头，奥古斯特·坎普还是没有消息。

在杰西看来，梅西和她的父亲多少有些相似，倒不是说有多么明显，是她的棕色双眼，眼神灵活而敏捷，传递的权威感和老坎普极其相似。杰西知道，她从小到大被教导认为自己是非常特殊的存在，别人应该听命于她。然而，她的身上又带着某种独特的真诚——某种并非与生俱来、而是因为人生经历而获得的谦逊。杰西问她，她是为了什么而加入西奥的冒险、最终来到这市场街南边的小酒店里的？

她耸耸肩说道：“我相信这是我必须做的。”

听起来就像预先演练过的廉价答案。杰西追问道：“是说有必要让你的父亲破产吗？”

“是说有必要让人们知道他在这里的所作所为，阻止他在将来重蹈覆辙。”

“‘这里’是指旧金山吗？”

“我是指你们的整个世界。”

“那么他在这里到底是在做什么呢，以你的角度来看？”

“剥削、腐败、欺骗……一旦他赚够金子，就又会将这个世界弃之不顾。”

“他大概会说他是在公平交易——拿走了多少，也就付出了多少。”

“他大概确实会这么说。但那是谎言。”

“你恨你的父亲吗，坎普小姐？从小长大，他对你不好吗？”

“这还真是像《人物》杂志访谈呢，”她一脸不耐烦地看了看杰西，却最终叹了口气说，“我不恨父亲。我是说，他确实常常不在家，因此也许我们之间确实有些问题。但这不是我加入这一运动的原因，不是我在这里的原因。”

她一脸犹疑，不愿意透露更多。

“唔，我不会过多追问……”

“她是个‘真相者’。”伊丽莎白突然开口说道。

梅西一下子直起身子：“那可是个侮辱人的词。”

伊丽莎白继续说道：“真相者即阴谋论者。梅西相信时空旅行理论。她相信政府试图掩盖镜子科技的真实来源。”

“就是说镜子是来自遥远希尔伯特时空的侏儒发明的？”杰西说，“就像你上次告诉我的那样？”

愤怒让梅西的脸变得像猪肝一样红：“他们可不是什么‘侏儒’！在他们来的地方，他们就是正常人！他们被关了好几年，直到死为止！”

“没有任何人能证明这个理论。”伊丽莎白说。

“那是因为所有的证据都被掩盖了。但是，事实真相正一点一点地泄露出来，让精英阶级非常不安。”

杰西说：“有哪些事实真相呢？”

“比方说，我们的整个政治经济体系正在将我们的社会驱逐到一条死路上，”梅西转向伊丽莎白说，“那些你口中的所谓侏儒来自比我们晚上一千年的未来。他们都是小个子，因为在他们那里，每个人都是小个子。尸检证明，他们的体格有许多不同寻常的地方，但是这些信息却从来没被公之于众。他们能以更高效的方式代谢食物。他们的体格让他们能够在炎热而缺少食物的环境里生存下来。对于希望生意照旧的人来说，这可是不方便的事实！因为正是‘生意照旧’引起全球气候变化的。对于像我父亲这样的人来说更加糟糕。这些未来来客的经济系统太过……平均主义了，让像他这样的有钱有权的精英非常不舒服。”

杰西转身问西奥：“你相信这些吗，所谓的来自乌托邦的侏儒？”

西奥看起来非常尴尬：“我没见过梅西那些证据。但是我同意，我们需要更高的透明度。而且，你看，这不是非常讽刺吗？”

“讽刺？”

“我们认为，对公众公开来自未来的信息会引起巨大的恐慌。但是，我们自己回到过去做同样的事却完全没问题。这不是双重标准吗？”

“父亲在这里做的事是不可原谅的，”梅西说，“你应该对他感到愤怒才对。”

也许慢慢我就会了，杰西心想。

天色全黑了，两辆救火马车哐当哐当驶过了蒙哥马利街。从窗口看不出具体情况，但是很显然正如西奥所说，中国城有麻烦了。这时，无线电发出短促的警报声，有消息了！伊丽莎白将仪器凑在耳边，应声回答着“是”或者“不是”。然后，她将无线电塞回旅行包里，宣布：“十点到达市场街码头。一辆匿名小船会接上我们跨过海湾去奥克兰。”

杰西看了看他的怀表，时候还早。“好，”他说，又转向梅西和西奥，“我们的马车够大，可以载上所有人。要是有人在监视我们，他会注意到我们离开酒店，但是也没什么办法，反正我们只要一路走到市场街街角的马厩就可以了。只要我们上了车，就应该没什么问题了。我会带着大家走远路，避开从这里到码头之间可能出现的麻烦。清楚了吗？”

大家纷纷点头。

“再说一遍，下楼，出门，沿着蒙哥马利走到市场街。我去驾马车，然后去码头。没问题？”

没人反对。女士们戴上了帽子。

杰西打开房门，查看走廊。皇家酒店楼里的地形并不复杂。他可以从北头一直看到走廊的南端——除了跳动的煤气灯光外什么动静都没有。“出发。”他说。

到三楼前，他们一个人都没碰到。然后出现一个戴着高帽子的男人，正护送一位女士，他们鬼鬼祟祟的样子一看就不是夫妻。那男人的右手攥着一张房卡。

他们经过316——梅西和西奥原来的房间。杰西本来没多想，直到看见那女人拽了拽男人的袖子说：“这算什么旅馆啊？你看那房门上的锁都是坏的！”

伊丽莎白带着梅西和西奥又向下走了一段，离开杰西的视线。他等了等，直到那高帽男成功说服女伴继续向他们的房间走去。一等他们离开走廊，杰西小心便翼翼地走向316号房。

316的房门半开着。锁果然被人撬开了——大概是用铁棍之类强行撬开的。除了梅西的旅行箱外，什么都没乱。旅行箱里的所有物件都被翻过扔到地上。幸好他们早就离开了，来人什么都没找到。

“因为他们过来其实是想找我们。”杰西暗想。

有人找上门倒不是什么意外，问题是来的到底是谁的人。是小汤姆或者其他堂口的头头，派人来找更多未来城的武器？还是罗斯科·坎蒂寻仇来了？

他们经过皇家酒店的大堂来到大街上，夜晚的空气中充满了垃圾和木烟的味道。蒙哥马利大街上的行人大多是男性，看起来也大多是正派人，没有什么特别值得怀疑的。暗淡的灯光和深深的夜影为杰西一行人提供了掩护，但是也让潜在的威胁更加难以发觉了。杰西领头，走在梅西和西奥前面几步；伊丽莎白则走在他们身后，仿佛害怕他们会随时消失在人群里一样。

市场街上人更多也更嘈杂了。奇怪的是，杰西停车的那个马房上挂了一个粗大的招牌，写着“停业休息”。里面什么灯光都没有。杰西用拳头在那谷仓大小的门上用力敲了敲。没人应门，让人很是担心。里面有动物在——应着杰西的敲门声，门里传来动物紧张的嘶叫。这个时辰，按理说应该有人在里面照顾动物才对。他看了看伊丽莎白，伊丽莎白耸耸肩。

大门并没有上锁，杰西推开门。夹杂着动物的骚动声，马群和腐败稻草的臭味在黑暗中扑面而来。杰西没有灯。他把手枪从衬衣下的皮带上抽出来拿在手里，以防万一。“你们在门口等着，”他对伊丽莎白说，“不要让梅西和西奥离开你的视线。”她点了点头，也从日裙的口袋里将手枪掏了出来。

杰西借着阴影的掩护，朝着马房的深处走去。他的右手边是一排马厩，左手边则停着各种板车、马车和厢车。马房的尽头有一扇高窗，光线从窗外透进来，杰西借此探路。他经过一个小小的壁龛，里面有一盏油灯，仿佛是匆忙间被谁留在那里的。杰西停下，从壁龛里取出油灯，又用未来城的新式火柴将灯点亮。黑暗中，油灯发出一阵刺眼的光，杰西一下子就明白为什么没有人应门了。

几个钟头前接待杰西的那个马厩伙计此刻正一动不动地躺在地上的一个铁匠淬火桶后面。而那个穿着围裙的铁匠则双臂交叉、脸朝下倒在一堆浸透了尿液的草堆上。两人的喉咙都被割开了，血凝成了堆。很显然，他们死去已经有一阵了。

杰西感到一阵寒意——彻彻底底的物理性的寒意。寒风从他的心头散开，遍布全身上下。

几年前，一个使刀的普莱瑟县矿工袭击了赵夫人的一个女孩儿，因为她不管怎么做都不能让他硬起来。杰西帮助父亲赶走了那人。过程非常危险，杰西也挨了几刀，好在那矿工伤得更重。后来，杰西试着向父亲描述争斗中的感觉，那是某种扩散到全身的寒意——那寒意并没有削弱他，反而让他更强了。“我知道呢，”杰西的父亲说，“那是库鲁姆家族的遗传，既是天赋也是诅咒：一方面让你在争斗中更加冷静，保持头脑清醒警觉，但另一方面也让你不会轻易转身逃跑——这很危险，因为逃跑其实总是更加明智的选择。”

同样的，今晚的杰西也毫不躲闪，右手冰冷的手指紧握灯笼，左手冰冷的手指紧握手枪。那带着铁锈的血腥味越加浓厚，也是马匹惊慌失措的原因。杰西每向前走一步，马儿们就大声地打着响鼻，互相推推搡搡，提醒着杰西这里再也没有其他人了——没有任何一个活着的人了——除了他以外。

但是他没有马车和一两匹马就不行。杰西继续向前，直到看见停在马房深处的阿碧姑姑的马车。他正要喊伊丽莎白过来帮忙——他需要她帮忙一起给马车套马——一阵隐约的血气却阻止了他。杰西打开车门。

一具尸体翻身跌落，倒在他的脚边。

到处都是血的气息。马厩里的马惊慌地翻着白眼，开始拼命地嘶叫，乱踢。

杰西移过灯，灯光照在尸体的脸上。

刘松理。虽然他已经面目全非了。他的喉咙被割开，舌头则被从那血红的开口里拉了出来。

16

伊丽莎白在马房大门口守着梅西和西奥，像久经沙场的士兵一样扫视着往来行人。她倾听着马房里的种种动静，寻思杰西是不是去太久了。她听见杰西穿过铺满稻草的仓房，马儿们发出阵阵牲口特有的声响。她朝里看了看，一阵闪烁的火光映入眼帘。杰西大概找到了油灯！然后是一阵沉默，又有更多动静，最终是闷闷的“咚”的一声。

杰西出现在门口，催着她和其他两人赶快进去。

他将门在身后关上。借着油灯的火光，伊丽莎白瞥见杰西一脸震惊和愤怒，五官都拧在了一起。伊丽莎白几乎本能地向后退了一步："出什么事了？"

杰西将她拉到一旁，以某种毫无平仄的机械语调回答了她的问题。他说，他找到三具尸体。两个男人死于刀伤，刘松理遭虐杀，尸体留在了他们来时的那辆车厢里，身上的伤来自于罗斯科·坎蒂的招牌刀法——"那是他下的战书。"

伊丽莎白看着杰西，愤怒像锅炉里沸腾的热气一样从杰西的身上喷涌而出。空气里有股铁锈味儿，伊丽莎白迟疑了一下，才意识到那是人血的味道。"那么，我们该怎么办？"

"我们不能用来时的那辆马车了。那已经成了坎蒂的藏尸房。但是我们可以另偷一辆车。来帮我给马上套，然后我们……"杰西突然停了下来。

"怎么了？"

"你会驾马车吗？或者西奥可以吗？要是他认识去码头的路的话……"

"你在说什么呢？"

"想想这一切是怎么发生的。我们在饰品店和刘松理分手。也许松理一路跟踪我们来到这里，但是他为什么要这么做呢？因此我的猜测是，坎蒂的人在松理和我们分手后不久就逮到了他。他们一直跟踪着他呢。"

"他们为什么要跟踪刘松理？"

"坎蒂也许知道松理和赵夫人那里的联系。要是坎蒂的人一直留心松理的话，他和某位来自外地又符合关于我的描述的人见面必定会亮起红灯。"

“我们今天见了松理两次，都没有人拦我们。”

“大概是因为罗斯科得到消息时我们已经朝着皇家酒店去了。”

伊丽莎白试着回想最后一次见刘松理时他的样子——一个穿得像游船赌徒一样的年轻傲慢的亚洲男人——然后又努力不去想象他遭罗斯科·坎蒂黑手党般处决后的死状。“你觉得他告诉他们什么了吗？”

“松理肯定会拼上一拼的，能不开口就不开口。但是，伊丽莎白，他也只是个人。到最后，也许他什么都说了。”

“包括皇家酒店的房间号。”

“但是，当他们来酒店找我们时，房间是空着的。因此，他们不得不多问松理几个问题。”

“为什么在这儿动手呢？”

“这是离酒店最近的马房。坎蒂很可能在这里埋伏过，希望能够等到我们。但是，他一向没有耐心。”

“你觉得他先杀了马房的人，然后是松理？”

“大概是反过来——坎蒂先是一阵冲动杀了松理，又杀掉马房的人以免留下目击证人。将松理的尸首留在车里是为了给我留个口信。坎蒂想要报仇，他才不在乎什么梅西·坎普或者未来城呢。”

伊丽莎白盯着杰西，这才缓缓明白过来这一切意味着什么：“他们问松理为什么你会来城里。他们问你是怎么联系上他的。他们一定会问他关于……”

“……关于菲比。”

“他不可能把她供出来，不是吗？他妹妹也住在那里啊。”

“我们不知道松理说过什么。也许他会供出菲比以此保护他妹妹。另外，他们把他的尸体留在这儿，因为坎蒂知道我看到尸体后一定第一件事就是去找菲比。伊丽莎白，我知道这是他们为我设下的陷阱，但是我毫无选择只能一脚踏进去！”

“但是我们得把他俩送到坎普的船上去呀！”

杰西一声不吭。

“而且必须在今晚。”她又说。

“我会自己骑马回去。你可以带着他俩去码头。他们不会反抗的。叫一部出租车！”

“但是你就拿不到钱了！”

杰西瞪了她一眼。

“再怎么说，”伊丽莎白接着说下去，“要是坎蒂在你姑姑家，他一定会带着他的人。你单枪匹马怎么可能对付得了他？”

“你觉得我不行吗？”

“我是说你不需要这么干。我是个老兵。我受过训练。我知道怎么用武器。”

伊丽莎白的话让杰西一下子愣住了。他将双手放在她的肩膀上。手很大，也很凉。他说：“可是我们没有时间了。我谢谢你，伊丽莎白。但是你必须回家，回到你的女儿身边去。”

“即使我们错过了船，坎普也不会将我留在这儿的。”

“他不会吗？”

“只要我们有他的女儿，他就不会。”

杰西愣了愣：“你可不能……”

“我他妈的就是能。”伊丽莎白说着，然后一下子就意识到了自己打算这么做的真正原因。

“你干吗要冒这个险？”

“因为坎普是错的！他从来都是错的！这里可不是什么他妈的西洋镜——这里的一切都是真的！你是真的，菲比是真的，这个地方是真的——而我人就在这里！我也是真的！而且，我可以帮你！”话毕，她又在心里无声地说——而你是无论如何也阻止不了我的！

杰西直直地瞪着她，肩头的双手握得更紧了，仿佛想要推开她似的。

但是最终他没有。他说：“如果是这样的话，我们就是在浪费时间。让梅西和西奥上车。任何车都可以，只要不是我们来时的那辆就行。别忘了拿上武器，我们用得着。”

两匹喘着粗气的马将偷来的马车拉上诺布山。

住在这儿的人称这里为加利福尼亚大街山。但是杰西说，对于住在市场街以南的人来说，这里就是诺布山——而“诺布山”才是会被传下去的名字。上坡路非常之陡峭，两匹马拉得异常吃力，因此他们的进程可谓缓慢得恼人，但伊丽莎白却因此有了四处张望的机会。从加利福尼亚大街上可以看到整个商业区、南面下九流的街区以及整个中国城。此时，整个中国城都陷在熊熊烈火中。

伊丽莎白数了数，至少有五个独立的火区。“看样子暴民冲着中国剧院去了，”杰西说，“那里演起戏来一折接一折，有时候一演就是好几天，里面可有不少人啊！”

火警钟铿锵铿锵地响成一片。有些地方，大火将整条街都映得亮如白日。

“这火会蔓延开吗？”

“也许会。”

“一直蔓延到这上边来？”

“大概不会，至少今晚不会。我猜这一切都不在你们的历史书里？”

不在，至少不完全一样。这一版本的1877年很显然已经偏离了航线，驶向了完全未知的水域。对于下面会发生什么，伊丽莎白和杰西一样，什么都猜不到。

她和杰西一起坐在车夫的长凳上。梅西和西奥则坐在包厢里——如果“包厢”确实是乘客车厢的正确称呼的话。阿碧姑姑的大屋终于出现在他们的眼前。杰西收了收缰绳，一边寻找着合适的停车点——既可以避开从火灾区里出来的交通，又不会让任何正期待着他出现的敌人有所警觉。

阿碧·郝瑟的先夫尽管富有，他的房子却不是加利福尼亚大街上最好的。最好的房子在山顶，属于某个叫作利兰·斯坦福的人。那房子看起来就像是膨胀到航空母舰大小的亚当家族鬼屋。与之相比，阿碧家的房子大小看起来更像是给人住的，但外观却同样的巴洛克，带着各种繁复的意大利式装饰，仿佛耗费了一整个采石场的石料堆积而成。“好吧，”伊丽莎白说，“现在做什么？”

杰西盯着大屋看了片刻，说道：“你看见二楼窗户里的灯光了吗，南边的那些窗户？”

“怎么了？”

“那些房间在阿碧成了寡妇后就再也没用过。菲比和我有时候会在里面玩捉迷藏，但是到了晚上从来不会点灯。”

“阿碧和菲比也许上去看火去了。”

“要是看火，她们大概会去寡妇看台。”——所谓的“寡妇看台”是指屋子最高处带阳台的石质塔楼。

“你觉得是怎么回事呢？”

“我想坎蒂和他的人已经在里面了。”

杰西的语调平缓，但是认识他这么久了，伊丽莎白完全可以听出包裹在平静话语下的那层怒火。

“所以说，这是一个人质解救的情形。我们必须想办法找到阿碧和菲比，并且保证她们的安全。”

杰西点点头，一边掰着手指数道：“菲比、阿碧、苏怡，还有那个雇来的帮手兰德尔——如果坎蒂的人到达时他也在的话。”

“我们不知道坎蒂到底有多少人？”

“不知道。”

“我曾经受过反恐和人质解救的训练。”伊丽莎白说——这几乎是真的。她接受过相关的基础步兵训练，但是在她实际从事的信号情报工作中，大部分时候她都守在电脑屏幕后面。当她加入那家为未来城提供保安的名义上的民用安保公司时，她又接受了某种简略版的联邦调查局匡堤科训练，其中包括在假门和假墙组成的模拟城市环境里进行反击。“我们需要一个计划。”她说着在脑海中清点了一遍旅行包里的武器库存——四颗光电手榴弹、四把自动手枪及其备用弹夹、一把没卖掉的泰瑟电击枪、一捆塑料手铐，外加他们和奥古斯特·坎普之间唯一的沟通纽带无线电收发机。家伙不多，但总比什么都没有要强。

“计划就是我进去，然后杀了坎蒂和他的人。”杰西说。

“那可不是一个……真正的计划。”

“我不同意。”

“那我该干什么呢？坐在马车里等你吗？”

“没错。”

“这是浪费资源，杰西。要是你一个人进去，我要等到你被杀了以后再自己进去吗？要是我们一起的话……”

“你是个士兵，我理解这一点，而且我对你愿意帮忙非常感激。但是我对那房子比你可熟悉多了。我可以隐蔽地靠近，不让人发现。”

“隐蔽地靠近哈？你可以探出坎蒂到底有多少人，他们是如何分布的，人质又在屋子哪里吗？”

“应该可以。”

“那就这么干。去侦察一下，然后回这里来，我们可以制订个计划，确保行动达到最佳效果。”

“我们的时间不够。”

“这样的话就记得看时间！如果三十分钟内你没回到这里的话，我会假设你已经死了，或者被坎蒂抓住了。”

“那样的话，你会做什么？”

“我会见机行事。”

“那是什么意思？”

伊丽莎白自己也不确定，于是说：“我们尽量不要让那情况发生，好吗？”

杰西看了她一眼，最终点点头，掏出了怀表：“三十分钟？”

“嗯，从现在开始。”

杰西理解任务的紧迫性，也知道对于失败的恐惧只会让他失去判断力。因此在侦察时，他假装自己还是那个十五岁的男孩，对这所大屋的秘密了如指掌，不会被发现，来去自如。

那时，这屋子对他来说真是大极了，完全是富人豪宅的典范。但是如今他见识得多了，深知郝瑟先生其实并没有表面看来那么风光。他在加利福尼亚大街上的这座屋子和其他当时以及现在的百万富翁的石砌大宅相比，其实真的算简朴的了。但不管怎么说，这宅子还是忠实地反映了大屋主人的财富来源——康姆斯托克采金区。庞大而刻意复杂化的结构表现出的全是目中无人的傲慢。对于加利福尼亚大街上的财主们来说，在自家大宅四周筑上高高的围墙是常事，这么做往往只是为了挡住某个讨厌的邻居的景观而已。郝瑟的银矿收入大概可以让他负担得起这些荒唐的作为，但是他波士顿人的保守作风大概又让他在建屋时多少有所收敛。因此，阿碧姑姑的大宅最终只有几个空卧室和几个厅，作为图书室、会客厅、书房、餐厅等等。宅子里还有一块不大的区域专门供仆人住宿，但是现在由于家中人手削减到只剩下兰德尔和苏怡，这一区域也已经空闲好久了。正是由于郝瑟相对保守自谦的态度，宅子的三面围墙仅比杰西的头高出了一点点。即使当时他比现在还要矮个一两英尺，这墙对他来说也没什么难度，何况他对所有隐蔽的攀墙角度都知道得一清二楚。

杰西翻过宅子的北墙，落在一丛繁密的月影卫矛上——那里曾经是阿碧姑姑的杜鹃丛——再经过小型的家庭温室就到达大屋本身了。他静静地蹲了一会儿，确定自己没被发现。半月悬挂在天空上，投下似敌似友的月光，对他来说可谓既有用又危险。

没有人过来，杰西沿着墙根蹑手蹑脚地缓慢前进，直到可以看到房子的正面为止。车道上停着两辆马车，看起来花哨而昂贵，正合罗斯科·坎蒂的口味。两辆车坐得下多少人呢？应该不会超过十个，也许还会更少些。杰西在心里盘算着，决定先以十个人作为粗略估计。这么说的话，包括坎蒂在内有十个罪犯。如果阿碧、菲比、苏怡和兰德尔也都在的话，屋里一共有十四个人。十个坏蛋加上四个人质——如果坎蒂留了活口的话，一个叛逆的念头从杰西的脑海里掠过。

人质都会在哪儿呢？要想知道这一点，他就必须进屋里去。杰西看了看怀表，苍白的月光下什么都看不清楚。他猜，那三十分钟里至少已经过去五分钟了。他真希望自己有四十分钟才好。

许多年前他第一次学着偷偷地进出这屋子时，阿碧姑姑可是个严厉的角色。她从来没有隐瞒过自己对侄子侄女的看法，觉得他们是半个野人，从小被一个醉鬼养大。杰西喜欢随意四处游荡的习惯常常让她忍无可忍，而她波士顿人特有的保守古板也让杰西深有同感。因为被禁止从大门离开，杰西不得不另辟蹊径。

那时的他更年轻，吃的也没那么好。他从来就不是小个子，受未来城雇用的这几年更是长了不少肌肉和分量。他觉得要是尝试爬水管的话，水管一定会支撑不住。但是，想要进去还有其他的办法——其他让他可以充分利用体重的办法。其中看起来最困难实际上最容易的，就是从房子的塔楼爬进去。

郝瑟先生在设计房子时雇了旧金山的某位知名建筑师，也就是说，这房子的设计者同时拥有石匠的技能和疯子的审美观念。阿碧姑姑曾经跟他讲解过大屋的各种“元素”，有好多都借鉴了欧洲建筑经典，包括这石质塔楼——从二楼建起，却比屋顶的最高处还要高上一头。塔楼里是两座上下相邻的圆形房间，上面的那一间连着一个窄窄的阳台——那就是寡妇看台——和平整的石墙形成一个半圆。

乍眼一看，从外面完全没有路可以通向这高塔。但是，外表可是会骗人的。正因为所有人都以为此路不通，这塔楼其实是杰西秘密进出时最可靠的通道。事实上，那路径简单得堪称完美——从温室的屋顶翻上锯齿形的石墙，利用石块间的天然缝隙作为把手和落脚点爬到马房平缓的屋顶上；顺着屋顶爬到寡妇看台最里面的一角与屋顶的连接处,然后向上翻过围栏就进屋里了。现在看来,这条路还是那么简单。唯一的问题在于，罗斯科·坎蒂派了一个人守在寡妇看台上。

杰西停了几分钟，观察那守卫。守卫懒散地在看台上踱了一圈步子，又给自己点了一支烟。真蠢！坎蒂的手下一向就和他们的主子一样，傲慢而自大。男人手中的火柴照亮了一张留着胡子的脸，戴着皱巴巴的帽子。一等那守卫转过身，杰西连忙跑过那截暴露在外的草坪，来到温室和大宅外墙相接的地方。他深深地藏进塔楼的阴影里，消失在任何可能的视线之外。那温室很矮，大概够一个人勉强站直，过去是专门留给多年生植物过冬用的，现在已经完全空着了。温室由一排用铁支架支撑的含铅玻璃构成。杰西知道，攀爬的秘诀在于将体重安放在铁支架的地方。他踮起脚，伸手抓住温室屋顶的外缘，然后利用一旁的大宅外墙攀了上去。

接下来的一段路程从寡妇看台上可是怎么都看不到的，但是对于任何出门走到草坪上的人来说可就是一目了然了。于是，杰西尽可能轻而快地向上爬。石材的边缘非常粗糙，杰西一不小心踢开了几颗石子儿，好在被外面街市的声音掩盖住了。一颗石子儿不小心砸在温室屋顶的玻璃上，杰西一下子僵住了。那守卫停住身，向下看了看阴暗的花园，什么也没有，于是又回去踱起圈来——没出什么问题，但还是耗了点儿时间。

杰西爬到屋顶上，他的双臂和大腿已经累得像要烧起来一样。但是从这里起，他的进程就快多了。杰西穿过一段砾石路面来到寡妇看台与屋顶的连接处，翻过看台的铁艺栏杆，来到了坎蒂守卫的身后。

那守卫觉察到杰西，正要转身就被杰西用手臂一下子擒住了喉咙——杰西是在未来城学到这一招的——再也动弹不得了。

父亲曾经教导杰西，不要对敌人轻易下杀手，除非这敌人就像毒蛇一样，不杀死别无他法。杰西心想，所有坎蒂的手下大概都算得上毒蛇吧。他将那男人扭倒在地，用膝盖抵住他的后背，又用力把他的头拧向一边，直到“咔嚓”一声响。杰西等了等，确定那男人已经咽气，就把他随身携带的左轮手枪搜了出来，加入自己的随身武器库。夹在皮带下面的格洛克、裤袋中的备用弹夹、另一侧裤袋中的光电手榴弹——这就是他随身带着的所有武器了！不至于太重，也不至于让伊丽莎白手无寸铁。

时间正一分一秒地前进着。杰西透过窗户看了看塔楼里的上层房间，里面空无一人。他踏进门，将浓浓夜色关在了身后。

伊丽莎白看了看表。

杰西走后已经过去十五分钟了。那是他们约定的侦察时间的一半，是时候开始计划下一步了。她从车夫的座位上爬下来，打开车厢门，坐进梅西和西奥的车厢里。

之前她只告诉他们去码头的行程需要稍微等一下，在离开旧金山之前，杰西需要“解决一些麻烦”。他们也许会以为那是某些和中国城骚乱相关的麻烦吧。伊丽莎白想，在杰西和自己尝试救援人质的同时，他们大概会愿意坐在这里等吧。但是她也不能完全确定。再怎么说，西奥可是个职业骗子！因此，爬进车厢后，伊丽莎白双眼盯着西奥说：“把你的裤子脱下来。”

“你说什么？”

“我需要不碍事的下装，这该死的裙子可不行。我也需要你和梅西待在这里，不要到处乱跑。所以说，一石二鸟。西奥，把你的裤子给我。”

西奥眨了眨眼说：“我不确定你穿到底合不合身。”西奥有着大学网球运动员般的瘦削身型，因此这话本来也可能有几分道理。但是，他的衣服是在本地买的，剪裁得也不是特别贴身。另外，他的话多少惹到伊丽莎白了。伊丽莎白冷冷地说：“我愿意冒这个险。”

“你看，我保证我不会……”

“我可没空跟你讨价还价。我不是在征求意见。”

有这么一小会儿，伊丽莎白觉得西奥也许会反抗。那样的话她就不得不动武了。也许可以用电击枪？但是很明显，西奥也想到了这一点，知道如果这么来的话自己可不会有好下场。于是，伊丽莎白拿到了裤子，而西奥则穿着棉质短裤蜷在车厢的一角里，一脸愤怒。

伊丽莎白假裙子的一侧是靠尼龙扣合拢的，一下子就可以拉开，因此脱裙子还算简单。她挣扎了一番将裤子套上去。确实有点儿不舒服，裤裆和大腿的地方有些紧，也不容易扣上。套上裤子后，她又将裙子作为掩护罩在外面，有需要的话一下子就可以脱下来。“现在，把手伸出来。”她说。

西奥眼看着又要火冒三丈：“这又是为什么？！”

“还需要问吗？”

她将梅西和西奥的手腕铐在一起。这样的话，他们大概就不会轻易离开马车了。再怎么说，一个女人和一个没穿裤子的男人铐在一起，大概一下子就会引起许多人注意吧。做完这些，伊丽莎白又看了一下表。按约定，杰西还有不到十分钟就该回来了，但是还是完全不见他的人影。

进屋以后，杰西的动作更加放松了。他成功地从塔楼上层房间经由旋转楼梯下楼，楼梯竟然没有发出任何吱嘎的抱怨声。下层房间是圆形的，带着几扇小小的椭圆窗户。通往二楼过道的房门微微开了一条缝，几道淡淡的灯光射进来。杰西透过那门缝看了看外面。

走道上没有人。煤气灯静静地发着光。昏黄的灯光落在五间卧室门和主楼梯顶端核桃木矮桌的黄铜配件上，反射着夺目的高光。离楼梯口最近的两间卧房分别属于菲比和阿碧姑姑。所有的门都关着，乍看之下一切都和平常没什么两样，除了矮桌上那尊倒下的花瓶，流出的水和散落开的枯萎的紫罗兰堆积在那“母狼乳婴”的黄铜小像旁。杰西听到屋里某处传来谈话声。男人的声音，吞吐着香烟，带着狠劲儿。

杰西知道，自己必须为一个可能性做好心理准备——阿碧、菲比、苏怡和兰德尔可能已经都死了。罗斯科·坎蒂知道杀死刘松理会引杰西回来这里。他带着自己的人过来，一路闯进屋里，将屋里的人拿作人质。他很可能已经虐待强暴了屋里的女人们，或者就是简简单单地杀了所有人——这么做完全符合他的个性。但是换个角度想，坎蒂也许会留下人质活口作为筹码，以防万一。或者——这也许更有可能——坎蒂决定延迟对人质们下毒手，直到杰西回来，逼着杰西亲眼目睹那惨剧发生。

杰西看都没看表。他猜自己的时间大概已经快用完了，但是他还没有得到任何有用的信息。原路返回只会浪费更多的宝贵时间。他需要做些什么。

正想着，杰西突然听见一阵上楼的脚步声。有个男人正朝着楼梯间走来，那是坎普的打手之一，某个已经过了壮年的前普莱瑟矿工。他的胸前背着一条装满子弹的弹带，仿佛在某个墨西哥叛乱音乐剧里演出一样。也许这些男人都已经喝过好几杯了？杰西心里暗暗期盼。但如果是这样的话，他们可得随身带着酒——阿碧姑姑家里是禁酒的。

那土匪模样的男人在菲比的卧室门上敲了两下。门打开了，另一个男人探出头来。

“你下来吃点东西吧，”“土匪”说，“动作要快，那老娘们儿的厨房里可没什么油水。对了，他们找麻烦了吗？”

杰西听到这里，心跳不禁加快了。

那男人含糊的回答听起来像是在说“没有”。杰西意识到，原来是守卫在换班。人质——也许是所有的人质，又或许只是其中的几个——就在菲比的房间里。

突然，“土匪”又指了指大厅尽头的塔楼房间——看起来就像在指着杰西一样——“怀勒从门廊那里看到什么没？”

原来他是在说寡妇看台上的那个守卫，怀勒一定就是杰西刚刚杀死的那个男人的名字。“要是他看到了些什么，他可没跟我说。”

“总得有人给他拿条鸡腿去。”

“没事儿，怀勒为我们大家挨饿就好了。”

换了班的守卫下楼吃饭去了，“土匪”进了菲比的房间，又将房门在身后关了起来。杰西等了等，直到一切再次静下来，唯一能听见的声音就是楼下絮絮叨叨的低语。他离开塔楼房间，沿着走廊走过去，就像回到了 1870 年、在外面捣了一夜的乱悄悄回来一样。来到楼梯口时，杰西憋着一口气努力地向楼下看了看。玄关处什么人都没有，看样子坎蒂和他的人占了前厅来做他们的大本营。

他转身回到矮桌旁，阿碧姑姑的花瓶并肩躺在那铜质小像旁，正是伊丽莎白口中“吓死人了”的那一座。传说罗慕洛与勒莫是一对孪生兄弟，也是罗马城的创始人，他们从小由一头母狼喂养并保护长大。这“母狼乳婴”的雕塑展示的就是母狼喂两兄弟奶的一幕。两个无邪的小婴儿仰着脸，看着母狼酒袋般的乳房。要么就是狼特别大，杰西心想，要么就是两个婴儿特别小。铜像很沉。杰西握住狼凸起的鼻头，将铜像举过头顶。他用右手敲了敲菲比卧室的门，故意敲得不是很响，楼下应该听不到。

“土匪”开了门，探头出来。也许他正打算问什么事儿吧！话没出口，杰西就将那“母狼乳婴”砸在了他的头上。房里传来一阵惊呼声，还好声音不大。杰西一把接住“土匪”倒下的身体，轻轻放在地板上，拖进房里，又在身后关上了门。那铜像还握在他的手里，母狼的口鼻处沾满了血。如果有需要，杰西会毫不犹豫地再砸下去。但是很显然，那家伙的头已经被打破了。他挣扎着喘了一阵粗气，停止了呼吸。

这是杰西干掉的第二个。他抬头看了看人质，没必要清点了：菲比、阿碧、苏怡，还有那个雇来的帮手兰德尔都在这里。除了兰德尔外，其他人都还活着。

兰德尔的心口上中了一枪，根据他背心上的火药和血迹来看，这一枪是近距离打中的。除了阿碧颧骨上的一道青紫瘀伤外，三个女人应该都没受什么大伤。苏怡看起来非常糟糕，她蜷缩在菲比的床上，紧紧攥住棉被的下摆，浑身打着战；但是身体上应该没有受伤。菲比也吓坏了。她的头巾被摘了下来，裸露的伤疤衬着她苍白的皮肤尤为显眼，让人想起沙漠里耸立的碉堡；但是她没有受伤的那只眼却愤怒而警醒。“谢谢。”她轻声说。

看到杰西，她们并没有一下子拥上来，大概是因为他手中血淋淋的雕像吧。这是好事。虽然杰西很想留下来，但是他不能。将她们带离卧室也不实际。除了下楼经过坎蒂的人之外，没有其他的路可以通往屋外。按未来城人的说法——“不可行”。

但是，在最终的枪战爆发前，也许杰西可以再干掉几个杀手？因此，他将“母狼乳婴”放在了地板上，藏在了某个不起眼的角落里。他又将那土匪的尸体以某个比较不引人注意的姿势摆在了床后。杰西将手指放在嘴唇前，示意大家保持安静，又问了最关键的问题："一共几个人？"

“我想一共有十个人。”阿碧低声说。菲比闭上眼，在脑海里数了数，又点点头表示同意。

“那好，”杰西说，“在这里等我。”

他悄悄地溜回走廊，打算躲回塔楼的房间里。还没走进门，楼下就传来了阵阵枪声。

约定的时间到了。

约定的时间过了。

又过了五分钟。

仍然不见杰西的踪影。

伊丽莎白感到一阵孤独。那孤独感是如此巨大，占据了她的整个存在，在这一生里她仿佛从未如此孤独过。她没有后援，镜子离她有半个大洲那么远。要是没有无线电，就连奥古斯特·坎普也找不到她——但是她暂时还不打算和他联系，至少等问题解决再说。她在心里默默地算了算，未来城派来接他们回奥克兰的那条船大概刚刚靠岸。

几分钟内，坎普就会收到一条从市场街街角发出的消息——“他们不在”——然后各种可能的地狱之门就会应声打开。

但是，这不是她需要解决的问题，至少目前还不是。目前需要她解决的问题是，自己即将踏入一场枪战。坦白地说，她上一次需要用枪就是在未来镇迎击那个枪手的时候。在此之前，她的所有射击目标都只是纸板人而已。但是现在，她即将迎击的敌人可跟她不大一样——那些人可是靠射杀真人来练习射击的。

但是另一方面（至少她是这么告诉自己的），那些人都是些狂妄自大的罪犯，他们的装备不过是些小刀和古董左轮手枪罢了。她懂得更多，装备也更好，还可以打他们个措手不及。在他们缓过神来有组织地攻击她之前，她大概可以先干掉好几个。

不幸的是，“先干掉几个”是她到目前为止唯一的计划。如果杰西还有行动力的话，那就太好了。但如果情况有所不同……

伊丽莎白想，如果战斗变得过于一边倒，她就撤退。她将嘉贝莉耶尔的样子牢牢地刻在脑海里——她婴儿时的样子，那时她刚刚长到可以够着椅子的边缘自己站起来。嘉贝莉耶尔，她暗自发誓说，我一定很快就回到你身边。——即使那意味着她必须不顾杰西在这边死去。

但是现在，她还不必做出选择。因此，她开始着手准备工作。

她根据昨晚的记忆回忆着屋子的内部构造。在军队受训时，曾经有个教官军士告诉过她，她有“出众的战术记忆”。简单地概括目前的情况：她需要进入一座布满了未知数量敌人的房子，这些敌人都是危险而致命的男人，并且各个有所准备。她唯一的优势是，他们怎么都不会想到袭击他们的将是一个女人，这也让正面袭击变得有可能了。

她大大咧咧地走上车道。头戴着那顶傻死了的遮阳帽，尼龙扣裙子掩盖着借来的裤装，双手抓着旅行包仿佛那是个女包一样。

让她吃惊的是，她在车道上走了好一会儿，却什么都没发生。他们忘了派个人望风吗？还是他们真的那么自信？或者说杰西已经干掉了几个人？不管怎么样，她都快一路走到大门前了，门才终于打开了。三个男人踏出门，在她面前排成一列，一副无人可通过的架势。他们看起来就像是一帮赌徒，肢体语言充满了“老子谁也不怕”的傲慢，明显佩着武器，枪却没出套。中间的那个男人说：“你有什么事吗？”

伊丽莎白睁大了眼睛，故意装作吃惊的样子：“请问郝瑟夫人在家吗？阿碧盖尔·郝瑟？”

“她现在很忙。你和阿碧盖尔·郝瑟是什么关系？”

“唔，我还真不好意思说呢。去年我向她借了一笔钱，一大笔钱——她可真是慷慨——现在我过来还钱给她。”

其中的两个男人大概觉得这对话搞笑极了，一副强忍着没有笑出声的样子。但是，中间的那个男人依然绷着脸。

“郝瑟夫人现在不见客。但是如果你愿意的话，我可以帮你把钱还给她。是这个包吗？”

伊丽莎白一边应付着他们，一边不由自主地想到了刘松理之死，以及这些男人在其中扮演的角色。这戏肯定演不了多久。“是的，”伊丽莎白回答道，一边将手伸进包里，“就是这个。另外，我还有一个口信。”

“好吧，你说吧，什么口信？”

包里装着一把上满了膛的格洛克。“口信就是，刘松理向你们问好。”

她一下子就打死了其中的两个。这时，第三个男人终于醒悟过来，伸手去拿他的柯特。但是他还没来得及拔出枪，就不得不加入他的朋友们了。伊丽莎白转身跑向了房子的一侧，手腕上带着熟悉的射击后的酸痛感，心脏也像玩体操一样在胸膛中上下跳个不停。她刚刚射杀了三个完完全全的陌生人，或者至少给了他们致命的一击。其中两人被射中上半身，没有急救一定活不下去；另一个头上中了一枪，很明显是死定了，除非天神下凡救他一命。但是，现在不是多想的时候。

她倒是希望坎蒂的人听到枪响就都冲出来——那么他们就成了可以轻易射中的目标——但是这并没有发生。看样子他们还算聪明，不会两次犯同样的错误。这也给了她短短的一瞬间空隙用来思考，下一步怎么办?

阿碧的宅子离街道很远，枪声没有引起任何人的注意——枪声很可能被树丛和墙给挡回来了，或者路人因为中国城的大乱完全没有注意这里。因此，伊丽莎白还是孤身一人。旅行袋已经空了（她一拿出枪来就把袋子给扔了），但是袋子里的其他东西其实都藏在了她的裙子下面。也许她该趁现在把假裙子也脱了？这样可以更加自如地活动。然后躲在窗台后面朝屋里扔一枚光电手榴弹？这样也许可以引起足够的混乱，掩护自己绕到房子后面，从那里进屋。然后的话……

她没来得及想完。

首先是一阵压迫感，就在肋骨的下部。伊丽莎白反射式地躲开，却又感到喉咙上的另一股压力，如套索一般越来越紧。这是怎么回事?她怎么会完全没有听见看见有人靠近自己?但是现在再问这个问题已经没有任何意义了。“放下你的枪，”一个声音在她的耳边说——是个男人，听起来非常镇静，不慌不忙，“现在就放下！”

那声音显然习惯于别人听命于他。伊丽莎白松开了手，格洛克摔落在潮湿的地上。

肋骨上的压迫感来自于刀尖。她的头虽然动弹不得，但还是可以看到那握刀的手、刀柄以及一截光亮的钢铁——比周围都要亮上一圈。那手挪了挪，刀尖随之前进了一小段，刺破了她的皮肤。伤得不算重，至少暂时还不重，但是伊丽莎白清楚地感到外衣下有滴血流了下来。她拼命抵抗着擒住自己喉咙的那条手臂，大声地喘着气，那手臂却收得更紧了。

那声音（伊丽莎白几乎可以肯定就是罗斯科·坎蒂）轻声说："你就是跟他在一起的那个女人是吧？你就是杰西·库鲁姆的女人。"

伊丽莎白根本就喘不过气来，也没法回答。那声音似乎也没打算让她会回答问题。刀尖刺了进来，又刺得更深了一点。伊丽莎白的视线模糊了，某种缺氧和眼泪的结合感。她又想起了嘉贝莉耶尔，此刻自己和她之间的距离遥远得超乎了任何想象。

刀尖深深地扎进骨头里，是她最下端的那根肋骨，一阵电击般的疼痛感传遍全身。伊丽莎白的脊骨一下子就蜷缩起来，这一动却又让刀扎得更深了。

突然间，疼痛消失了。

"进门来，"罗斯科·坎蒂说，"我们好好说说话。"

枪声停止后，杰西站在塔楼下层的房间里，眼睛一动不动地盯着房门。"是伊丽莎白。"他想。但是，自己是怎么都不可能知道她到底是怎么打算的。当然，他可以从主楼梯开着枪一路冲下去——杰西仔细地想了想这个可能性——但是这么做最有可能的结果就是被打死，同时会连累人质。因此，他咬着牙盯着走道看了好几分钟，漫长而无果，希望能够弄清楚下面传来的那一阵慌乱的喊话声到底意味着什么。

又过了几分钟，楼梯上传来多重脚步声。

一群人来到二楼楼梯口。杰西数了数，一共有七个人。其中五个是坎蒂的人，看起来几乎是从一个模子里刻出来的——上半身异常强壮，一看就当过矿工；穿着花里胡哨的衣服，武装到了牙齿。只有细微之处不同——有的稍微年轻些，有的稍微老一些，有留着胡子的，有光着脸的——但是每个人看起来都是一脸不高兴的样子。显然刚刚发生了些什么，他们中的每个人都是一副龇牙咧嘴、怒气冲冲的样子。

跟在他们后面的就是罗斯科·坎蒂本人了。杰西已经好多年没有见过他了。几年过去，罗斯科明显是缩了一圈。当然，一部分肯定是错觉——记忆总是会夸大其辞，但是他原本强健的体态确实削弱了许多。坎蒂虽然没有因为杰西的一枪而丧命，但死亡的双翼切切实实地在他身上投下了浓厚的阴影。他再也不是原来那个肌肉强健、自然灾害般的大块头了。坎蒂的腹肌消失了不少，而且多少有些松松垮垮。他的脸也瘦得厉害。但是他那大且平和得狡猾的双眼却一点儿都没变。杰西想，那眼睛看起来就像是瓷娃娃的假眼一样。另外，坎蒂对衣着的品位也完全没有变：一身水手服似的红白条上衣，戴着一顶学生仔帽。他仍然爱使刀，手里握着的正是一把刀刃纤长的割脂刀。那把刀正抵在伊丽莎白的喉咙上。

伊丽莎白就是楼梯间里的第七个人，也是罗斯科·坎蒂的囚徒。她的裙子上沾满了血迹。血是从她左侧肋骨下方流出来的。伤口虽然没有让她失去行动能力，但她看上去伤得确实不轻——要是在那儿再深深砍上一刀，她肯定会撑不住的。伊丽莎白的脸色苍白，很显然受到了惊吓，却没有过分慌张。她双眼直直地盯着坎蒂的握刀手，仿佛在思考着怎样才能把刀夺过来。杰西想，也许她受过类似的训练，但是很显然,她并不了解罗斯科 · 坎蒂。罗斯科 · 坎蒂可是以快刀而闻名，搏斗中也很难被唬住或者吓到。

坎蒂的人正吵个不停。杰西听到了怀勒的名字，就是那个在寡妇看台望风的守卫。他们大概是在说怀勒没有尽到责，没能向他们提出预警，告之伊丽莎白的到来。坎蒂朝着五人之一点了点头说：“去把那条狗叫醒，让他下来，我跟他有话要说。你就留在上面，记得睁大狗眼看清楚。要知道，这个来了，”——他是指伊丽莎白——“其他人也就不远了。”

那个被坎蒂指定的男人走过过道，直直地向杰西所在的塔楼房间走来。其他的人都进了菲比的房间，到时候他们就会发现房间里的那具尸体，也一下子就会明白杰西已经在大屋里了。他们会提高警惕准备开战，但是杰西对此可是什么都做不了。

于是，他急急忙忙地沿着铁梯走回上层房间，又走进寡妇看台，越过怀勒的尸体——怀勒的双眼里已经起了一层蒙蒙的薄雾。月光穿过赤红色的烟霾照下来。杰西背对着墙，等待着。

坎蒂的人上了楼梯,每一步听起来都像水牛一样“轻巧”,牛铃“哐当哐当”直响。他穿过门踏上寡妇看台，这才察觉到脚边怀勒的尸体。那人眨了眨眼，仿佛是在思考怀勒是不是睡着了，而杰西则趁机一枪射穿了他的脑袋。倒人胃口的液体飞过铸铁栏杆，落在下面布满阴影的花园里。

现在，坎蒂一定已经发现菲比房间里的尸体了吧。也许他也听见了杰西的枪声？可能听见了，也可能没有。杰西不想被逼到死角里，因此声东击西十分必要。

他从口袋里掏出了自己带来的两只光电手榴弹之一。光电手榴弹，又称震撼弹，是一种非常简单的武器。它看起来就是一个黑色的小罐罐，大概跟豆子罐头一般大，上面带着一个闪亮的金属拉环。它也是未来城所谓的“非致命性”武器之一，就跟他卖给小汤姆的电击泰瑟枪一样。第一次听说非致命性武器时，杰西觉得这可真是傻透了——非致命的武器都能干什么？惹你的敌人不高兴吗？

当然不是。比方说这光电手雷，它能暂时让敌人失去视力、听力，感到眩晕，效果一般能持续三十秒左右；要是算上突袭效应以及爆炸对敌人造成的持续迷惑的话，效果其实更长。不过这枚震撼弹不用做到其中的任何一点，它只要够响就可以了。

杰西解除安全阀，拉出手环，将手榴弹越过寡妇看台的栏杆扔了下去。

他不等手榴弹爆炸就急急忙忙地冲进塔楼，沿着楼梯三步并作两步跑了下去。不需要担心发出声音，更大的动静很快就会来了——手榴弹设置了延时两秒爆炸。当他跑到上下层塔楼房间的中间时，手榴弹爆炸了。这大宅的石墙除非遭炮轰才会倒下，但是爆炸引起的声浪在大屋里到处都听得见。运气好的话，说不定还会震碎一两扇窗户。

杰西来到连接走廊的门前，正赶上坎蒂的人从菲比的卧室里冲出来。罗斯科·坎蒂也骂骂咧咧地探出头来：“赶快找到那个狗娘养的小畜生！不要等到整条加利福尼亚大街的人都拥进来看发生了什么！”这还真有可能，杰西也是这么希望的。但是城里的大火熊熊，中国城大概就已经够警察忙的了。

那三个人一路冲下楼去，枪也拔了出来。也就是说，房间里和人质在一起的就只剩下坎蒂和另一个人了。这个胜算杰西觉得还可以。

但是很不幸，他只能选择从正面进攻。菲比的房间只有一道门，而坎蒂也一定会时刻等着他冲进去。

没有时间慢慢打算了。杰西双手各持一把格洛克，从过道里冲了过去。他在菲比的门前慢下来，一转身撞开了门。门朝内打开，杰西一眼就瞧见坎蒂的枪手靠墙正对着门站着，手握一把左轮手枪。枪声响起，杰西感到右臂被子弹射穿，一阵剧痛。但是枪击只让他稍稍侧了侧身。杰西开枪，子弹射穿了对手的喉咙。那枪手空洞的双眼一下子睁得好大，他顺着墙倒下来，身后留下一道血痕。杰西一蹲身，尽量让自己的目标更小，转身审视房间里的情况。罗斯科·坎蒂本人，双眼闪着寒光，嘴唇带笑，割脂刀抵在伊丽莎白的喉咙上。

“放下枪。”他说。

杰西犹豫了一下。但是他其实没有任何选择，只能服从。而且，他十分清楚坎蒂下一步会干什么。坎蒂会割开伊丽莎白的喉咙，逼着杰西看着她死去。

“就现在。”坎蒂说。

杰西用手捏着枪柄，慢慢屈膝，同时紧紧地盯着坎蒂。他用眼角的余光打量着屋子，得到了几个有意思的观察，菲比、阿碧和苏怡看起来都不在屋里。

“她们在衣橱里，”坎蒂说，“你妹妹、那个老女人、还有那个细眼睛的娘们儿。但问题是，她们都还活着吗？”

这可不是杰西现在想思考的问题。他把未来城的手枪放在地毯上，直起身来。

“现在，掏空你的口袋。”

杰西口袋里的家伙可真不少。里面装着怀勒的手枪、格洛克的备用弹夹、另外那支光电手榴弹，最后还有他的 iPod。他慢慢将口袋里的东西一件一件地掏出来，在坎蒂可以容忍的程度下尽可能地放慢动作，同时又打量了一眼菲比的衣橱。

杰西知道，那衣橱可不小。按菲比的习惯，她应该不会置办很多衣服，除非过去五年里她有了很大的改变。三个人完全可以站在里面，只会稍微有点挤。当然，里面也可以堆下三具尸体，就跟堆积木一样。杰西试着倾听衣橱里是否有任何动静。什么都没有。一点儿人声都没有。

“你帮不了她们的。”坎蒂说。

杰西将武器有序地摆在脚边。怀勒的手枪被放在两把未来城手枪之间；手榴弹放在枪后头，几乎就靠在杰西的脚边；iPod 放在最前面，放下时杰西还故意按了按电源开关。屏幕亮了起来，复活节彩蛋般的七彩方形图标在屏幕上排成矩阵。坎蒂皱了皱眉，让开一步，顺手拉了伊丽莎白过去，仿佛害怕 iPod 会向他开火似的。“那是什么？”坎蒂问。

“不是武器。”杰西回答道。

“离它远一点儿。”

“它不会伤害你的。”

“你这个狗杂种，现在就站开！我才不相信你呢！”

血从伤口处顺着杰西的手臂流下来。杰西的右手因此变得滑滑的。疼痛在他的手肘到肩膀之间辐射开来，虽然不算完全不可忍受，但是他的三根手指已经失去了知觉。这可不妙。

声东击西，杰西心里暗念。那是父亲教他洗牌时告诉他的——声东击西，隐形武器。他按坎蒂的要求向后退了一步，左脚的脚跟轻轻踩在手榴弹的拉环上。坎蒂被闪着光的 iPod 分散了注意力，完全没有看见杰西的小动作。

但是伊丽莎白注意到了。即使被坎蒂的刀抵着喉咙，她还是成功地轻点了一下头，向杰西示意。

门后的楼梯上传来阵阵脚步声，应该是坎蒂的人回来报告楼下的情况。也许这正是坎蒂希望的，让自己人看看这里发生的一切。他会从伊丽莎白开始动刀，杰西的时间不多了！杰西将两手张开举到胸前，做出求饶状：“求求你！”

坎蒂一脸扬扬得意，变得越来越疯狂：“杰西·库鲁姆，你要是想求饶的话，那就赶快吧！我可不会制止你的。”

“求求你。”杰西重复道。一边说着，一边用右脚踩住光电手雷的安全阀，又用左脚踩住手雷，一压一踢，将解除了安全阀的手雷踢向身后。手雷向着杰西身后菲比的床滚去。也许滚到了床下面？杰西可不敢回头看。

“你求我什么呀？”坎蒂问。

一秒。两秒。

“求你赶快滚回地狱去吧！”杰西大喊。

说时迟那时快，伊丽莎白将手挡在了自己的喉咙和坎蒂的手腕之间。她紧紧地闭上眼，杰西也一样。

手榴弹发出星爆一般的耀眼红光。闭眼为眼睛带来一点小小的保护，但对于爆炸本身却没能起太大的庇护作用。那光电弹充分发挥了自身的作用。即使闭着眼，杰西还是觉得一阵眩晕和迷惑，完全无法思考，又觉得自己的耳朵完全被震蒙了，什么都听不见。

当杰西终于睁开双眼，房间仿佛正绕着他打转。一阵让人窒息的化学浓烟从地板上升起来。他觉得自己的耳朵已经完全聋了。但并不是寂静无声的聋，那是一阵由上百口教堂大铁钟和上千架发动机怒吼组合而成的聋。在他的眼前，一系列画面闪过：

首先是伊丽莎白。她挣脱了坎蒂，正奋力地撕扯裙子上的尼龙扣。她的喉咙上带着一道愤怒的红——那是被坎蒂刀尖抵住的地方——还好只有几滴血而已……

罗斯科·坎蒂，他的学生帽歪了，双手空空。割脂刀掉在地板上，显然是在慌乱间不小心失手丢下的……

房门的把手在动！活下来的坎蒂的打手之一正从走廊里设法进来……

杰西闪身朝坎蒂扑过去，同时为伊丽莎白观察房门留了余地。伊丽莎白成功地脱掉外裙，露出里面的棉质底衣，以及一条不合身的男裤，身上还绑着一座小型军火库。

几乎同时，杰西和罗斯科·坎蒂的视觉都恢复了，对身体的部分控制力也回来了。坎蒂死死地盯着杰西，杰西几乎可以感觉到这鳄鱼凶狠的视线后各种急速的算计。他要么去捡刀，要么去抢枪，杰西想，但会是哪一样呢？

坎蒂是个刀手。一直是。那么是刀，杰西下了判断，随之朝地上的割脂刀扑过去，希望它最终会背叛自己的主人。

但是，杰西错了。坎蒂冲向离他最近的那把手枪。他扑倒在地，伸长右臂，手指刚刚够到枪柄。

伊丽莎白在房门打开的那一刻成功地举起了枪。她连开数枪。听在杰西的耳朵里，那枪声比放屁还要轻，但他却能清晰地感受到受弹道压迫的空气，宛如几次小型爆破。

杰西将割脂刀握在手里。刀柄上还留着坎蒂手的余温。坎蒂也握住了手枪，手指靠在扳机上。但是，没等他举枪，杰西已经一翻身压在了他身上，膝盖抵着坎蒂持枪的手臂，用全身的重量将坎蒂压在原地不得动弹。杰西的另一只膝盖则压在自己曾经射中坎蒂的地方——那脆弱的旧伤口上。坎蒂大喊一声，声音压过所有的幽灵钟声，传到杰西的耳朵里。

伊丽莎白又开了两枪，也许根本就没有必要。门完全敞开了，门后的一个男人已经死了，另一个离死也不远了——没有其他人了。

杰西将刀尖对准坎蒂胸口肋骨间的空隙，穿过那空隙就是他的心脏。这一回，不能再犯错了。杰西毫不犹豫地刺下去，刀尖穿过骨头和软骨，又刺过厚厚的肌肉。杰西用力一压，依靠自己的重量将坎蒂的右臂固定在地，一动都不能动。坎蒂疯狂地挣扎着，狠狠地用脚踢地毯，犹如狂野西部秀上被屠杀的公牛。杰西毫不放松，继续刺下去——这活儿竟然出人意料地费劲，就像屠杀一条厚皮老狗一样——最终整把割脂刀除了刀把外全都没入了坎蒂的身体。

刀终于到达那致命的终点。罗斯科·坎蒂尖叫着死去。但是死前，他还是成功地开了几枪，朝着他唯一可以开枪的方向——菲比的衣橱。

17

在听见加利福尼亚街大宅里的爆炸声前，梅西·坎普对目前的事态一点也不担心。

好吧，这么说大概不算完全诚实。坦白地说，过去的两年里，大多数时候她都忧心忡忡，或者说一直徘徊在恐惧的边缘。作为潜逃者的生活，以及与一个背上画着大红靶心的男人朝夕相处，多少造就了这一点。但是，直到最近她才逐渐意识到自己被永久性地留在 1877 年的这一可能性。而现在，身处城市火海上方的某辆被锁着的马车里，和西奥铐在一起，终于让她真正地害怕起来。

当然，西奥对所发生的这一切可做不到心平气和，但这并不出人意料。梅西原先对他的一腔痴情早已转变成对他所从事事业的某种抽象的欣赏。一起来到这片希尔伯特空间，一路上梅西可算是领教够了西奥的武断、自恋和傲慢——他就是个教科书般典型的混蛋。但是，梅西对此也只能不多做计较了。事实是，很多重要的工作都得靠不那么令人愉快的混蛋来完成。想到这儿，她又听见西奥问：“有什么动静吗？”——已经第三次了。

梅西掀开明胶窗帘的一角向外望去，什么动静都没有。她可以看见那座丑得不同凡响的意大利式大宅，杰西 · 库鲁姆和伊丽莎白 · 德保罗就是在进那里之后消失无踪的。除此之外，就是远处的火光和聚集在一起的人群。“我什么都看不见。”

那塑料手铐磨伤了她的手腕。西奥老是不停地拉扯那手铐，甚至试着用牙齿咬，但其实什么用都没有，只是让她手腕上的伤更严重而已。来这里三个月后，梅西就不和西奥一起睡了（也就是说不再和他上床了，但如果有必要，他们还是会睡在一张床上的）。但除此之外，他们之间的合作伙伴关系倒是没怎么变。著名的西奥信件中有好几封都出自梅西之手，梅西也知道他们不得不这么做。但是，对寄枪出去她倒总是有几分保留意见。

“枪只是个信物，”西奥过去总是这么说，“用来证明我们真的是从未来而来。预言什么的大概会对进步报纸的编辑们有用，但是对于约瑟夫酋长或者某个格兰特县的黑人家庭来说，预言什么的能有什么用呢？”确实，在西奥寄给那些边缘社群的包裹里，随枪从不会有多于一盒弹夹的子弹。“枪只是个代表，说明‘会有暴力发生’。也就是告诉他们，我们见过未来，有人会想狠狠地揍你一顿，但我们不同意！”

西奥口中的“会有暴力发生”确实没错。到处都是暴力——推翻重建法案、南方的种种杀戮、工人和铁路公司之间的战争、中国城受暴民袭击……甚至就在这诺布山的大宅里。在短短的几分钟里，梅西听到两声爆炸，其中第一声更响，还伴随闪光。她清楚地记得，两个夏天之前的巴黎，在一个为社会活动家组织的讲座上，她学会了有关音波炮、围堵、催泪弹、震撼弹的基本知识。闪光、巨响、没有火焰——是杰西或者伊丽莎白引爆了一枚光电手榴弹吗？

梅西觉得自己看不透伊丽莎白·德保罗。她为父亲工作，但是为人却比她的工作头衔要深思熟虑得多。杰西·库鲁姆则更神秘。很明显，他的雇佣合同就快到期了，他对奥古斯特·坎普的忠诚度应该也快过期了。这也大概是为什么他们会到这里来做这件“杰西需要处理的事”，而不是按计划将梅西和西奥直接带回码头。“要是已经用上了手榴弹的话，”梅西心想，“那么杰西这桩紧急而带有暴力性质的待处理事件，显然是出大问题了。”

但是另一方面，梅西的直觉又告诉自己可以信任杰西·库鲁姆，虽然没有什么理由。但是伊丽莎白是另外一回事了……伊丽莎白真的理解这一片希尔伯特空间并非某个迪士尼乐园的先锋小镇吗？难道她还没有放弃未来城的官方故事——未来只是某种一次性的虚拟实境，只要摘掉眼罩就能从梦中醒来？

“我们得离开这儿，”西奥说——这也不是第一次了，“要是事情彻底失控了的话。”

“但是暂时还不用。”

“如果我们必须离开的话，即使没有这该死的手铐……”

“你可以将我的外套围在你的腰上，那样的话你就不会因为在公共场合行为不检点而被捕。你是在担心这个吗？”

但是真正的问题是，到时候他们下一步该怎么办？他们应该何去何从？西奥在这个世界里的朋友大多也都是潜逃者，他们开设了多重银行账号，供事态紧急时使用。问题是，未来城人在东西海岸的撤退让大多数的潜逃者都慌了阵脚，除了最疯狂的那几个人外，大多数人都朝着伊利诺伊出发去了。

“事态还真是不妙。”梅西想——而这正是让西奥发狂的原因。

她又朝外面看了看。大屋里的动静已经引起了一大群出来看中国城大火的闲人的注意。但是，那屋子被围墙围着，尽管大门敞开，人群却都止步于屋外——大概是直觉地不想闯进去惹恼某个有钱人吧。梅西正打算告诉西奥没有什么新进展，却看见一个身影从黑暗中走出来，朝着马车走了过来。

一只大手按住把手，打开了车门。杰西·库鲁姆探进身来。

梅西几乎没能认出他来。他的表情仿佛是悲痛抑或是愤怒，脸上都是血——在他右眼上方有一个铜钱大小的血点，颧骨周围则聚集了许多微小的血点，就像被一把沾满了鲜血的刷子轻刷而过一样。他看了一眼梅西，却仿佛完全不在乎她的存在一样，只是机械地说：“坐好了。我会将车驾到大屋里去。到里面后，你可以用无线电联系你父亲。”

他的右手上也全是血。月光下那血呈现出油亮的深黑色，应该是从他浸满了血的袖口下流出来的。“你受伤了吗？”梅西问。

“只是一点儿轻伤。里面有人伤得更重。”

“我可以帮忙。”梅西说。

杰西不置可否地看着她。

“我是认真的，”她说，“我上医科预科时在一家医院做过义工。我不怕血什么的，也可以做简单的急救。”

“那好。”杰西说着关上车厢门，爬上车夫的座位赶起车来。

利用杰西赶车回来的时间，伊丽莎白为菲比的伤口做了紧急包扎。

杰西回来了，后面跟着梅西和西奥。梅西一下就冲到躺着菲比的沙发跟前，喃喃地说着她受过医疗训练。伊丽莎白对她可没什么信心，她总觉得坎普的女儿是那种穿着普拉达去参加静坐的类型。但是她还是让到一边,让梅西检查失去知觉的菲比。“伤口包扎得不错,”梅西说，“但是你一定也知道光用绷带可救不了她。”

“她的名字是菲比。是啊，没错，我当然知道。”

“她有内出血，脉搏也很微弱，她现在就需要紧急医护。”

“当然。我正要用无线电联系你爸爸。”

“现在就打给他。”梅西说。对于一个刚刚还和某个没穿裤子的男人铐在一起的人来说，她还真是自信。但是，这建议可没错。

伊丽莎白点点头：“我会的。你可以处理一下杰西肩膀上的伤。”

“要是他同意的话。还有其他受伤的人吗？”

“没什么特别严重的。楼上有一堆尸体，但是活下来的人都在这儿了。”

“你呢？”梅西看了看伊丽莎白渗着血迹的衬衣。

“等你有时间再说。”

伊丽莎白将无线电拿到隔壁房间。无线电自带一根可伸缩的天线，让她想起了古董手机。她将天线伸到最长，又站到窗边，仿佛清楚地朝向奥克兰方向会对通话有帮助似的。

这不是伊丽莎白打过的最容易的电话，但肯定是最紧急的。奥古斯特·坎普的声音嘶嘶啦啦地传回来，很明显是气坏了。“你他妈的死到哪儿去了？你们错过了会面的时间！报告目前情况！”

“我们在诺布山半山上。我们有伤员需要紧急撤离。”

“是梅西……”

“梅西没问题。她在这里。她一切都好。但是今晚我们无论如何都没办法将她带到码头去了。”

“那好。是谁受伤了？你吗？”

“杰西和我都受了些轻伤，但大体无恙。但是我们这儿有一个年轻的女性受了枪伤，需要急救。”

“本地人吗？”

“她是因为未来城的事务才受伤的。”严格地说并不是这样，但是撒这个谎也许很有必要。

坎普说：“我们可不负责救人。”

伊丽莎白望向窗外。一团云气从海上飘进城里，反射着中国城的火光，仿佛自己也着了火一样。“我们不帮忙的话，她会死的。”

梅西·坎普走进屋里。

“我很抱歉，但是我什么都做不了。”

“我们在道德上有义务……”

“伊丽莎白,你可是选错了时间来跟我谈道德。告诉我你的所在地，我现在就派紧急救援来接你和我女儿。给你提个醒，从你嘴里出来的下一句话最好是‘遵命’，然后是‘谢谢’。”

伊丽莎白看着无线电。对话恶化得比她想象的还要快。

梅西将手放在伊丽莎白的肩膀上说 :“让我跟他谈。”

“你说什么？”

“你把无线电给我。”

伊丽莎白很是气恼，但是任何有可能改变坎普决定的做法无疑都值得一试。她将无线电交给梅西，又教她如何使用收发按钮。然后，她听着梅西这头的对话 :

“是我。”

停顿。

“是！”

停顿。

“不是，我是自己要回去的。但是……”

停顿。

“我理解。但是我们这边有人需要急救。”

停顿。

“不可以！”

停顿。

“反正底线是，要是她不一起，我就不会离开这儿。”

停顿。

“我当然知道这意味着什么！我又不是在跟你讨价还价！”

停顿。

“门就在我面前。没人能阻止我就这么走出去。”

停顿。

“好。好的。没问题。”

梅西将无线电交还给伊丽莎白。

奥古斯特·坎普说：“你听到了？”

“听到了梅西说的。”

“她失去理智了。我需要你和杰西将她拿下来。我相信你可以在不伤害她的情况下做到这一点。需要的话，可以使用手铐。”

“先生……”

“什么？”

“我目前做不到。”

“你说什么？”

“目前我无法完成这一指令。”

“胡说八道！”

“现实状况使然。”

伊丽莎白闭上了双眼。一天内她经历了这么多，丢掉工作在目前看来真是算不了什么。而她刚才的所作所为，大概可以确保自己饭碗不保了。她听见坎普和谁说了几句话，显然是忘了将手从收发按钮上拿开。然后，她又听见他说：“让所有人做好撤离的准备。我们面对面再说。”

杰西站在妹妹的身边。菲比的血已经止住了，伤口也被包扎妥当，但是她仍然昏迷不醒，显然伤得不轻。

坎蒂的一颗子弹穿过衣橱门射穿了菲比的内脏。杰西找到她时，她已经昏了过去，大量的血喷涌而出。杰西抱菲比到大厅的沙发上，一路上紧紧地搂着她，仿佛一切都还没有发生，仿佛自己还可以保护她不受伤害，仿佛这所有的一切只是个愚蠢的笑话。现在，站在菲比身旁，杰西不能自已地反复想着，当初究竟应该怎么做才能避免这一切的发生。和坎蒂纠打在一起的情形如同 iPod 里的歌曲一样反反复复，反反复复地在杰西的脑海里循环播放，直到他感到一只手轻柔地放在了自己的肩膀上。

“你需要让到一边，”是阿碧姑姑，“伊丽莎白和坎普小姐需要帮菲比做好移动的准备。”

人们常认为女人在紧急情况下最是无用，但是杰西去未来城工作之前就知道这想法错得离奇。阿碧就是反例之一。女人都柔弱——人们常常说——她们经常晕倒，或者变得歇斯底里。但是在杰西看来，事实却恰恰相反——女人们经常表现出一种充满自制感的坚毅。他努力克制着自己，转过身，跟着阿碧姑姑去了那间她改装成图书室的房间。

他觉得需要为这一切向阿碧道歉。仅仅一个晚上，他就将她的家变成了停尸房，不可逆转地改变了她人生的轨迹。但是，阿碧坚决地拒绝了他絮絮叨叨的忏悔。“杰西，这一切的罪魁祸首已经死了。要不是你，死的人也许会是我。你不需要为坎蒂的罪恶负责。”阿碧的语气坚定，杰西却看见她的双手正止不住地颤抖。也许是 PTSD 吧，杰西想。经历了这一切，要是她什么问题都没有，那才是奇迹呢。

“阿碧姑姑……现在你打算怎么办？”

“每次你叫我阿碧姑姑，我就想起那个跟着父亲第一次来到这里的小男孩。你还记得那一天吗？走进这间屋子时，你的眼睛睁得老大！

你说，这辈子你从来没有见过这么多的书！结果让你随心所欲地在这里读书可要比逼着你规规矩矩地上学容易多了！不要担心我，杰西。我的家被一群带枪的罪犯袭击了，但是他们再也不会来烦我了。没人会为他们伤心哀悼，警察发现他们都死光了，反过来还得谢谢我们呢。任何难以解释的部分——比如说奇怪的武器——我都会推到你和未来城之间的关系上，当然假设到时候你已经安全地离开了。可以吗？”

“需要的话，将银行倒闭和坏天气都怪在我身上也没问题。我可不在乎。但是这房子该怎么办？房子受损严重，要是报纸报道了这件事的话，还会沾上坏名声。”

“房子不过是身外物罢了。有没有坏名声，我都可以把它卖掉。要是需要的话，我回波士顿也可以。这地方对于菲比来说曾经很不错，但是事到如今……”说到这里，阿碧戛然而止，话锋一转问杰西道，“你觉得她还有救吗？”

“未来城的人应该有办法救她。”——虽然这回答并不如杰西希望的那么乐观。

“你打算带她去那儿吗，未来城？”

“在那儿，他们有抢救需要的工具和机器。”

“报纸上说，未来城被围攻了。”

“不要相信报纸。我相信奥古斯特·坎普一定有办法回城去。”

“希望如此，”阿碧突然变得异常严肃，“杰西，记住，你无需对菲比此前的任何遭遇负责；同样的，你也无需为兰德尔以及发生在这里的一切负责。但是，现在我将菲比交给你了，我会要求你对今后发生在菲比身上的任何事负责。你必须尽自己所能帮助她，如果最终你救不了她，那就请给她安慰。救她，或者在她逝去时安抚她。你做得到吗？”

这话难以说出口，又让人不忍耳闻，却是事实。

“嗯，我不会放弃的。”

那这就是约定了。阿碧姑姑点点头。杰西说：“苏怡怎么样了？”

“她在厨房里，暂时自己待着。兰德尔是在她面前被杀死的。得知松理的死讯后，她就再也没开过口。只要她愿意，她可以一直跟在我身边，但是当然……”杰西还没接话，阿碧突然吃惊地望向了窗外，“天哪！那是什么光？”

杰西让姑姑留在图书馆，自己则急急忙忙登上寡妇看台。伊丽莎白已经在那里了。她手里拿着无线电，喊着话。

这儿死过坎蒂的两个人，但是杰西已经将他们的尸体挪到塔楼的房间里了。殡仪馆的人迟早会被叫来将尸体都拉走。清理地面上的血迹大概会花一番工夫，但并非没有可能。记忆才是最难消除的。杰西完全能够理解阿碧姑姑为什么会想将这房子卖掉。要经过多少年，这房子里的住客才会比这房子里的鬼魂多啊！

惊到阿碧的那阵光正从南面沿着加利福尼亚大街往这里来。那一圈人造的日光仿佛吊在绳子上的水桶一样，晃来晃去。光的源头在天上。杰西大喊：“是直升机！”

“没错。”伊丽莎白将无线电放在耳边，暂时没有任何讯息。

“他们从未来城一路飞过来吗？”

“应该不是。未来城的那架直升机不是坎普带进来的唯一一架直升机，也不是他带进来的唯一机种。他至少运进来两架固定翼飞机，分别藏在离东西海岸可能航距内的隐蔽停机房里。多重冗余，以防万一。”

“我可是第一次听说这个。”杰西说。当然，确实有传闻，但是传闻从来就有，真假难辨。

“所有飞机以及相关的零件都在双塔建成前就通过镜子运了进来，大概比你受雇于未来城还要早。坎普绝不会容忍自己被滞留在曼哈顿或者旧金山，没有撤离路线。一旦紧急情况发生，必须有二号方案、三号方案。”

“就像现在这样。”

“他们大概也没想到这种情况会发生。但是没错，就是这个意思。”

无线电传来一阵声响。梅西也上楼来了。

杰西看了看街上的人群。中国城的大火愈演愈烈，但是人群的注意力都被导向了直升机刺眼的灯光和巨大的轰鸣声。直升机的探照灯从一座又一座有钱人的屋子上掠过，仿佛嫉妒的上帝之眼。见此情景，人群一下子就慌了，或者四处逃散，或者躲在墙后。杰西暗暗希望没人会蠢到（或者勇敢到）拿出枪，朝着吓到他们的直升机开火。

“没有安全的降落地点，”伊丽莎白大声喊着，盖过了那隆隆的噪声，“他们打算从屋顶做疏散撤离，就像救援洪灾受害者一样。”

“他们有担架吗？”

“有一个篮式担架。”

“让他们把担架先送下来。我可不想让父亲有机会送一队警卫下来。”

伊丽莎白传话回去，等他们回话：“他们说等你上了直升机，就会放担架下来接伤者。”

“没这可能。菲比不登机，我就不登机。如果我看到除担架以外的任何东西从飞机上下来，我就立刻从这儿跑出去。”

杰西不禁对梅西肃然起敬。梅西看起来就跟二十一世纪杂志上的那些耀眼而弱不禁风的女人一样，但事实上她可是非常顽强。

那“飞船”几乎在他们的头顶上了。金属制的机身闪着光，射灯更是明亮如白日一般，将草坪照成了某种奇怪的荧光绿。“不，他在这里。”伊丽莎白说着，将无线电递给杰西。

杰西犹豫了一下，接了过来。他听到奥古斯特·坎普的声音：“伊丽莎白说你受伤了，是这样吗？”

“我的右臂受伤了，但是不影响活动。”

“我女儿和你在一起是吗？”

“是的。”

“仔细听好了。不要说话，只要听。我不希望你伤害到她，但是我要你将她拿下。就现在。需要的话铐住她。”

杰西假装思考着。梅西和伊丽莎白都不知道坎普到底说了些什么，但是她俩正焦虑地看着自己。他又等了几秒钟，然后说：“我不会这么做的。”

杰西等了好一会儿，坎普却什么都没再说。杰西将无线电还给伊丽莎白。她按了按收发按钮，什么声音都没有。接着，一个戴着头盔、身穿橙色连体衣的男人出现在直升机的侧门边。只见一张由金属框架、绳索和拉手构成的床——伊丽莎白口中的篮式担架——被递了出来。杰西急忙回到屋里，叫西奥和阿碧姑姑一起帮他将菲比抬上楼。

18

机上有一名来自未来城的医师，是一个神情严肃的黑人。他沉默地为菲比做了检查。杰西抱菲比上楼梯时，她浑身是汗，一直忍不住呻吟着。但是，那医生为她打了一针，又在她胳膊上吊了一袋水，菲比一下子就平静下来，闭上了双眼。

杰西想向医生道谢，但是即使身在机舱，直升机的隆隆巨响也和在外面一样震耳欲聋，没有耳机就说不了话。没人给杰西递耳机，机舱门关上了，直升机越飞越高，杰西只能无言地坐在狭小机舱里的板凳上。透过肩膀上方的小窗，他看见下方的旧金山在大火的映照下明亮如白日，城市四周则是月光照耀下的农田和大海。杰西看着这一切，眩晕让他不得不转过头，闭上眼。

当他终于恢复过来时，窗外只剩下漫无边际的云，犹如空灵的河流，一往无前。梅西为他包扎了带伤的手臂，为了减缓疼痛，杰西紧紧地将手臂贴住身体。过了一会儿，云终于散开了，露出雾气缭绕的山顶、月影下的山谷、月蓝色的大河——这景色应该是属于上帝的吧。悬浮在这空气构成的深渊之上，支撑自己的唯有沸腾的蒸汽和旋转的钢铁，想到此杰西不禁觉得一阵脆弱和孤单。

旅程并不长。显然，直升机不可能不加油就一路从旧金山飞到伊利诺伊。“飞船”逐渐降低高度，悬停在西部荒漠上的某块由黄色灯光构成的停机坪上方。围绕着他们的是干燥的群山，苍穹布满了燃烧的明星。

梅西·坎普的衣服上沾满了血，那是她在抢救菲比和给杰西包扎伤口时染上的。整个机舱里充满了血腥味以及热金属和火药的气味。上直升机后，梅西和她的父亲说过的话不超过十句。她故意坐在西奥的身边，整个旅程就在交替的昏睡和清醒中过去了。

下机来到停机坪上，梅西还没完全从昏睡中醒来，一大队未来城的保安人员一下子就围住了她，将她和西奥等人隔离开来。西奥大声地抗议。杰西则观察着情形，时刻准备着，只要梅西有需要就冲过去帮她。坎普走上前宣布道："我要跟我的女儿私下聊两句。一架固定翼飞机已经加满油了，我们几分钟后就会一起出发。所有人一起！因此，都他妈的给我冷静下来！不会有人被留下来的！"

口说无凭。但是梅西觉得可以相信他。将员工弃置不顾不符合坎普的做事风格，何况他很清楚，要是他这么做的话，回去后自己一定会将这里发生的事说出去。"没问题的。"她对西奥说。

她跟着父亲走进一幢水泥盒般的建筑物里，然后又走进一间不带窗户的房间。她在一张办公椅上坐了下来，奥古斯特通过无线电听取了几则来自收发员的口头通报。都是坏消息。铁路工人和联邦军队之间的斗争让巴尔的摩变成了人间炼狱。查尔斯顿发生原因不明的叛乱。在南方，戴着尖帽子的恐怖分子在十几个黑人小镇和社区里纵火。斯古吉尔县的煤炭矿工举行罢工；平克顿的人受雇破坏罢工，已经在雪兰镇杀了十四个男人和三个女人。政府从好几家银行里搜出的文件已经证实了未来城造假币和金融诈骗的罪行。约翰·D.洛克菲勒和杰伊·古尔德——几个月前他俩还和奥古斯特吃过饭，并得意扬扬地四处宣扬——已经公开宣布支持逮捕奥古斯特·坎普，并对他进行审判。

当然这一切绝对不会发生，至少不会在这片希尔伯特空间里发生。屋里只剩下他俩。梅西说："比上次还要糟糕，是吧？"

父亲瞪了她一眼。他的眼眶明显凹了下去，很显然已经几天没合过眼了："我可没工夫和你谈这个。"

梅西记得，奥古斯特从来就不需要很多睡眠。孩提时，梅西常常会在午夜过后听见奥古斯特在他们长岛的房子里来回踱步，那声音总是让她觉得安心——钟响五声，爸爸踱着圈儿，一切安好。等她长到十几岁时，则经常游戏般地故意在父亲半夜醒来时自己也不睡，从一个房间游荡到另一个房间，又要故意躲开父亲，不让他发现——要是父亲在厨房里搞些什么，她就躲在地下室里看电视；要是父亲待在书房里，她就跑到厨房里找东西吃。偶尔也会有重要的人来家里。每当这时候，尤其当父亲和那些人谈话至深夜时，梅西就会自娱自乐地假装自己是一个间谍，故意躲在楼梯上方或者地下室门后偷听他们的谈话。

梅西的母亲对奥古斯特·坎普的生意完全不感兴趣，但是梅西恰恰相反——这大概多少是因为父亲从来不在她面前谈生意的事。她知道父亲是个有钱人，在世界各地拥有许多酒店、度假村等地产。她知道父亲结过好几次婚，她也见过和自己同父异母的兄弟姐妹几次，虽然谈不上特别喜欢他们。一位民主党众议院议长曾经在她家的客房里留宿过。结果，他除了特别胖又肤浅得可笑以外就是个普通人，可以说除了工作头衔之外就再也没有什么特别的地方了。梅西也正是通过偷听父亲和两位外表严肃的西装男士之间的深夜对话，第一次听说了希尔伯特空间的来访者的事。

他们之间大部分的对话对梅西来说都很难懂，这部分是因为她是透过父亲书房上方卧室里的壁炉偷听的。那时，她有记日记的习惯——存在U盘里，藏在书架上的一本《哈利·波特与死亡圣器》背后——她把自己听到的全都如实地记了下来。因此许多年后，当真相开始通过谣言或者维基解密中的档案泄露出来时，梅西一下子就明白了。

国防部的机密档案被泄露到网络上时，她还是斯坦福大学一年级的新生。大家都心知肚明，梅西和她那些同父异母的姐姐不一样，不是那种整天提着手包、牵着小狗的上东区克隆时尚名媛。她经常和父亲就时事展开讨论，而父亲对此也表现出某种含蓄的骄傲。但是，每当梅西试图和父亲讨论镜子时——那时奥古斯特的第一家分时空度假村刚刚开业——父亲给她的总是官方口径和老生常谈。

因此，关于那些“访客”，梅西最终形成了自己的想法。维基解密印证了她的日记:“访客”一直被政府关押，死于2003或者2004年。他们的源时空遭遇过一场全球性的浩劫，人口数量锐减至十八世纪的水平。为了应对这一灾难，幸存者们不但改变了地球上的自然环境，也改变了自身的生理构造。因此，从技术上来讲，他们应该算是由智人演化而来的一个独特的种属。对于二十一世纪的人类，他们抱着一种既同情又鄙视的态度。

理应如此，梅西想。但是父亲和他那些位高权重的朋友可不这么认为。在父亲看来，那个未来是某种经过基因再造的社会主义的灾难性成功。窃取“访客”科技、建造未来城，也许父亲正是通过这些绝望的尝试来努力否定这一版本可能的未来。

在奥古斯特关闭他的第一座镀金时代[1]度假村、开启这第二家未来城之前，梅西将她的想法对父亲和盘托出。奥古斯特的反应是，真是愚蠢极了，她明显是受到了极端主义思想的影响，大概是因为自己为她提供的优越生活让她完全忘记了什么才是“真实的世界”。（而梅西疑惑的是，到底哪个是真实的世界呢？）

两人在这件事上的意见相左逐渐演变成怒火和对彼此的强烈不满，最终两人变得老死不相往来。但事到如今，即使未来城正像撞到冰山的轮船一样迅速地下沉，奥古斯特·坎普还是费尽了功夫找到梅西，将她转移到安全之地。即使他的动机充满了算计，即使他这么做不仅仅是出于父女之情，但不管怎么说，在某种程度上奥古斯特·坎普还是在乎她的——梅西对此也心中有数。

“我会让比奇飞机在十分钟内准备起飞。”他说。

“以菲比的情况来看，当然是越快越好。”

“菲比是那个受伤的女孩？”

“没错。”

“她是你的什么人？”

“有什么关系吗？”

“我希望她在这里接受治疗……”

“然后怎么样，把她丢下不管吗？她该怎么办？自己拿起生理盐水吊瓶，一路横越内达华山脉吗？”

“我们离铁路并不远，也可以做相应的安排。我又不冷血，但我

1　镀金时代（Gilded Age）指美国南北战争以后、进步时代之前，时间上大概是1870年至1900年之间。这个词来源于马克·吐温的同名长篇小说。

们可不是到这里来救援随便哪个本地人的。”

“我们谈的可不是随便哪个本地人。我们谈的是某个具体的人。”

“梅西，你说的我知道。另外不要一副居高临下的口气，你可没占据什么道德制高点。你的男朋友是私运武器进来的人，他这么做就像点燃火柴扔进装满火药的木桶里一样。”

梅西不想就此争论起来，只是简单地说：“菲比需要去未来城。”

“如果必须如此的话，我不会反对。”

“我会和她在一起，直到她的情况稳定为止。”

“你要知道时间有限，我们很快就要关闭镜子了。”

“我不是在讨价还价。你要是想铐着我回去的话，最好现在就叫警卫。”

奥古斯特瞪了梅西一眼：“你最好小心自己许了什么愿。”

未来城医生用轮椅将菲比一路推进两座水泥盒子中稍远的那一座。杰西、伊丽莎白和西奥则尾随其后。那建筑已经被改装成一间临时医院。医生戴着一块塑料名牌，写着“A. 托尔伯特”。他将菲比推进一间房，杰西等人则被勒令留在房间外。

几分钟过去了。一名警卫守在水泥建筑的大门外——是个本地雇员，手里提着一把自动步枪——但是只有他一个人，他又一副瞌睡连天的样子，完全构不成什么威胁。杰西和西奥·斯特隆伯格断断续续地聊了几句。其间西奥不断地提他的裤子，那裤子是他从诺布山大宅兰德尔的衣物里借出来的。托尔伯特终于走了出来，说：“她的情况稳定，可以旅行。你们中谁是她的亲属？”

杰西站了起来：“我是她的哥哥。”

“你可以告诉我她的名字吗？”

“菲比·库鲁姆。”

“那你呢？”

“杰西·库鲁姆。”

“好，情况是这样的。我们已经暂时稳定了菲比的情况，但是她需要手术。我们会带她回未来城。要是那里的医务室还在的话，我们会在那里对她进行手术。但是，仅仅是将子弹取出来、止住内伤是不够的。远远不够。她需要术后康复治疗。这可能会成问题，因为未来城很快就会被疏散关闭了。以我的理解，她是本地人，是吗？”

“是的。”

“那么她就不得不留在镜子的这一边。你必须照顾她。”

“只要我活着我就会。”杰西说。

“我可以为你提供需要的抗生素和消毒过的绷带，给你相关的基本指示，包括如何做术后排液。但是以后你就只能靠自己了。如果情况恶化的话……”

“比如说什么情况？”

“那真有可能发生，比方说感染、肾衰竭……到时候你不会有资源来处理这些问题。”

“她会死吗？”

“我会给你工具，教你相关知识来防止这一可能性的发生。但是，即使在最好的情况下，她也会需要很长一段恢复期。你最好为各种可能性都做好心理准备。”

“你说得真委婉。”

“我很抱歉，我也希望消息能够更加乐观些。杰西，我会尽一切可能治疗她。现在，我们需要将她送到飞机上，为下一程飞行做准备。”

西奥问：“你提到医院可能被攻击了？”

“两天前我离开时一切都还好。但是现在墙外已经来了很多联邦军队和火炮，”托尔伯特迟疑了一下，“你是西奥·斯特隆伯格，是吧？”

“你怎么知道的？坎普贴了通缉令吗？”

“不是的。我在一次集会上听过你演讲。芝加哥，2016 年夏天。”

“你参加过集会，然后又来为奥古斯特·坎普工作？”

“斯特隆伯格先生，我是一个老军医。我喜欢在前线工作，而且救人可不分政见。我听说了坎普先生的第一家度假村是怎么关门的，因此他们给我这个工作机会时，我一下子就同意了。我想这里一定有我可以帮得上忙的地方。”

“看样子你说得一点儿都没错。”西奥说。

托尔伯特将菲比用轮椅推出水泥房，朝飞机走去。杰西也跟着伊丽莎白和西奥走了出来。

他们出门时，那守卫鄙夷地轻轻哼了一声。杰西转过身：“你有什么想说的吗？”

“没有，先生。不是针对您。”

“最后一天在这里上工？”

“看起来确实没错。六个月前，我从卡森市被雇来这里，守着这一片鸟不拉屎的地方，等着被派上用场。我告诉他们一旦熄灯关门，我自己就可以回铁路去。但是说到未来城，那该死的高塔要倒就倒吧！越快越好！您和我们一样，您一定知道这些人都是些什么货色！”

“那你说他们都是些什么货色呢？”

那守卫朝着黑暗吐了一口烟草：“婊子、娘炮、中国佬、黑鬼……”

“我的朋友，他们可付你薪水呢。”

“没多久了，”那守卫将枪托在肩膀上，“他们很快也不会付你薪水啦。”

说着，守卫就头也不回地走开了。擅离职守，杰西想，但大概再也无所谓了吧。一切都被留在了身后。看样子大家不在回家就在离家的路上。

19

这一程的飞行速度更快，也因此更让人胆战心惊。固定翼飞机飞起来更像子弹，而不是飞鸟。杰西想，这飞机大概是从镜子里运过来的最大的东西了吧！也难怪坎普在本地游客和媒体面前对此绝口不提。坐上这飞机，感觉不像悬浮在空中，而是乘风疾驰而过。

杰西决定向疲惫的身体投降，闭上了眼睛。右臂伤口处的疼痛已经变成了一种温热的脉动，仿佛循环往复的莫尔斯电码嘀嗒不停。但他还是睡了过去，睡梦里的自己被梦魇追逐。他梦见生命里的日日夜夜化作一张张书页，装订在一起，成为一本只能从后向前倒着读的书。他梦见梅西口中的那些矮人，来自比二十一世纪还要遥远的未来。梦中他们从一面巨大的镜子中走出来，面容如浮云一般苍白而宁静，其中的一个（也许是男人，也许是女人，或者两者皆非）站在杰西面前告诉他，一切事物终将变化逝去，唯变化永恒。

过了不知多久，飞机在伊利诺伊未来城西面的某座偏僻的停机坪上降落了。杰西帮忙将菲比转移到另一架直升机上，为最后一程飞行做准备。他想再睡一会儿，但刚合上眼直升机就一个急转弯，阳光直直地射进来——白天到了。他朝机舱四周打量一番，努力保持清醒。梅西·坎普和西奥·斯特隆伯格系着安全带，就坐在伊丽莎白和那个深色皮肤的医师托尔伯特身边。菲比被固定在担架上，还活着，却脸色惨白。奥古斯特·坎普坐在前排，头戴耳机，方便和飞行员沟通。

杰西略有迟疑、小心翼翼地望向窗外。

日光下，窗外的景色和夜色中一样让人目眩神迷。阳光明媚，东边地平线上的云层刚刚疏散开来。空旷的荒野在直升机下方延伸开去，一望无际：绿色的野草，银色的河川溪流，鸽群掠过矮山阴影下的沼泽湿地。远处，两座如尖针一般的高塔闪着光——那就是未来城双塔。托尔伯特从口袋里掏出一个电子仪器，朝向窗外，如同任何一名来自二十一世纪的游客一样，记录着窗外的景色。

伊丽莎白离开自己的座位，坐到杰西身边。先前，她和梅西、西奥说了一会儿话——在这直升机的轰鸣声中，其实更像是朝着他们大喊大叫——又不时满怀心事地打量着奥古斯特·坎普。杰西猜，坎普父女间的矛盾在过去几天内大概又加深了。一开始，他觉得梅西·坎普就是一个需要被人从时髦的极端理想主义中拯救出来的有钱人家的女孩，但是现在他明白，这第一印象是过于武断了。梅西绝对不笨也不蠢，她到这里来绝不是一时兴起的叛逆那么简单。她和奥古斯特之间的分歧是出于对金钱、权力和道德意见不一——这种原则上的分歧跟其他那些稀奇古怪的时髦玩意儿一样，都是由镜子时代引进的舶来品。梅西认为，奥古斯特为了自己的利益榨取无良之财，又对因此引起的危机完全不负责任。杰西对她的看法完全认同。

但是，这一切对于杰西来说都再也不重要了。现在，他最重要的任务就是照顾菲比，尽一切可能让她早日康复。要是菲比能躲过这一劫，她就可以回到阿碧姑姑身边，而杰西则会回到加入未来城之前的生活——四处流浪，没有钱财也没有未来，但是头脑清醒，拳头也靠得住。既然罗斯科·坎蒂死了，也许他会回旧金山。或者他会随着上帝的意愿四处游荡，在杜邦街和派克街之间的任何地方，生存或者死去。

伊丽莎白凑到杰西的肩头喊道："一定是出什么问题了！坎普在和未来城的什么人通话，他看起来一点儿都不高兴。"

杰西朝机舱前部看了看，伊丽莎白说得没错。即使他听不见坎普到底在说什么，但很明显，坎普看起来就像托马斯·纳斯特漫画里愤怒的爱尔兰人一样。

"大概是关于那个。"菲比说，指指窗外。杰西转过身，正瞧见托尔伯特也穿过机舱走道，将他的手机对准另一个方向。

他们离未来城已经近到可以看见下面的情况啦。报纸上的新闻显然没有过于夸张：未来城的围墙外聚集了一支小型军队，还有火炮和运输军需物资的马车，足够再来一次牛奔河之战了。大地上硝烟阵阵。飞机转了个弯，视线对准画着壁画的未来城城墙，上面炮痕累累——庞然大物一般的城墙显然受到了火炮的轰击，但是目前还没有被击穿。未来城自己的小型军队则穿着整齐划一的制服，坚守在城墙上方。在这一高度，一切看起来还算平和，直到杰西看见联邦军队的火炮咆哮着喷出烈焰，炮弹在离大门不远处炸了开来。

未来城的军队一阵凌空射击作为还击，联邦军队的前锋军撤了回来，但是他们火炮的位置远在墙头枪手的射程之外。火炮连连发射，战场上扬起重重黑烟，仿佛巨人的拳头敲击着地面。

坎普冲着麦克风大喊一声，直升机朝着二号楼外的停机坪飞去。

落地很是颠簸，很显然飞行员不得不在仓促之间降落。停机坪上，一群神情严肃的安保人员等待着螺旋桨减速。看起来未来城已经清过一遍场了。过去几年里，在暴雪天气或者日出前的几个钟头，杰西曾经见过未来城空空荡荡的样子。但是在这个阳光灿烂的春日早晨，城里却如此寥无人烟，对他来说还真是头一回。清场的原因再明显不过：至少有一两轮火炮越过城墙，打在了二号楼背面的墙上。碎玻璃到处都是，水泥墙面留下了道道炮痕。

直到菲比被用轮椅推下飞机，杰西才跟着伊丽莎白等人一起来到大堂。医疗设备都在一号楼里，那里曾经也是来自未来的游客住宿的地方。在保安人员的催促下，众人经过下行斜坡来到连接两座楼的隧道里。一对年轻的医务人员照顾着菲比，担架的两端各一人，托尔伯特则紧随其后。伊丽莎白走到杰西的身边耳语道："这比我想象的还要糟。"

她是在说未来城现状。杰西同意："墙迟早会倒，很快联邦军队就会进驻双塔了。"

"这对坎普来说很不利，尤其是回去以后。当然，他会将这一切都怪在西奥的头上。但是如果有话传出去，说未来城的雇员朝美国军队开了火，即使是出于自卫，坎普也得关门大吉。"

几天前在列车上——那仿佛已经是几个月前的事了——伊丽莎白

曾经跟杰西讲过第一座未来城关闭时发生的事。当时的情况也很糟糕。一名前邦联军士兵来到费城百年展览上未来城的展馆里，朝观展人群开火，一共杀死了三个人。虽然和现在这里的一切相比，那几乎什么都不是。但是，那次事件激发了来自西奥·斯特隆伯格等社会活动家对时空旅行道德责任的质疑。“要是这里发生的一切——银行诈骗、叛乱、暗杀格兰特、围城——回去后被传到媒体上的话……一切就都玩儿完了。”

“坎普会被判刑吗？”

“刑事犯罪也许不会，但是国会调查很有可能。那正是西奥·斯特隆伯格所希望的。”

“你会被传唤作证吗？”

伊丽莎白听到这问题大吃了一惊：“有可能吧。”

“你会对坎普做出不利的证词吗？那肯定会让你饭碗不保的。”

“我不会为救他而撒谎。再说，坎普对我已经很不满了，被炒鱿鱼几乎是肯定的。所以，我想我应该会同意出庭作证吧。西奥也许是个狂热主义者，但是他说的却没错——坎普完全不负责任，他伤了人，必须被阻住。”

过道里都是未来城的工作人员，全都行色匆匆的样子，要么驾着电子推车，要么运输各种盒子和行李。昂贵的或者不能就地丢弃的大型货物都通过底层的大型货梯直接运到镜子那里。工作人员和尚未撤离的平民则在这里排起了队，等待员工电梯。看样子所有二十一世纪的雇员都已经被转移到一号楼里，等着依次撤离。本地雇员则被聚集在二号楼里，等待着另一事件——联邦军队最终不可避免会到来，到时候他们就会向军队投降，表明自己的清白。

坎普等人来到连接一号楼和二号楼的大门边，门边站着两个安全人员，检查所有通过的人的证件。杰西发现，那两人正是自己在一号楼的宿敌，德克尔和卡斯特罗。真是不走运！正是这两个人让杰西觉得即使在未来，嫉妒和仇恨还是生生不息。

奥古斯特·坎普站在德克尔的身边，看着一行人通过。菲比躺在担架上，被医护人员抬了过去；然后是伊丽莎白、梅西·坎普、西奥·斯特隆伯格，后面跟着托尔伯特医生……坎普突然上前一步，挡在他面前，伸出手说："医生，麻烦交出你的手机。"

"我的手机？"

"出于安全原因，我们回去后再将手机还给你。"

杰西想，等他拿回手机，里面所有对坎普不利的影像应该都会消失得无影无踪了吧。有那么一刻，托尔伯特看上去仿佛要拒绝坎普一般，但最终他还是叹了口气。"要是你坚持的话。"他说着，将手机交给了坎普。坎普将手机放在德克尔多肉的手里，德克尔将手机装进口袋，一脸坏笑。托尔伯特走了过去，轮到杰西了。

"老兄，等一下。"德克尔说。

坎普拉住杰西的胳膊，将他拉到一边："我很抱歉，我们不能让本地人从这里通过。"

"我妹妹是本地人，"杰西说，"她已经过去了。"

"菲比是你妹妹？梅西倒是没跟我提起过。看样子菲比是在诺布山的那房子里中枪的。那里发生的应该是你的私事吧？应该和你在这里的工作没什么关系吧。"

杰西什么都没说。门后，伊丽莎白转身朝这边看过来，却被身后的人群挤开了。

“我向梅西保证过，我们会照顾那个女孩的。我说话算数。一旦她做完手术，我就派人将她送到一号楼你那里，绝不食言。对了，我还向你许诺过另外一样东西，不是吗？这儿……”坎普将手伸进夹克口袋，掏出一包叮当作响的钱币——金老鹰，杰西想，也许就是他在奥克兰给我看的那一包——“你的遣散费。我不确定这是否是你理所应得的。再怎么说，你让我的女儿身陷险境了。我想要是我现在一个子儿都不给你，大概也没什么问题。但是我这个人不记仇。给你，杰西，你拿着。”

伊丽莎白和托尔伯特医生已经消失不见了，菲比也是。杰西考虑了一下自己目前的选择，一抬眼就是坎普充满怀疑和不屑的眼光。

他还是收下了。

“还有，给你一点儿建议，”坎普接着说，“这肩膀看起来伤得可不轻，在伤口感染前最好让人帮你处理一下。要是你担心作为未来城雇员会被军队处置的话，大可不必。你可救了 U.S. 格兰特的命啊！你是个超级大英雄！就跟他们这么说！跟所有的人都这么说！告诉媒体！做些宣传！写本书！巡回演讲！好好地大赚上一笔！”

坎普推开门离开了。杰西却没走，盯着那走道。德克尔和卡斯特罗站在门的两边，一直盯着他不放。

杰西继续等待着。

又过了几分钟，人群变得稀疏起来。杰西想，这应该是二号楼里最后的一批未来城人了吧，剩下的只有本地雇员了。人群变得稀稀拉拉，自动门时不时关起来，被关在门后的人又不得不刷卡开门。杰西见时机成熟，趁着其中某个空闲的间隙又朝着那门走过去。

德克尔的坏笑变得更加灿烂了，大概是觉得终于可以打上一架了吧。他看着杰西受伤的右臂，鲜血染红了衬衫的袖口，又透过绷带渗了出来。

“要帮忙吗，老兄？你可是走错方向了呢。”

“我得去找我妹妹。”

“唔，那可不可能。”

卡斯特罗一言不发，神色紧张。于是杰西将所有的注意力都集中在德克尔一人身上。“我非过去不可，你索性让开好了。”

“那可没门儿，老兄。不如这样吧，你还是回家揍自己好了。”

杰西朝他冲了过去。二十一世纪的警卫大多高壮得不自然，但杰西也是大个子，而且实战技巧高超。杰西一步踏向德克尔牛一般的手臂内侧，朝着他猛地一击。德克尔被打得头向后仰，鼻腔里喷出一团血雾来。

但是，德克尔很快稳住脚跟，一把抓住杰西受伤的右臂。杰西挣扎着，用左手拼命地推着德克尔。德克尔用力朝杰西的伤口挤下去。他的力气可真大啊！压力变成一阵剧痛，杰西的肉身想发出痛苦的尖叫，一股新鲜的血流顺着他的前臂淌下来，滑过手腕滴在了地板上。杰西忍耐着。德克尔凑到杰西的耳边说道：“够了吗，老兄？”

杰西什么都没说。

“臭杂种，我可不能一直陪你这么玩下去。你闹够了吗？”

杰西点了点头。

“说话！用嘴说！”

“够了。”杰西挤出零星话语。

德克尔放开手，又一掌掴在杰西的头上，震得他一阵晕眩。“回你的二号楼去！”德克尔说，“他们搞定后会把妹妹给你送回去的，老兄！”

杰西觉得自己能够坚持到此已经很不错了。他右臂上的伤明显更重了，右手完全失去了知觉——这情况大概比疼痛还要糟糕——手指也完全不听使唤。他转身走开，德克尔的笑声紧随其后。

杰西想，德克尔一定很得意，大概正在慢慢地品味自己的胜利果实。他会一直这么得意下去，直到发现在扭打之中自己的工卡和托尔伯特的手机都被杰西拿走了。

未来城的本地员工聚在二号楼地下室的员工休息区里。一旦疏散完毕、镜子被关闭，他们就会向联邦军队集体投降。没人需要对奥古斯特·坎普的罪行负责，因此按理来说他们也没必要害怕联邦军队。但是以目前的状况来看，双方一直没有停火，本地员工因此多少有些害怕自己会受到牵连。休息区里有一百来人，一定有人认出了杰西，但是除了几声轻轻的惊叹之外，没人过来打扰他。杰西瘸着腿，手臂淌着血，破破烂烂的衣服上满是血迹。他猜自己看起来大概已经半截身子入土了，身后应该跟着送葬人和一群黑乌鸦才对。

杰西看见多罗茜，那个总是在星巴克摊位卖麦芬蛋糕给他的战争寡妇。她正坐在一个倒扣的垃圾桶上。看到杰西，她的眼睛睁得老大，却勇敢地没有躲开：“杰西·库鲁姆，是你吗？”

“是的，夫人。我离开了一阵子，今早才回来。”

“那怎么可能呢？你越过墙飞回来的吗？”

多罗茜半开玩笑地问，杰西却点了点头：“事实上没错。”

“我相信你！但是你受伤了！”

“要不了命。告诉我，你今天看见多丽丝·万德坎普了吗？”

“你没看见这儿都没剩下什么人了吗？未来城一宣布疏散，大多数的本地人就离开了。我们剩下的这些人都是为了现金奖励才留下来帮忙的。要是多丽丝小心谨慎的话，她一定早就离开了。但是说到多丽丝，她什么时候小心谨慎过啊。几分钟前，我看到她朝着宿舍那边去了，也许是回去打包了。杰西，你知道外面的情况怎么样吗？我们已经好几个钟头没有听到来自管理层的消息了。墙被攻破了吗？”

“坎普的人会守着不让人进来，直到镜子关闭为止。但是我猜差不多傍晚就会有士兵进来了吧。”

多罗茜忧心忡忡地笑了笑：“杰西，我喜欢这里。啊，我当然知道这里的一切都不是真的。所有故作友好的微笑，过去和未来在此温情相拥什么的，都不过是梦一场罢了。但这是个美梦，不是吗？”

一下子，杰西对这位在无数个寒冬早晨为他拿来热咖啡的孤独妇人产生了一阵温情。“对我们中的一些人来说，确实没错。多罗茜，祝你好运。”

“你也是，杰西·库鲁姆，不管你正急急匆匆地赶往何方。另外，记得找人好好看看那只手臂！”

杰西在宿舍区找到了多丽丝·万德坎普。正如多罗茜所说，她在自己的宿舍里。杰西找到她时，宿舍门半开着，但他还是敲了敲门，以免惊到她。但是没用，多丽丝看到他，神情一颤，惊声道：“杰西！”

“是啊，”杰西回答说，“是我没错。”

多丽丝走到他跟前，挽着他进了门——还好，她拉的是没有受伤的左臂。杰西在多丽丝的床上坐下，一阵眩晕，他不得不等了一等。

“上帝啊，”多丽丝说，“你流了好多血，就跟被宰了的猪一样！”

一滴硬币大小的血在床单上染开了。杰西抱歉地看了看：“真对不起……”

“你的伤口需要绷带。”

“有人已经包扎过了。”

“这么说就是需要换新的绷带或者止血带了。”

“谢谢你，多丽丝，你真好心。但是我现在真正需要的其实是一身制服。”

“你说什么呢，制服？”

“是的。一身未来城保安制服。”

“你喝多了吧！未来城制服可是你现在最不需要的！我们这里所有人都已经把制服换成了平民服装。军队很快就要进来了，到时候你可不会想穿着未来城的制服！那会让你成为目标的！快躺下，让我看看你的伤口。”

“我不在的时候，你参加医疗训练了吗？”

“没有，但是我用布打包可没问题。”

杰西真想遵从多丽丝的建议，至少可以放平身子。但是他知道，只要一合上眼，不睡个几小时就别想醒过来。他对多丽丝说：“情况特殊。我是认真的。我需要一身合身的制服！”

多丽丝眯起眼：“你又惹上什么事了？”

“多丽丝，说来话长，抱歉没时间细讲。未来城制服，你能帮我搞到吗？”

“制服在柜子里到处都是，”多丽丝叹了一口气，“要是你愿意在这儿等我的话，我可以帮你拿一套过来。反正什么都比你现在这一身血淋淋的破衬衫要强。”

“还有一件事。你这儿有笔和纸吗？”

她指了指书桌，那是每间宿舍的标配：“最上面那个抽屉里。”

没等杰西说完“谢谢”，多丽丝就出门了。时间不多了。杰西在抽屉里找到一叠带着未来城标识的便签以及一支未来城圆珠笔。纸放在面前的膝盖上，笔拿在左手里，杰西整理了一下凌乱的思绪，开始写起来。

等多丽丝拿着一件大体合身的制服回到这里时，杰西已经写满了整整两张纸。他将纸笔放在一旁，让多丽丝帮他换掉平民裤装，换上了未来城的制服裤。换裤子还算容易，但是换上衣就困难了。他从口袋里掏出德克尔的工卡和托尔伯特的手机，放在多丽丝的书桌上。

“苹果手机！”她说。

“你怎么知道的？”

“去年冬天，在你出外勤去追那些什么潜逃者时，有一个一号楼的男人一直在追求我。他的工卡和这个一模一样。他有时会用它悄悄带我去他在一号楼的宿舍。他也有一个苹果手机，还喜欢拿来拍照片什么的。我是说，会动的照片。”说着，她暗示性地挑了挑眉头。

杰西知道多丽丝总是觉得她能惹自己嫉妒，于是趁势问道：“什么样的会动的照片啊？”

“很亲密的那种。”

“那个混蛋。”杰西说，故意讨多丽丝高兴。

多丽丝果然得意地笑了起来：“我可不介意呢！他说在他们那儿，有女人以此为生，可没人会看不起她们。我比她们中的任何人都不差！”

“看起来你是出生得太早了！”

“你在笑话我吗？”

“当然不是，”杰西咬紧牙，将衬衣脱了下来。衬衣、绷带和血肉已经黏在了一起，脱下衬衣疼得杰西眼前一阵发黑。多丽丝看到那伤口，倒吸了一口冷气：“杰西……我想你的骨头都露出来了。”

杰西倒是希望多丽丝什么都没说。“包起来就好，”他说，“用任何旧衣服都行。需要的话，把我衬衣的下摆撕成条，将伤口裹起来。多丽丝，我需要你帮我这个忙，我自己没法做。”

多丽丝看起来有些战战兢兢，但还是照做了。血并没有完全止住，但是确实流得慢了下来。杰西用旧衬衣擦了擦手臂上的血迹，然后套上多丽丝刚刚拿来的那套崭新的未来城衬衣以及蓝色外套盖住伤口，外套上面带着未来城的徽章。

“我还拿了这个给你。”多丽丝说。

一副欧克利太阳镜！铝加上染色塑料，杰西曾经的心头好！杰西戴上欧克利，在多丽丝的镜子里看了看自己。

“你看起来再未来城不过了！”她说。

他将工卡装进口袋里，正准备收好托尔伯特的苹果手机，却突然有了个新主意。“多丽丝，你说你用过这种手机是吗？”

“我是这么告诉你的，不是吗？”

“用它来录会动的照片？”

“没错。”

“我正要去观光层看看外面情况到底怎么样。你跟我一起上来好吗？”

“可是电梯已经没法用了。”

“我应该可以。只要几分钟。你跟我来好吗？”

多丽丝看起来既骄傲又好奇：“好吧，没问题。”

二号楼观光层的设计就像二号楼里的所有设计一样，目的都是为了征服那些从未见过高于三层楼建筑的本地游客。杰西在未来城里当班时曾经来过这里，和许多二号楼的游客一样，觉得这观光层既让人惊奇又让人害怕。整个楼层自成一体，没有任何做间隔的内墙，外墙则由一道厚厚的透明玻璃构成。站在这里，就像站在一个由云朵支撑的开放平台上一样。

游客们对这观光看台的反应各有不一。每周都会有好几位游客当场晕厥过去——可不仅仅限于女士们；又有人一到这里就苦苦哀求被送回地面去。杰西发现，多丽丝在这里也并不能完全放松，或许她担心被流弹击中？杰西来到露台的北端，在这里他可以清楚地看见未来城城墙以及墙后的军队。从这个角度，杰西一下子就领会到了未来城对抗围城的策略：军队和城墙之间隔着一片广阔的荒原，形成一个无人区，宽度与二十一世纪步枪的有效射程相等。墙头足够宽，可以容未来城守卫驻扎其间。驻扎在墙头的守卫都配有自动武器，要是有任何联邦步兵胆敢进入无人区，就会挨上一枪。在这个距离内，未来城步枪的精准度相当之高，相比之下，最好的温彻斯特步枪就像农民的土制火枪一样。

城门则是另外一回事，它是镶嵌在城墙上的一个较小的钢制壁垒。围城的士兵们已经拿它做靶子练习了好一会儿啦。也许他们打算最终一炮将门轰开，集结兵力一起冲进来。又或者他们还在期待未来城会主动投降，因此没有火力全开。根据偶尔的几道流弹来看，他们似乎可以随时打穿城门，攻打双塔。

杰西的判断是，那城门虽然结实，却没有城墙本身那么巨大坚固。由门底堆积的瓦砾碎屑来看，破门完全有可能。正想着，又一枚火炮打在城门上，未来城的守卫们则放了几轮自动步枪作为回击。

“坎普想尽力争取时间完成疏散工作，”杰西说，“镜子就是瓶颈。但还真说不好会持续多久。对了，你说你知道怎么用这手机录会动的照片？”

“最后再说一遍，我当然会！但是要站在窗户前才能录。我可不想！如果你不介意的话，我要下楼去了。在这儿我觉得自己像旗杆顶上的跳蚤一样。”

“好吧，那你可以教我怎么录吗？”

多丽丝一边拨弄着托尔伯特的手机，一边念念叨叨了好几分钟，终于将手机设置成了只要手指一点就可以开始录像。杰西向她表示感谢。多丽丝说：“杰西，你又开始流血了。”

确实没错，但是他现在没空理这个。

“你苍白得就像鬼一样。”

“从这里起我可以自己照顾自己啦。谢谢你的帮助，多丽丝，你其实是个好女孩。”

杰西以为多丽丝听到这赞美会很高兴，但是她却皱了皱眉：“你当真吗？”

“当然啦。”

“那就像赞美她们一样赞美我！”

“你是什么意思？”

“你知道我是什么意思！”

“女人，”杰西想了想纠正自己道，“你是一个好女人。”

多丽丝笑了：“而你是一位绅士。”

“对了，我在你的宿舍里给你留了点儿东西。”杰西用德克尔的工卡为她打开电梯门。多丽丝踏进电梯，又不舍地看了杰西一眼。一开始，就是这对水汪汪的大眼睛吸引了杰西，让他拜倒在多丽丝的裙下。多丽丝说：“我们在一起时曾经是不错的一对儿，不是吗？”

不，其实不是的。但杰西还是说：“没错，我们在一起时挺不错的。”

多丽丝笑了，吻了吻他的脸颊：“你自己小心。”

可惜“小心”不在杰西的选项之中，但他还是点了点头。电梯门关上了。

说实话，杰西巴不得能立刻躺下来。即使外面枪炮声隆隆不绝，他还是觉得昏昏欲睡。这明亮而空旷的看台此刻看起来是那么的诱人，铺满地砖的地面在杰西的眼里简直就是一张松软的大床。可是现在不是放松的时候啊！杰西知道，一切暗示全都来自于疲劳且伤痕累累的身体。他在脑海里勾画出菲比的模样——菲比和伊丽莎白，等到她们真正安全了，他才能睡。

联邦军队的某个指挥官大概是再也沉不住气了，大规模炮击开始了，且都集中在未来城大门上。杰西摇摇晃晃地来到观光看台边缘，摘下多丽丝给他的欧克利，扔在脚边。他将苹果手机举到面前，瞄了一眼屏幕上没剩几格的电量——这玩意儿看起来也没太多生命力了——点了一下屏幕上的按钮，开始录像。手机忠实地记录下眼前的一幕幕：滚滚浓烟，未来城守卫屡屡开枪，大铁门在火炮轰击下颤抖不已。至少有两枚炮弹越过城墙，打在二号楼上，杰西脚下的地面也随之摇晃不已。

录像还在继续，杰西突然看到一个巨大的阴影临空出现在他的视线之中，距离之近让看台玻璃也震颤起来。是未来城的直升机！曾经，它只是供游客娱乐的空中坐骑，而现在里面坐的可不是游客！直升机向着围城军队飞去，机舱门打开了，里面是几个拿着步枪的身影。

那直升机仿佛一头具有致命摧毁力的巨兽，曾经平和却又再次被唤醒。它一路飞过未来城的边界，朝着联邦军队的战线直直冲去。接下来发生的事仿佛是一场梦，在苹果手机闪着光的屏幕上徐徐展开：直升机侧过机身，为枪手们腾出射击的余地。一瞬间，子弹如骤雨一般从天而降，打在联邦军的身上。“天哪！这就像是撒摩丕利[1]！就跟牛奔河一样！”杰西觉得自己快要疯了。

联邦军蓝色的制服上绽放出朵朵血花。

录像继续着，直到手机的屏幕完全暗了下去。短短几分钟的空袭就让围城军队溃不成军，到处都是充满恐惧的混乱。军旗横七竖八，活下来的人慌作一团，节节退散。趁此时机，占了上风的未来城守卫纷纷离开城墙上的岗位，迅速地通过内部楼梯撤回中庭，又朝着二号楼走来。直升机也打了一个弯儿，朝着停机坪飞回来。

这说明未来城的疏散工作已经快到尾声了。

也就是说杰西得赶快了。

杰西一边暗自祈祷着，希望炮击没有损坏电梯的内部构造，一边

1　撒摩丕利（Thermopylae），大约发生在公元前480年，为希腊与波斯战争中的著名战役之一。

用德克尔的门卡叫了一部电梯。仿佛过了好几个钟头，电梯门终于打开了。杰西跌跌撞撞地走进去，在地面上留下一串串带血的脚印。

杰西下到地下层连接两座楼的走道里，混入了刚刚离开城墙的未来城保安之中。他谁都不认识，也没人认得他。这些保安都来自二十一世纪，大概是新近招聘过来协助疏散工作的。有几个保安看见了杰西百般隐藏的伤口，都劝他赶快通过镜子回去；或者趁着医务人员还在，赶紧去一号楼的诊所——他决定听从第二种意见。杰西觉得自己的身子变得越来越重，但还是拒绝了提出帮他一把的人——最好不要将陌生人卷进来。他找到相应的电梯，用德克尔的工卡开了门。

电梯门打开，门外是一群穿着白大褂的男男女女、穿着保安制服的男人们，以及明显受了惊的平民。杰西出了电梯，试图弄清方向。诊所本来只是这一号楼商铺层的一小部分，但是现在，整个中央大道的两旁都摆满了临时病床和担架；过道两旁的店铺都装上了窗帘，改装成临时手术室，供医生为冲突中受伤的士兵以及被流弹伤到的平民提供救助。杰西一踏出电梯门，就看到一位医护人员推着载有伤员的轮椅从他面前经过。看样子伤员一旦情况稳定，就会通过镜子被送回去。

他终于抓住一个穿着绿色手术服的女人："我需要找托尔伯特医生。"

"你是刚从墙上下来的吗？"那女人看了看杰西的伤口，眼睛一下子瞪得大大的，"你需要立刻让人为你检伤！"

"我要找托尔伯特。"杰西坚持道。

"我很抱歉，但是你确实需要立刻接受检伤治疗。"

“但是我更需要立刻找到托尔伯特。”

“没时间跟你吵，检伤处就在喷泉旁。托尔伯特医生的话，大概在那边，”她匆匆地朝某个方向挥了挥手，“就在以前的水疗中心那里。你自己看着办吧。”

杰西离那个写着“按摩 / 水疗 / 面部和身体去角质”的牌子大概只有几码远，但真要走过去却觉得咫尺天涯。他努力地在人群中找着托尔伯特，最后却找到了伊丽莎白。伊丽莎白一看见杰西就推开人群冲了过来，杰西甚至不得不转过身去，以免她伤到自己受伤的手臂。

“杰西！”

杰西拥抱了她，或者说瘫倒在她身上，或者两者兼而有之。

“我发现坎普不让你进来时，几乎想狠狠地揍他一顿。但是我当时已经进了一号楼，觉得我最好还是跟着菲比。他们用手铐铐着西奥和梅西，送他们去了镜子那里……你还好吗？”

其实不那么好。但是杰西回避了她的问题，问起菲比的情况来。

“托尔伯特和她在一起。”除此之外伊丽莎白什么都没说。

杰西觉得自己慢慢地变得神志不清起来，但他还是记起了那部手机。他将手机从口袋里拿出来，交给伊丽莎白。“这是被坎普收去的那部手机，”他说，“我用它又录了一些新照片，一些奥古斯特·坎普不想让人看到的照片。”

菲比躺在前水疗馆后室里的一张手术台上，身上挂着好几大包液体。她的脸色如雪一般惨白，双眼紧闭。托尔伯特医生拉着杰西没有受伤的那只手臂，让他坐了下来。“你的伤口需要治疗。”他说。

我需要别睡过去，杰西想。“菲比怎么样了？”

托尔伯特从身边桌子上的一堆医疗器材里拿出一管液体来，推进注射器。“在目前的情况下，”他说，“我帮不了她。”

杰西努力地思考着这话语的含义，明白了过来。但是即使这样，他也不愿意轻易相信托尔伯特的言中之意。他一路坚持才到了这里，绝不会轻易放弃：“但是你有这么多未来的医药……”

“杰西，仔细听我说。我是说，在这里我帮不了她。我们给她照了X光，她的内伤太严重了，没法在这里进行快速手术修补。如果能妥善手术加上良好的术后康复治疗，菲比应该能够恢复。但是，待在这里的话，这些我都做不到。”

五年了，杰西想。在这五年里，他所做的一切——无论是为未来城工作，还是最终杀死罗斯科·坎蒂——都是为了保护菲比。保护她，不让她再受到这个丑陋世界的伤害。但是今天，他终于失败了。杰西绝望地闭上双眼。

伊丽莎白来到他面前。“杰西，”她说，“有好多受伤的人需要通过镜子抬回去，没有人查证件。你明白我的意思吗，杰西？只要托尔伯特在菲比的担架上留个条子，他就可以带她穿过镜子，没人会多问一句。等他们发现了这事儿，肯定会有大麻烦，但是到时候她已经接受过需要的治疗了。这可以救她的命。但她再也回不来了。镜子一旦关闭，就再也没有回头路了。你明白我说的吗？杰西？”

杰西感觉自己的大脑是一个苍白的空洞，伊丽莎白的话掉落其中，他要费好大的力气才能抓住那些言语的含意。如果他没理解错的话，她的话为自己带来了一丝模糊的希望——他再也见不到菲比了，但是菲比能活下来。

“是，”他说，“可以。好！带她走！”

“那你呢？”

“我？”

托尔伯特出现在杰西面前，手里拿着那注射器。“我们也能为你做同样的事。如果我给你挂上盐水，再打上一针让你睡过去，就有可能将你和妹妹一起带去镜子那一边。当然，如果你同意的话。”

也许连催眠的药都不需要了。杰西的视线变得又窄又模糊，他的眼里只剩下了伊丽莎白，她的脸，她的眼。

地板在他的脚下颤抖，灯光抖动，外面有人大喊大叫。杰西想，一号楼被击中了，大概至少有一尊联邦军火炮熬过了直升机袭击吧。

军号声。进攻开始了。如浪潮般的咆哮声。鲜血的味道……

“就等你的意见了，”伊丽莎白的声音，犹如绷紧的琴弦，“反正怎么做都不会容易的，但是你可以选。”

杰西明白这是对自己的邀请。但是这邀请到底通向何方？去未来吗？杰西想——那西洋镜一般的世界，宇宙飞船，闪亮的城市。但是未来仅仅是一个幻想，这是未来城教给他的。未来只是一个地方罢了。一个遥远的地方。另一个国度。

伊丽莎白的声音：“帮我给他找一个担架。”

手。抬起了他。

“杰西，你能听到我说话吗？时间不多了。这是最后的机会。你想去哪里？”

这个问题要求他回答，杰西聚起最后的一丝力气。“和你一起。”他说。但最终到底有没有说出口呢？黑暗很快降临，杰西失去了知觉。

尾声
昔日辉煌

很久以前，在杰西从伊利诺伊寄回来的第一封信里，他形容未来城双塔像是“天使的居所”。而在他的最后一封来信里，杰西则说，那双塔“注定会成为充满昔日辉煌的雄伟遗迹”。

他说得没错，阿碧·郝瑟想，这预言在未来城关闭后没过多久就实现了。

收到杰西的最后一封信是在十年之前。这十年里，阿碧一直想到这里来看一看，但是生活的种种不易轻易占据了她的大部分时间和精力。再三犹豫间，她就和这座城市一样逐渐衰老了——每到冬季的早晨，她的骨头就会隐隐作痛，胃也没有以前好了。身体的变化终于让阿碧开始思考起人生的无常来。而未来城，也早已屈服于风沙尘土以及在此筑巢的飞鸟禽兽。

“是那个吗？”苏怡问，“就在地平线上？”

她们的马车驶过起伏不定的伊利诺伊平原，攀爬到一座小丘之上。车轮下的路曾经平坦光滑，如今却在年年岁岁的日晒冰霜下变得斑驳不堪。屹立在远处地平线上的，正是昔日的未来城，犹如阴影一般，印在这惨白的十月清晨之上。两座人造高塔宛如伊利诺伊平原伸出双臂试图触摸天堂一样。阿碧整了整她的披肩，叹了一口气回答道：“是啊。”

“看起来就像墓碑一样。”苏怡说。

“也许可以算纪念碑吧，但不是墓碑。苏怡，菲比和杰西并没有死，至少我是这么认为的。他们只是……不在这里了。”

他们并没有死去，但这里就是他们最终离开这边世界的地方，这也是阿碧想来造访的原因。她随身带着杰西给她的最后一封信，写在印有未来城信头的纸张上。那曾经崭新脆白的纸张因为反复的研读已经柔软得像布一样了。阿碧再也不需要拿它出来，因为她早就将这封信铭记于心了。

亲爱的阿碧姑姑：

请原谅我言辞仓促，我只能在匆忙之间给您写这封信。如果您收到了信，那就是多亏了一位名叫多丽丝·万德坎普的女士帮忙。随信我给了她一大笔金老鹰，希望她至少会将其中的一小部分带给您。多丽丝心地善良，但做事却不那么可靠。因此，除了将信件寄给您在波士顿的家之外——假设您已经将加利福尼亚大街上的宅子卖与他人了——我很难寄望于她再多做些什么。我真诚地希望，即使别的什么都没有，至少我的这只言片语能够安全地到达您的手中。

几辆马车跟着一辆大巴停在了未来城高墙内的中庭。

阿碧是跟随伊利诺伊田庄妇女协会组织的旅行团一起来这里的。团里的大多数人都是女士。这是一个秋末的团，因此价格上有着不错的优惠。天气有些凉，低垂的云遮住了大楼的顶部。但是和夏季相比，人却少了很多，这让阿碧觉得很满意。她下了车，和三十来名女士一起围在旅行团向导的身边。那向导是一名年轻的男人，为联合太平洋铁道公司工作——联合太平洋是未来城遗址名义上的主人。

多丽丝·万德坎普是在1877年夏末出现在阿碧波士顿的家门前的。她带来了杰西的信以及三枚金币。在阿碧看来，多丽丝可远没有杰西想象中那么值得信赖。很明显，那三枚金币曾经有着更多的伙伴，如今却不见影踪。但是，阿碧基督徒的本质让她无法对这偷金币的贼——如果可以这么说多丽丝的话——心存怨恨。多丽丝是个无依无靠的单身女人，在这残酷的世界里一定比阿碧更需要那笔钱。另外，至少她遵循承诺为阿碧带来了这封信。这信可比任何金币都要珍贵。

“这两座楼高得非比寻常，”导游说道，“但是女士们，你们完全不用担心楼会倒下来。这楼是钢铁结构，因此坚固无比。现如今，在我们这儿的大城市里也有越来越多具有相同结构的建筑正拔地而起。很快，这么高的建筑在芝加哥或者纽约就会非常寻常了！大家请跟我来，我们现在要去的地方是近处这幢楼的大堂。”

在十月惨淡的天光下，大楼的门窗显得黑糊糊的。在很久之前的那场围城里，大楼曾经受过火炮的攻击。如今，大风如同波瑞阿斯[1]喘着粗气一般隆隆地从大楼的空洞间穿梭而过。

我现在人在未来城。我写信的同时，他们正在为菲比治伤。未来城的两座高塔目前已经被联邦军团团围住了，疏散完毕后很快就会被抛弃——假以时日，它们注定会成为充满昔日辉煌的雄伟遗迹。

我必须直言相告。如果很久以后，这封信最终到达了您手中，但菲比和我都没有跟您取得联系，那就请认为我们已经不在此地了——虽然目前我还无法说清这到底是什么意思。

向导带着众人开始游览未来城。阿碧和苏怡走在人群的最后面。众人首先经过曾经的二号楼大厅。那大厅宽大有如天主教教堂，却又冷得如同深秋的荒野。据说，在未来城辉煌的旧日里，大厅凭电力照明和制热，摆满了各种令人惊叹的陈设。按照原先与铁路公司签订的

1 波瑞阿斯（Boreas），希腊神话中的北风（东北风）之神。

合同，奥古斯特·坎普先生同意，在关闭镜子、完成撤离之前，他们将留下可供数年之用的燃料和备用配件，让未来城可以继续作为旅游景点开放。但是最后，军队被派来拘捕坎普先生，这一君子协定也就随之失效了。任何没被未来城人带走的东西都被联邦军抢走或者破坏了，要么就是被运去了华盛顿的史密森尼学会。

当然，即使在目前的状况下，这建筑本身依然蔚为壮观，而它目前的业主也想尽办法试图重现其昔日辉煌。大厅里摆着仿制的直升机模型、各种略显粗糙的木制和石膏制模型，以及粗略的墙画，展示着所谓的“未来世界”。“不是我们的未来，”向导小心翼翼地向众人指出，“即使那些来自未来的人也承认这一点。”

“要是他们不是从未来而来，”苏怡低声问，“他们又是从何而来呢？”

据说，是从一本巨大的（也许是无限的）世界之书中的另一页而来。在这本书里，每一页都是一个具体存在的瞬间。这也就是说——阿碧仔细地思考过这个问题——任何一个瞬间都不会真正消失。所有的“现时”都并存于一个更大的“现时”之中。

“那是指上帝的心里吗？”苏怡问道。

最近，在阿碧的劝说下，苏怡加入了教会。她的这一问题问得真诚。

“也许是吧。”阿碧回答道。

“那些建造未来城的人，那些犯有通奸和鸡奸之罪的罪人，他们怎么学会在上帝心里穿行的？”

“有人说，他们是从别人那里学来这本事的，从某些比他们更有智慧的人那里。”

我想再次道歉，菲比受了伤，那座您曾经如此慷慨地和我们分享的大宅也惨遭破坏。对我来说，唯一的安慰就是您再也不会受到罗斯科·坎蒂先生的骚扰了。

我想，很快就会有无数关于未来人的负面报道出现啦。其中的大多数控诉他们也确实是罪有应得，但是并非全部。不管报纸怎么说，请不要因为奥古斯特·坎普先生的行为就轻易否定了所有来自未来的人。请记住，伊丽莎白·德保罗也是他们中的一员——她将菲比的安危视作己任，正尽她的一切所能救助菲比。

参观的行程中并不包含双塔的高处。向导告诉众人，人们曾经尝试过修复、重建原有的电梯。但即使是托马斯·爱迪生的人（特意从门洛帕克借调过来），最终也没能找到足够安全可靠的办法来达成这一想法。楼梯都还完好，有时他们也会为体格强健的人士组织专门的观光之旅。但是很显然，要求女士们爬这么高的楼是荒唐至极。但是，那向导又补充道，参观完毕后她们可以购买从那著名的观光看台上拍的照片。

阿碧想，某些更健壮的女士可能也会想爬上这高楼吧！但是说实话，她绝不是她们其中的一员，尤其考虑到自己的尾椎骨从去年开始就一直隐隐作痛。据说那上面的风景无与伦比，但还是将观光看台留给运动健将、乌鸦和四向之风吧。其实，阿碧最想看的还是那镜子的遗址。

她们走过被灯笼照亮的楼道，来到连接两塔的地下通道里。苏怡纳闷着，不觉问出了声：“那些罪人到底是怎么创造出这些奇迹的？”

阿碧说：“工程技术可不是基督徒的专利啊。”

“我不明白，你是说他们来自共济会吗？”

“不是，当然不是。你在教堂里都学了些什么呀？我的意思是，他们是能工巧匠，就跟古埃及人一样。但是他们都没有受到《圣经》的点化。另外，有一些访客是基督徒，至少他们自己是这么说的。”

“他们的基督教和我们的不一样。”

“所以我们应该就此批判他们吗？我可不想显得像异教徒哲学家。”——说到这个，阿碧想起了赫拉克利特[1]，她在《戈迪淑女杂志》上刚刚读过一篇有关他的文章——“但是，世事无常，唯变化永恒。或许基督教也会变呢。”

“真相永远是真相。”苏怡愤愤地说，一边急忙快步向前，试图跟上那几乎在走道转角处消失了的旅行团。

“你大概是对的吧。”

这是一个善意的谎言。说实话，阿碧心里明白，世上哪有什么真正的不变之事呢！

我和未来城人一起生活了五年，我承认其中有些人在对待我们这些本地人时确实自大而傲慢无礼。而另一些人呢，他们对我们充满崇拜，认为我们是某种自强不息的理想化身。但是，对于这种态度我也慢慢地觉得反感起来——在这些人眼里，连我们的疾病、儿童的高死亡率以及一时兴起的法律和风俗仿佛都值得仰慕似的。

不管怎么说，看不起我们的人比盲目崇拜我们的人要多。我们不

1　赫拉克利特（Heraclitus，公元前540年－前480年），古希腊哲学家。他认为世界是永动的，在对立与冲突的背后有某种程度的和谐，而正是这种永动的冲突使世界充满生机。

喜欢因为自己不愿意和黑人一起同桌吃饭或者不同意同性婚姻就遭到批判。因此，作为报复我们宣称未来城人都是多种族杂种、极端女权主义者或者鸡奸犯——所有这些骂名我都亲耳听过，甚至还有比这更糟糕的。

我们不能用自己的无知来批判他人，阿碧想。

她们来到镜子大厅的入口处。大厅入口的修复工作尚算成功。未来城原有的电梯已经从电梯井里拆了出来，工程师们重新在此处安装了一台在煤矿中颇为常见的木制电梯，运送矿工下井用的。到了电梯口，苏怡却迟迟不敢坐上去。她说这装置让她想起地狱的入口。

"你对牧师教导的理解实在是过于死板，"阿碧有些厌烦地说，"我们不过就到地下几码。我相信地狱可是要深得多呢。"

对于这次旅程，阿碧是推了又推。虽然从没说出口，但是她在心里一直暗暗期望着杰西和菲比会在某一天突然出现在自家门口。从1877年到现在，其间发生了很多事：詹姆斯·加菲尔德连任了两任总统。西奥·斯特隆伯格信中关于他会被暗杀的预言并没有实现——或许正是因为这预言，暗杀才没成功。未来城影响力的余波继续改变着世界，各种预言也有成有败。被奥古斯特·坎普作为礼物留下的各种实用科技促进了巨大的社会进步——卫生水准大大提高，疾病疫苗诞生，电灯和汽油驱动的机动车被发明出来……种种创新已经变得非常普及。但是，这又不由得让人想起西奥·斯特隆伯格关于过度使用"化石燃料"的警告。

而另一方面，在加菲尔德的任期内，劳工权益并没有得到提高；南方黑人受到雇农制度的桎梏，处境和奴隶制下几乎没有区别；妇女获得投票权的运动也完全没有进展。阿碧想，坎普说了个漂亮的谎，说什么在未来主导社会的将是人性中天使一般的光辉面。而西奥·斯特隆伯格告诉我们的才是事实——一个不容易让人接受的事实：这人性中的光辉一面并不会像天使一样，身着五彩羽衣从天而降；只有通过我们艰苦卓绝的努力，有时甚至需要洒下鲜血，这光辉才会到来。（但是，我们难道没能从萨姆特堡、阿波马托克斯、里士满的历史里学到教训吗？难道我们这么快就将这一课忘得精光啦？）

镜子大厅深埋地下，容纳得下一座造船厂加两座天主教大教堂。一出电梯，导游就开始讲解。他说："曾几何时，整个大厅都是灯火通明。"——他的声音消失在洞穴般的巨大空间里，宛如一枚铜板坠入深井。目前的业主为大厅安装了一台交流电发电机，但其产生的电流只能供天花板上的电灯发出一丝微弱的光亮，因此灯笼变得必不可少。"请逐渐让眼睛适应黑暗。"导游说。

阿碧耐心地等待着，直到事物的种种形状特征慢慢在黑暗中浮现出来。那些迷宫一样的侧室、繁复的脚手架、载货区、被留下的种种奇怪仪器对她来说都没有什么特别的吸引力。一旦她能大概看清事物的轮廓，阿碧立刻向镜子原先的所在地走了过去。支撑镜子的是一个半圆形的钢架，就像一枚竖立的巨人手镯，被各种电线和铜质配件点缀着。在未来城全盛之时，镜子的底座支撑着一个非物质性的反光界面，构成了两个世界之间闪闪发光的边界。巨大的发动机、火车甚至飞机都曾经通过这边界运送过来，随之而来的还有数百名未来观光客。而现在，镜子的那一侧什么都没有，唯有伊利诺伊古老而密实的泥土和岩层。

观光团由一个景点走到另一景点，阿碧却在镜子的基座旁一动都没动。她回忆着多丽丝·万德坎普的话：

联邦军进城后，我们这些未来城前工作人员被聚在一起接受清点，以防有任何访客混在我们中间。我在人群里找杰西，又留下来等了等他，但是他最终也没有出现。他跟我提到的妹妹也没有出现。也许他们想办法从军队的手里逃走了，但是我觉得那可能性不大。杰西伤得不轻，他的妹妹据说也受伤了。我的猜测是，他们想办法穿过了镜子。这本不合规矩，但那时候各种规矩早就支离破碎了。反正我就是这么想的。我想，他们已经安全地到达了未来，也许正到处飞或者参观月球呢。

这是多丽丝·万德坎普小姐选择相信的结果，阿碧也一样。

“这儿就像坟墓里一样。”苏怡打着寒战说。

“这儿既不是坟墓，也不是墓碑。”

苏怡说：“我很抱歉，我知道你待他们就像亲生孩子一样。”

杰西和菲比·库鲁姆。

“他们的父亲是个好心的酒鬼，而我则是一个不那么称职的母亲的替代品。但是你说得没错，我爱他们，以我自己的方式。苏怡，这儿不是坟墓，因为我相信他们没有死。”

这大概也是自己给他们的祝福吧。话语一下就被周遭的黑暗、古老大地矿物的气息、深锈以及秋雨吞没了。阿碧想，她来这里到底改变了什么吗？具体还真说不上来，但是她又确实觉得有什么被改变了。

照顾好妹妹，杰西。

“你在祈祷吗？”

“是。”

“观光团就要离开了，我可不想被留在这儿。”

“那我们就赶紧跟上他们吧，”阿碧从空空如也的镜子面前转过身来，“是时候上去见见阳光了。”

阳光，还有其他任何与之相随之事。

他们比我们更高尚吗？不，阿碧姑姑，他们就是和我们一样的人。既不比我们好，也不比我们坏。以我对他们世界的理解，我敢肯定地说，他们并没能在人间建起天堂。

但是，要是所谓的“进步”真的存在的话，未来城对我们的某些不屑也许确实不无道理。

除非世界已经完美无缺，否则我们就必须接受自己在过去犯下的罪行，这就是进步的代价。未来之人批判我们，我们对此必须欣然接受。这些未来来客的秘密之一就是，他们本身也受到了来自他们遥远未来的人们的批判。坎普先生就是那些不肯接受这种批判的人之一，这也就让他口中的种种美好未来图景全都成了谎言，这也是为什么由他画出的未来蓝图终将毁于一旦。

时间不多了，我不确定能不能再与您重逢。如果不能的话，我想借此信再次向您的所有慷慨善意表示感谢，并向我给您带来的一切麻烦困苦道歉。阿碧姑姑，请不要为我担心。等到一切尘埃落定，无论我身在何处，都会努力成为让您骄傲的人。对于未来，我没有任何的预言——因为未来永远无法预测。

您最忠诚的，

杰西·库鲁姆

图书在版编目（CIP）数据

未来的最后一年 /（加）罗伯特 · 查尔斯 · 威尔森 著；
壹零 译. —北京：东方出版社，2020.2
书名原文：Last Year
ISBN 978-7-5207-1075-6

Ⅰ. ①未… Ⅱ. ①罗… ②壹… Ⅲ. ①科学幻想小说—加拿大—现代 Ⅳ. ① I711.45

中国版本图书馆 CIP 数据核字 (2019) 第 123161 号

著作权登记号 图字：01-2019-4007

未来的最后一年
(WEILAI DE ZUIHOU YINIAN)

作　　者：[加] 罗伯特·查尔斯·威尔森
译　　者：壹　零
出版统筹：吴玉萍
责任编辑：侯　亮
特约编辑：邹　熙
责任审校：曾庆全
出　　版：东方出版社
发　　行：人民东方出版传媒有限公司
地　　址：北京市朝阳区西坝河北里 51 号
邮　　编：100028
印　　刷：万卷书坊印刷（天津）有限公司
版　　次：2020 年 2 月第 1 版
印　　次：2020 年 2 月第 1 次印刷
开　　本：880 毫米 ×1230 毫米　1/32 开
印　　张：11
字　　数：190 千字
书　　号：ISBN 978-7-5207-1075-6
定　　价：49.80 元
发行电话：(010) 85924663 85924644 85924641